故事会

文摘版

第27辑

合订本

上海故事会文化传媒有限公司
上海文化出版社

图书在版编目（CIP）数据

故事会文摘版合订本. 第27辑 / 《故事会》编辑部编. -- 上海 : 上海文化出版社, 2022.9

ISBN 978-7-5535-2587-7

Ⅰ. ①故… Ⅱ. ①故… Ⅲ. ①故事－作品集－中国－当代 Ⅳ. ①I247.81

中国版本图书馆CIP数据核字(2022)第163606号

主　　编：夏一鸣
副 主 编：高　健
责任编辑：蔡美凤
发稿编辑：蔡美凤 胡　捷 吴　艳 高　健
装帧设计：孙　娌
责任督印：张　凯

故事会文摘版合订本. 第27辑

出　版：上海文化出版社
出　品：上海故事会文化传媒有限公司
（201101 上海市闵行区号景路159弄A座3楼 www.storychina.cn）
发　行：上海文艺出版社发行中心
（上海市闵行区号景路159弄A座2楼206室）
印　刷：上海四维数字图文有限公司
开　本：787×1092毫米 1/32
印　张：9
版　次：2022年9月第1版
印　次：2022年9月第1次印刷
ISBN：978-7-5535-2587-7/I·1002
定　价：18.00元

上海故事会文化传媒有限公司所有图书可办理邮购，免收邮费（挂号除外）
汇款地址：上海市闵行区号景路159弄A座2楼206室（201101）
收 款 人：上海故事会文化传媒有限公司出版发行部
联系电话：021-53204159
如发现本书有质量问题，请与印刷厂质量科联系 Tel：021-37212897

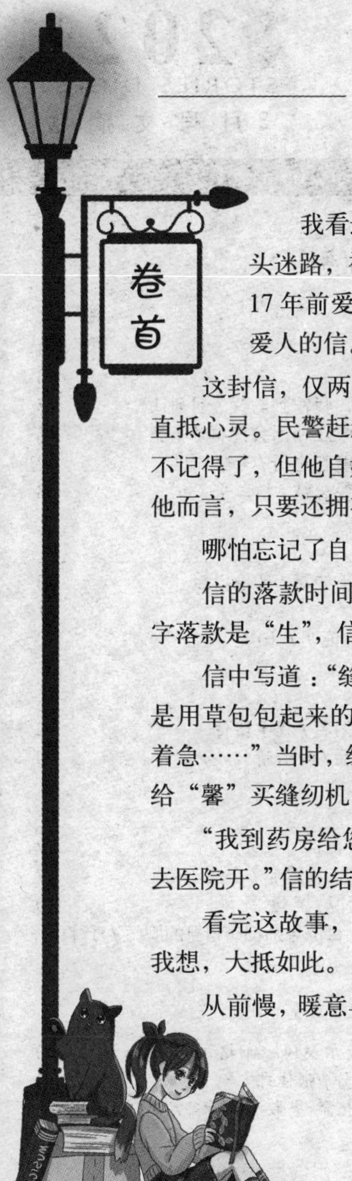

从前慢，却情深

@ 杨怡君

我看过这样一个故事：一位年近九旬的老人，在街头迷路，被发现时，只在他身上找到了两样东西：一张17年前爱人离世的火化证明，以及一封44年前他写给爱人的信。

这封信，仅两页纸，字迹潦草，内容平实，却用柔软的力量直抵心灵。民警赶赴现场，耐心询问却得知老人连自己叫什么都不记得了，但他自始至终都将那两样东西紧紧揣在怀里。也许对他而言，只要还拥有这些，老伴就在，家就还在。

哪怕忘记了自己是谁，至少还记得我爱你，足矣。

信的落款时间是“1977年4月30日”，也就是44年前，名字落款是“生”，信的开头是“亲爱的馨”。

信中写道：“缝纫机已买好，准备叫公社的汽车把腿捎回去，是用草包包起来的……我可能5月10号前后才能回去，您不要着急……”当时，缝纫机还刚刚时兴，见字如面，可以看出“生”给“馨”买缝纫机，思虑也是十分周到。

“我到药房给您买了一盒暖宫丸，其余的药买不到，我设法去医院开。”信的结尾处是：“一切尚好，不要挂念，好好保重身体。”

看完这故事，我久久不能平静。老来多健忘，唯不忘相思。我想，大抵如此。

从前慢，暖意与美好一丝丝浸润世间，如今，人们奔波不已，却更在乎生命中的点滴真情。那些至情、至爱、至真的故事你有，我有，人人皆有，我们手中这本小册子里，也有。不妨在这个芳菲三月，一起慢下来，温暖地去感受生活，深情地去爱这世界。

79 故事会® 2021
CONTENTS —STORIES— STORIES DIGEST
3月号文摘版

社　长、主　编：夏一鸣
副社长：张　凯
副主编：高　健
本期责任编辑：杨怡君
发稿编辑：高　健　蔡美凤
胡　捷　吴　艳
美术编辑：孙　娌
电话：021-64668742
021-54561119
邮编：200020
地址：上海市绍兴路74号
主管：上海文艺出版总社
主办：上海文艺出版总社
出版单位：《故事会》编辑部
发行范围：公开
出版、发行电话：021-64313938
发行业务：021-64313938
发行经理：钮　颖
媒介合作：021-64338113
广告业务：021-64334376
新媒体广告：021-64450660
国外发行：中国图书贸易总公司
印刷：上海四维数字图文有限公司
发行：上海邮政报刊发行局
邮发代号：4-900
国外代号：MO9178
定价：6.00元

卷首
从前慢，却情深 / 杨怡君 01

趣事
丸子的朋友圈 04
牛大姐家乐事多 06
跟儿女斗智斗勇，我输到劈叉 / 刮刮油 37
《出师表》翻译成江湖话会怎样 / 亮亮 46
如果外语不灵，能吃也行 / 老猫 62
一份魔性师门聚餐总结 / 杨二平 83

主题故事
爱是一件千回百折的事 / 风停以后 08
老景 / 朱桂明 11
一份迟到16年的证明 / 士心 13

知事
用专业知识取情侣名 / 放学堵他 16
小海豹的长肉生活 / 陶雨晴 50

从前事
古人年终奖大赏 / 陈品 17
口吃怕什么？我们厉害着呢 / 金陵小岱 27
古代“社畜”有话说 / 黑逗 40
当诗人也不容易，每位导师都有自己的脾气 / 子聿 69

奇异事
倒计时 / [德] 沃尔夫冈·布格尔 任爱红译 20
您的容貌能打几分 / 张佳玮 43
完美的蓝天 / [美] 扎雷·麦弗逊·阿尔蒂尼安 庞启帆译 73
雅匪 / 魏传军 92

身边事
看着自己紧缩成一把的手指，觉得是脑梗了 /Summer 22

淘宝扫码购买　微信扫码购买

各大实体书店及当当、京东、淘宝等网上图书商城均有售。

倔三爷与二维码 / 许福元　30
狼牙鳝 / 邓刚　38
小吴这个春天 / 彭瑞高　64
当老去的母亲变得贪吃 / 吴三妹　71
邻居的纸条 / 孙道荣　76
白萝卜卜胳膊水萝卜卜的腿 / 南在南方　81
割漆人的教子之道 / 明前茶　85

议事

我在门口装了个摄像头，然后……/ 闫红　25
直播时代 / 林特特　42

天下事

黑帮少年的吻 / 林云　32
最后的愿望 / [新加坡] 尤今　60
埃菲尔铁塔要拍卖 / [法] 皮埃尔·贝勒马尔
玛丽·泰蕾兹·库尼 邓祚礼译　78
我在丹麦阅读"活人书" / 上善若水　87

画中事

初次见面，衣着真的很重要 / 球球的画　36
脑洞漫画等三则 / [美] 雷扎·法拉兹曼 周高逸译　89

心事

即使是笨爸爸，也会为你变勇敢 / 刘继荣　48
还是输给了那场爱情长跑 / 一朵依米　94

名家叙事

鸽友 / 聂鑫森　52
紫绡帘 / 聂鑫森　55
两微小说一微评 / 曾镇南　58
没有不散的宴席，却有刷不完的碗 / 叶广芩　66

编读说事

读者说 & 编者说　96

故事会 文摘版欢迎投稿

稿件要求：来自最新的报刊、书籍或网络，故事性强，文字明快，主题健康，视野开放，纪实或虚构均可，体现"新、知、情、趣"的特点，同时欢迎第一手的翻译作品。推荐作品须注明原文出处、原作者姓名，确保转载不存在侵害版权的行为，并请留下推荐者真实姓名及通信地址。作品一经采用，即致推荐者 50 至 200 元推荐费，并向作品著作权人支付稿酬。

故事会文摘版 投稿信箱
wenzhaiban@126.com

故事中国网：www.storychina.cn

故事会公众号　故事会 App 下载二维码

本刊所付作者的稿酬，已包括以纸质形态出版的故事会文摘版、汇编出版、音像制品及相关内容数字化传播的费用。部分作者因各种原因未能联系到，请通过邮件或电话与我刊联系稿酬及相关事宜。

本刊未署名图片均由视觉中国提供

丸子的朋友圈

金融小王子刘思聪

最近参加初中同学聚会，谈起那年初三快中考了，语文老师让我们以《× × 初三》为题写一篇半命题作文，大家写的都是《热血初三》《奋斗初三》《最美初三》，只有我凭一己之力让全班笑疯。

丸子：那么你写了什么？
金融小王子刘思聪回复丸子：我写的是《大年初三》。

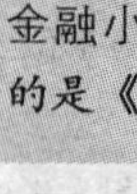

哲学系二师兄

爷爷在北京待了大半辈子，说话一口京片子。喊我下棋，开始还夸我：哎呦喂，我这大孙子的棋艺不错啊！

下着下着变成：孙子！你再吃我一个子试试？孙子！能耐了哈？后来我都不知道爷爷是喊我呢，还是骂我呢……

王大脸真的不是女汉子：爷爷眼里时刻把你当孙子！

快递员小马

开年招工，老板要求：要招四大皆空之人。我一脸懵，哪有那么多和尚出来打工？

大老板张富贵：你老板说的是钱包、微信、支付宝、银行卡皆空的人！
金融小王子刘思聪：只有这样才能安心打工，别问我是怎么知道的。

丸子

晚上散步和男神偶遇，他突然幽幽地说：“感觉现在四季都变慢了。”我一惊，不由诧异：这个工科男是受什么刺激了？居然能说出这么诗意的话来。过了一会儿，他又说：“是该换部5G手机了。”

哲学系二师兄：他还是曾经那个直男，没有一丝丝改变……

金融小王子刘思聪

最近诸事不顺，夜深人静时忍不住胡思乱想：“我想死。”

郭美眉：不许说不许说，太丧了，明天我就让富贵给你加薪。
金融小王子刘思聪回复郭美眉：我想活，我想活！
大老板张富贵：听起来更惨了。

大老板张富贵

我大姨没上过学，但是人聪明，学啥会啥。她心脏有点毛病，就去中医亲戚那试了试针灸，感觉大好，大姨不好意思总麻烦人家，于是就从亲戚那拿了几根针，反正穴位已经记住了，回家自己扎。只扎一次，就把自己弄到抢救室去了。

王大脸真的不是女汉子：我也想省钱，可我怕扎到死穴！

王大脸真的不是女汉子

至今不明白为什么大家都叫我女汉子，我和一般女生比差在哪？

郭美眉：你洗澡给自己搓泥的时候，是一直淋着水搓，还是关掉水搓？
王大脸真的不是女汉子回复郭美眉：淋着，有时为了节约水也关。一般女生怎么搓？
郭美眉回复王大脸真的不是女汉子：讨厌，人家身上才搓不出泥呢！

郭美眉

马上生日了，邀请男神陪我过。他问我生日愿望是什么，我害羞地说想要一对象。第二天他真送我一对象，还是桃木的，送给我辟邪吗？

大老板张富贵：这就是二，说也说不清楚，这就是二，糊里又糊涂！

牛大姐家乐事多

主要人物：牛大姐（妈妈） 牛大哥（爸爸） 牛小美（女儿） 牛小宝（儿子）
钱多多（牛小美的男朋友） 刘姥姥（牛小美的外婆）

※ 牛大姐对牛大哥说："我有一袋子旧衣服想捐赠。"牛大哥问："为什么不直接扔进垃圾桶呢？那要简单得多。"牛大姐说："但是有些挨饿的穷人可能真的需要这些衣服啊。"牛大哥说："亲爱的，任何能穿上你衣服的人都不会挨饿。"

※ 牛小宝作业没有完成，牛大姐很生气，没收了他的零食，牛小宝眼泪汪汪地说："妈妈对不起，我错了，我只是懒得写作业。"

牛大姐一听更来气："你为什么这么懒？为什么懒得写作业？"牛小宝答："我也不知道我为什么这么懒，就跟你懒得去上班一样！"牛大哥在一旁直摇头：真是卿出于懒而胜于懒啊！

※ 牛大姐问牛大哥："老公，你看我是瓜子脸还是鹅蛋脸？"牛大哥想都没想脱口而出："还用问吗，你当然是国字脸！"

牛大姐的脸色瞬间就变了，还好牛大哥够机灵，忙说："你这个国，是倾国倾城的那个国！"

※ 牛小宝考了牛大哥一个问题：哪三种动物叠在一起最高？牛大哥说："大象、长颈鹿、姚明。"牛小宝反驳："人不算。"牛大哥："那把姚明换成大蟒蛇。"牛小宝说：

1. 答案：1~2 升 / 天。健康成人白天会尿 3~6 次，夜间尿 0~1 次。

“错！是猪、母狼、马蜂，连起来就是猪母狼马蜂——珠穆朗玛峰！”

※ 牛大姐向刘姥姥吐槽：“牛小宝这孩子居然学会追剧了，用着我的 iPad，还让我给他充会员。我绝不能同意，那多浪费时间啊！”

刘姥姥说：“我劝你还是给他充了吧，不然还得多看 90 秒广告，那样更浪费时间。”

※ 牛大哥给孩子们开椰子喝，不小心把手划伤了。牛小宝马上冲过来关切地问：“爸爸，没事吧？流血了吗？”牛大哥心里一阵温暖，安慰道：“没事，儿子，别担心，伤口不大。”

牛小宝围着牛大哥反复确认才放心离开，牛大哥的心都要化了。然后就听他在门口对牛小美喊：“姐姐，没事！血没进椰子里！”

※ 牛小美和牛小宝一起看古装剧，看到一个妃子被两个太监用被子裹起来，扛着去侍寝。牛小宝扭头看向牛小美，牛小美赶紧提前打招呼：“别问我，有些事你长大了自然就知道了。”

“姐姐，我是想说，如果是你的话，应该要三个人才扛得起来。”

※ 牛小宝天天吵着要吃肉，一天家里来了客人，牛大姐烧了一盆红烧肉，牛小宝就围着那盆肉不停转。牛大姐提醒：“客人不动筷子，你就不能吃，知道吗？”牛小宝点头如捣蒜。

可是饭还没吃，客人突然有急事要走了。牛大姐挽留道：“吃了饭再走吧，我这都做好了。”牛小宝也急忙跟着挽留：“您倒是动动筷子再走啊！”后来，大家都夸牛小宝太懂事了。

※ 小时候每当牛小美生病，刘姥姥都会为她冲一杯咖啡：“我看电视里那些外国人都喝这个。”

幼小的牛小美总害怕咖啡，酸甜苦涩交错。

如今牛小美走遍星巴克、Costa、全家都找不到小时候喝的那个味道，直到那天她喝了一杯板蓝根……

※ 牛小宝最近在学写作文的技巧，据说用比喻句能增强表达效果，牛小美便这样问他：“镇山的虎、高飞的鹰、善战的狼、敏捷的豹、忠诚的狗，你觉得你在班级里属于哪一种？”牛小宝脱口而出：“害群的马！”

爱是一件千回百折的事

@ 风停以后

大晚上的，我正准备睡觉，16岁的外甥背着书包来了，脸色不甚美。我轻车熟路地收留了他，不惊讶，不发问，直接让他进客房。

关上门，我给他亲娘发了条消息："你儿子在我手里，赎金七毛。"亲娘回复我："不要了，随便处置。"看来母子俩这回闹得动静不小。

第二天是星期日，我的早餐向来简单——牛奶麦片水果，外甥赞不绝口："早餐就该这样简便营养，妈妈也能多睡会儿，她腰不好，何必为一口早饭耗时耗力。"我微笑地看着他，费事费力的早餐是有用的，这少年营养很好，面孔有红有白，身形矫健活泼。

谁能想到，这样高大神气的少年，小时候似弱猫。离婚时，他妈以不甚丰厚的收入拼命争取抚养权，也是怕他无人照料。

但我并未为他妈的一番苦心分说，青春期的孩子更需要倾听。而我很愿意倾听，也愿意收留和陪伴。

他写完作业后，我们下楼散步。手机叮一声，我收到姐姐消息："七毛还在生气吗？"我又好笑又好气，回复道："七毛睡得足，吃得饱，别担心。"她发给我一个笑脸。

其实，他们一向母慈子孝。只是孩子长大了，心思变得细腻，姐姐却还拿他当小孩子保护着。记得他第一次离家出走，是为物。

渐渐长成少年的他发现妈妈什么好的都尽着他，自己拼命节俭，几乎到了苛刻的地步。有个同事出国，他发现妈妈什么也没买，只让同事帮忙给他带了个护脊书包。少年一气之下跟妈妈吵了起来，跑来我家"告状"。我亦劝姐姐体谅孩子的一片心意，要做到"同甘共苦"。

第二次离家出走，是为钱。书

包事件之后，姐姐为了令外甥安心，也尊重他作为家庭成员的知情权，把家里的财务状况详细告诉了他，也告知他妈妈节省是习惯使然。

结果，外甥由此得知妈妈这些年除了工作之外，一直在辛苦兼职。发现这个秘密之后，外甥哭了，一声不吭来到我家，“我什么都不知道，她那么辛苦，我好没用。妈妈把我当少爷养，就不怕把我宠成个没用的败家子？”

我看着少年无限感慨，也许有一天，他终会明白爱是一件千回百折的事，有时见尘埃，有时见星辰。

少年迟疑一下，又低声道：“这些年，妈妈都不肯用爸爸的钱，爸爸又不是坏人，也没再结婚，只是沉溺于工作，忽略了我们……”我无法接话，不知道该怎么告诉他。

而这次离家出走的原因，非常神秘，娘儿俩谁都不肯告诉我。

七毛约了同学打篮球，我在家看书。这时有人敲门，一开门是姐姐：“就你们母子俩最扰人清静。”

姐姐知道我厨艺不精，带来一大包排骨，还自己带齐了葱姜蒜和调料，兴兴头地又煮又炖。姐姐出现在哪里，哪里就变得又香又暖。

看着她撇去汤里的浮沫，我问：“昨晚又为什么怄气？孩子是好孩子，你要学着让步。”

姐姐像是被谁打了一巴掌，咬着牙低低说：“这个小东西，叫他爸爸帮忙买了一台新电脑。”我安慰道：“他父亲是律师，也不缺钱，儿子要台电脑也不为过。”姐姐犯愁：“你不知道，这孩子一直懂事，但最近偶尔玩游戏，老嫌我的机子太卡。”我俩四目相对：买新电脑是为了玩游戏？这孩子不会是沉迷于游戏了吧？

汤锅沸腾起来，姐姐调至中火：“他爸爸忙不迭地答应，说这周就去买，我一劝还恼了。”我脱口而出：“这可不能纵着他，最近老听说青少年贪图享受，不知深浅借网贷，由俭入奢易啊……”姐姐喃喃道：“今早，孩子他爸打电话来，说儿子跟他说想他，他爸就问我能不能让他跟儿子一起生活……”

我大为震动。联想到七毛一直以来对父母关系的评价，是啊，在少年眼里，爸爸的家像灯火里的楼台，是另一处新鲜热闹的所在。

我俩都沉默了，姐姐说腰有点疼，昨晚又失眠，要小憩一会儿。

我轻轻替她关上门，不久七毛回来了，怀里抱着个纸盒。我假装没看见，这小子径自走过来，兴奋地给我看新电脑。

我淡淡地说："哦，你爸买的吧。"他亲昵地扳着我的肩，求我："小姨，你就跟妈妈说是你买的……"我冷冷地拿开他的手："不用了，你妈有足够的勇气，懂得应对生活中的一切意外与分离。"

七毛终于发现我态度有异，愣了一会儿，咕哝道："妈妈的旧电脑早就该被淘汰了。"我一琢磨，忙问："这电脑是给谁买的？"男孩扬起眉毛："给我妈啊。"我不客气地问："你爸给你妈买的？"男孩理直气壮地说："不用我爸，我的压岁钱和奖学金，再加上去年暑假打工的钱就够了，让爸爸帮着挑的。"我心里愈加担忧：这孩子大概真的决定离开妈妈了，才买了这么贵重的礼物。

我一时控制不住脾气，僵硬地问："你爸说你想他，想跟你一起生活，你几时走？"男孩先是愕然，继而笑出声来："什么想他啊，我爸可真笨……他，他其实是想挽回妈妈，却死要面子，一开口就把话说成这样……"他边叹气边摇头。

原来是这样，我松了一口气，却仍然绷紧面孔道："啧啧，还说你爸，你就会好好说话了？明明关心你妈，每次一说就嚷嚷，还三天两头离家出走。"少年摸摸头，向我保证一定会改。

我艳羡地打开崭新的电脑，嘴里啧啧称赞："可以啊，七毛。"我在心里偷笑，这个七毛，不止七毛啊，是无价之宝。

我故意大声说："这个新的我先使使，把我那个旧的先给你妈……"男孩瞠目结舌地望着我，更令他吃惊的是——他妈妈，我姐姐——一个箭步从屋里冲出来，从我手里抢走电脑："这个不能让给你，我要用，我儿子给我买的。"她仰着脸，一脸得意，那种"少女"的姿态很少见。我与七毛都湿了眼眶，初春，人特别容易动情。

我们坐下来喝排骨汤，午后的阳光一片一片落下来，簌然有声。

田龙华摘自《品读》 图：豆薇

2. 答案：60~100 次 / 分钟。

老景

@ 朱桂明

学校传达室有两位工友，一男一女，都一把年纪了。男的叫孟达，我们喊他“老孟”，他整天乐呵呵的。女的叫景慧，我们喊她“老景”。老景操东北口音，偏高消瘦的身材，衣服虽旧，却也显得亭亭玉立，脸上的皮肤雪白，忧郁的目光中透出一股难以形容的气质。这种气质，有时是优雅的，有时是矜持的，有时又是温婉的……

1983 年我调进这所学校，女儿才两岁。我是教语文的，要带早读，必须在七点钟之前赶到学校。此时，学校托儿所的门还关着。老景值班，我把女儿交给她临时照看。

“叫奶奶！”我笑着对女儿说。“奶奶！”女儿嗲声嗲气对着老景喊。老景却没应答，板下脸，十分不高兴。

我很纳闷，事后与语文组的老师们讲起这件事情，他们纷纷皱起眉头，“你啊，哪壶不开提哪壶——她不是‘奶奶’，而是‘师傅’！”

原来老景是出家之人！“景慧”是其法号，她的真实姓名，谁也不知道。学校附近本有一座尼姑庵，庵里有一师一徒，徒即老景。1958 年建校，拆了庵子，老景留校做工友。老景那时也才 24 岁，人又长得漂亮，有人给她介绍对象，劝她还俗嫁了自己，被她一口回绝。

尼姑，是不作兴叫“奶奶”的。叫“奶奶”，是对她莫大的亵渎。我明白了，后悔不已。

老孟和老景是“对头星”，老师们都说，不怪老孟，老景性格孤僻，太难处。一争吵，老景就找王书记评理。王书记怕她，经过传达室，都要瞬间加快速度。

1984年9月，老孟和老景俩人同时退休。“对头星”散了，王书记那里还是没消停。老景住校，只要有事，哪怕是几个学生在她家院子外面拍球玩，声音稍微大了些，她也要往书记室跑。我那时是班主任，常为这事带着拍球的学生去老景那里认错打招呼。后来我下了死命令，拍球要远离老景家院子。

老景退休后在她家院子里养了三只母鸡。她家院子偏于学校一角，一般人走不到。“咕咕咕，吃早饭啦！”“咕咕咕，吃中饭啦！”“咕咕咕，吃晚饭啦！”听到老景的呼唤，鸡们扑打着翅膀，飞奔而来。啄食大赛，轻松而热烈。一日三次，周而复始。老景看了，笑逐颜开。

老景有时也生鸡们的气，拿根竹竿追着它们。老景才举起竹竿，“噗嗤”一声，“小白”跃上她的肩膀。“要死了，还欺我！”老景边骂边笑，放下竹竿，抱起“小白”。

2001年，市里创建全国卫生城，上面检查，老景家院子不能再养鸡了。陈校长三番五次地去做工作，终于说服了老景。那天，老景把鸡们一直送到校门口，嘴里不停念叨。鸡们在鸡笼里也急得团团转，“咕咕咕”拼命地叫，想往外飞。老景眼眶发红，身体直打哆嗦，陈校长赶紧把她扶走。

春花秋月又一年，老景变了。她目光里的忧郁渐渐消失，取而代之的是平静，却平静得让人担忧。

2006年12月，一个上午，老景离世的噩耗突然传来。我们赶去，见老景安详地躺在床上，脸上略施淡妆，头戴一朵粉色小花。再看看桌子上，放着两个安眠药的空瓶子。一只茶杯下压着一张信纸，上面写着：“陈校长及全校老师——我的娘家人，请把我送进鸭绿江，务必！我的银行卡里还有点存款，本打算养老，现在用不着了。此款赠给学校，奖励学生。”其字迹，异常娟秀。

公安民警在老景贴身口袋里发现了一张发了黄的照片，照片上是一位英俊少年，穿着志愿军军装，看样子只有十八九岁。照片背面亦有一行异常娟秀的小字：“我老了，你还年轻！”

在场人员，无不潸然泪下……

水云间摘自《高邮日报》 图：陈明贵

【编者的话】人间芳菲事，回首总关情。本期主题让我们聚焦那些至情、至爱、至真的故事。它或许是千回百折的亲情，或许是至死不渝的爱情，更或是悠悠天地心、深深家国情，正是这一个又一个千丝万缕的故事，共同交织出了平凡烟火中的浓浓中国情。

一份迟到16年的证明

@士　心

早上我遛鸟回来，妻子说："小娄来了个电话！"

我一怔："哪个小娄？"

妻子目光凄凄地看着我，我就知道是她了。原来16年的时间跨度，一个电话就拉近了。

"她说她孩子大了，今年参加了当地的高考，考试成绩跟理想的学校差1分。她说当时是你答应的，孩子可以一生享受烈士子女待遇。按规定，烈士子女可以加20分。因为她们拿不出来烈士证明，这分加不上，孩子就没法上自己想上的理想学校……"

我听明白了，头也大了……

16年前我还在部队上服役，任政治部干部科干事，临时抽调到当时师里成立的善后办公室工作，就是协调处理牺牲的战友们的善后工作。因为当时的抚恤条例不是很完善，没有明确规定烈士标准，这些战友由于各种原因并没有被评上烈士。师里当时就跟上级请示，要求这些军人遗属的抚恤金全按照烈士的标准发放，一切待遇都按照烈士的标准办，可部队并没有给这些遗属发烈士证书。

妻子说："小娄说这事挺急的，她没有存下善后办的电话，16年了，她只有你一人的电话，所以就给你打来了。"

我看着笼中的小鸟，喃喃地说："我知道了……"几分钟后，我起身去找我个人的一些东西。

妻子递给我一个小包，说："全在里面了！"我顺手打开一看，身份证、复员证、银行卡全在里面了，还有小娄的孩子的准考证号、成绩单等所有的信息。

妻子说："我知道你这么多年一直没有忘记他们，可你已经复员十几年了，你已经是个老百姓了。再说，那个善后办早已经不存在了，你去找谁呀？”

我摇摇头说：“我也不知道该去找谁，但是我答应过她们，这一生享受烈士家属待遇，难道孩子爸爸的命就不值这些分？我得让这孩子上这个学校！”

我第一站去了老部队。部队还在那个远离陆地的小孤岛上，一别十几年，一切犹在昨天。岛上的环境虽然变化很大，但我无心怀旧，径直奔向支队值班室。

现任的政治部主任听说我来的目的也是大吃一惊，说：“这事太特殊了，我还没有听说过。师长与政委今天出海了，联系不上。”然后他把我领进保密室，查到当年的善后办所有的资料编号与存放地，说：“老同志，我们都没有参与善后，不了解当初的决议，你先自己查吧，查到了就复印好了，原件你不能带走的。如果需要原件，我会派专人坐飞机给你送去，肯定不耽误事。”

我复印好当初开会的记录，站在交通艇的甲板上，吹着梦中的海风，才有心再回味了一遍自己留在海上的青春岁月……

这时艇上的一名中尉向我走来，我看军衔应该是艇长。他向我敬礼后，请我去指挥台，说：“师长、政委出海回来，正好经过这里，要跟您打个招呼。”

我无奈只好从命，上了指挥台。我看到远处一艘潜艇破浪驶来，艇上的五星红旗红得耀眼。在我认为副连级别交通艇应该向正团级别的潜艇先行敬礼时，出现了一幕令我终生难忘的奇迹：居然是级别更高的潜艇向级别低的交通艇鸣笛敬礼，交通艇随后回了礼。我热泪盈眶，因为我知道，潜艇给了我最高规格的待遇！

第二站我来到了小娄丈夫的故乡，也就是小娄与孩子生活的城市。

我先去当地的劳保超市里买了

3. 答案：收缩压 90~140mmHg，舒张压 60~90mmHg。

件部队训练时穿的迷彩服，又去一家广告店里打印了一张红底黑字的牌子挂在右胸前。

我从妻子给我早已准备好的小包里拿出军旅生涯中所有的奖章挂在左胸前，然后我就坐在当地市政府大楼的前门台阶上。

很快门卫就报告上去了，来了四个特警站在我旁边，其中看来是个小头目的人在用对讲机汇报："队长，是一个人，没发现其他人，胸前牌子上写着'见市委书记'！"

对讲机里传来队长的声音："一个人好办！赶紧劝离！"

小头目小声地说："队长，这个人胸前全是立功章，跟咱一样都是当过兵的人，不好劝！"

几分钟后，那个队长就气喘吁吁地站在我面前了。

我轻蔑地扫了他一眼，他就蹲下来，说："你要见市委书记得预约，我已经报办公室了，办公室说你是老兵，让你按程序先去退役军人事务局反映情况。"

我这才说："小伙子，我不是为难你。我这事，退役军人事务局解决不了，所以我才来这里的。如果你不信，你可以把退役军人事务局局长叫来，他能解决我就去他那里说；他不来，我是不会走的！"

十几分钟后，退役军人事务局局长也来了，我拿出复印的文件，他看得很仔细。知道我的意图后，他说："老同志，这事很不好办，这是你们部队做出的承诺，我们地方是按国家政策来落实待遇的。再说我们这个退役军人事务局才成立一年，16 年前的事，一时是调查不清的。这孩子考学加分的事就在这几天，太仓促了。我领你去民政局吧，先查一下当年遗属抚恤金发放的会议记录吧！"

"对！"我一听这话，就跳了起来，"对！先查记录吧，这是最直接的证据！"

在退役军人事务局局长的陪同下，事情办起来是一路绿灯。

虽然时间过去很久，但当年部队向地方省军分区指示过，省军分区跟省民政厅协调过，省民政厅也跟各市、县的民政局指示过了，所以这些战友的遗属待遇一直是按照烈士的标准发放的。这样事情就明晰了，市民政局马上就开出烈士待遇证明书来。

我是在一个早晨回到家里的，妻子仍在睡梦中。我没有打扰她，径直拎上鸟笼，哼着《打靶归来》又出去遛鸟了。

心香一瓣摘自《小小说选刊》 图：黄煜博

用专业知识取情侣名

@ 放学堵他

情侣名宝藏，看理科专业

地理专业在中学算文科，在大学算理科，所以它的情侣名既感性又理性。最文艺的地理专业情侣名莫过于“北大西洋暖流”和“摩尔曼斯克港”——“你是北大西洋暖流，我是摩尔曼斯克港，因为你的到来，我的世界变成不冻港。”摩尔曼斯克港地处北纬69°，受北大西洋暖流影响，终年不冻。

天文专业情侣名中知名度较高的一组是冥王星与卡戎。冥王星，太阳系中离太阳最遥远的星星，几乎没有阳光能穿越59亿公里的旅程找到它。有颗卫星叫卡戎，一直陪冥王星走这一段冷清的旅程。每一个冥王星都有他的卡戎。

工科类情侣名，有理有据

工科类有很多脍炙人口的情侣名佳作：比如“五氧化二磷”就是一个化学表白梗：五氧化二磷没氧化之前是什么啊？五二磷（520，我爱你）啊！还有“二氧化硅”和“氟化氢”这组情侣名，二氧化硅属于酸性氧化物，不与一般酸反应，只与氢氟酸生成四氧化硅。如果换成文艺范儿的说法，就是“任尔万紫千红，吾独取一支足矣”。

简直都要被这样“丧心病狂”的小心机震撼到了，还有一个学计算机的网友突发奇想：跟对象用了Ctrl+C和Ctrl+V的情侣名，觉得“复制、粘贴”好听又特别。

文科，情侣名王者

文科是公认的情侣名王者，拿中文专业来说，便拥有诗歌这种文化瑰宝。一个叫树荫照水，一个叫晴柔，就是出自诗句：“泉眼无声惜细流，树荫照水爱晴柔。”“西南风”与“入君怀”来自诗句“愿为西南风，长逝入君怀”。历史专业情侣名有“六玺”与“八宝”：六玺与八宝是权力的象征（秦天子用六玺，唐时有八宝），取官宣之意，自己是另一半的唯一占有人。相比之下，法学专业情侣名更直观，“民法调整”和“民法调整对象”，光明正大地秀恩爱，一点不整幺蛾子。

总之酸掉牙的情侣名千千万，就看你的学识能不能玩得转，相信情侣们的恋爱脑洞是无限的。

王传生摘自微信公众号字媒体

古人年终奖大赏

@陈品

中、将、大夫各二万，千石、六百石各六千，虎贲、羽林郎二人共三千以为祀门户直。”

什么概念呢？据研究，汉代一枚五铢钱的购买力相当于现在人民币四到五毛钱，二十万钱折算下来，大概就等同于现在的八至十万元左右。而像大将军、三公之类的高级官员，月薪约一万七千五百钱，合人民币七千元，年薪则有八万多。这样一算，仅实打实的奖金这一项，就超过了他们的全年工资，简直让无数现代人哭晕在厕所。

不过，大家也不用太难过，毕竟这是最高标准，是针对精英中的精英而设，全国也没几个人能拿到这么多。那么底下的官吏呢？像千石这样的官职，月薪为四千钱加三十斛米，而腊赐为六千钱，大概也就相当于两个月工资吧！

现在有不少企业将年终奖分两次发放，一次在年尾，一次在春节后或者有的干脆拖到了第二年的后半年。对于企业这样的“小心思”，

东汉：年终奖超年薪，就这么土豪

虽然东汉的皇帝们一直绞尽脑汁整顿外戚与吏治，对手下的官员无所不用其极，但到了年尾，大家都辛苦一年了，就暂时收起“宫斗”，当个和和气气的财神爷不香吗？于是，年终奖就这么华丽地诞生了。

那时的年终奖有个听起来很霸气的名字——腊赐。所谓“腊赐”，自然是要在腊月发放的。具体哪一天呢？答曰：腊日。说人话！答曰：就是腊日。

好吧，哪天发不重要，反正早晚都会有。关键是——发什么？

《汉官仪》中有载：“腊赐大将军、三公钱各二十万、牛肉二百斤、粳米二百斛；特进、侯十五万，卿十万，校尉五万，尚书三万，侍

东汉人说：这都是我玩剩下的！

东汉不仅有年终奖，立春还有春赐，这不就相当于一整年有两次年终奖吗？冬春之际，一定是东汉最幸福的季节，没有之一。

唐：唇膏面霜，年终奖的标配

至德二载（757）冬，这是一个不折不扣的暖冬。这一年的七月和十月，唐肃宗命郭子仪与李光弼等将领讨伐安史叛军，收复长安、洛阳两京。于乱世中登上皇位，如今总算可以喘口气了，唐肃宗准备在腊日这天好好地犒赏一下跟着他“创业”的兄弟们，这里面包括千里迢迢逃难回到长安的杜甫。

“年会”上，君臣尽兴欢饮，肃宗大老板发表了年终讲话，勉励大家来年再接再厉，彻底将安禄山那个大胖子赶回老家放羊。最后，光说不练假把式，必须来点实际的呀，肃宗一声令下——发年终奖！

第二天，杜甫拿着他的年终奖喜滋滋地回了家。家人们列队迎接，却见杜甫手里只有两个小盒子，里面的东西更是令人大跌眼镜。杜甫大人的年终奖就是这么朴素——口脂面药、翠管银罂。

所谓“口脂”，是用以防止寒冬口唇开裂的唇膏，面药则用以洁面护肤，均有滋润皮肤、预防皴裂的效果。至于“翠管”和“银罂”都是拿来盛放口脂面药的器具。

辛辛苦苦一年，年终奖就是包装精美的“护肤大礼包”？

其实，这在唐朝是一种习俗。唇膏面霜几乎是唐代年终奖的标配。除此之外，还有澡豆（用来洗手洗脸的粉剂，类似肥皂）、头膏等，从头到脸再到脚，都替你配齐了。

现代人肯定不理解，年终奖不发钱就不发钱吧，像汉代那样发点肉和米也成啊，发唇膏面霜是为啥？这是因为腊日一般在岁尾，加上长安靠近西北，正是一年中最冷的时候，所以珍贵的御寒护肤品作为年终礼物，也算人性化的考虑吧。

宋：这五只羊牵着回家过年吧

到了宋代，随着腊节逐渐衰微，发年终奖的日子变成了冬至。如果说唐朝赐洗化用品已经让你惊掉下巴的话，那么宋代皇帝的年终奖对现代直男可以用一句流行的话来说——我做不到啊！

年终奖第一项就是赐花。在北宋时期，当时的社会流行士大夫戴花。宰相、枢密使会得到大花十八朵、栾枝花八朵，其余官员按照品级递减。想象一下，满朝百官，花枝招展，

4. 答案：会导致身体各部分的血液、氧气供应不足，增加卒中风险。

也是一幅“辣眼睛”的画面啊！

除了用赐宴、赐花来增添节日的喜庆外，北宋皇帝还会赐予官员各种食物。按照官员品级，宰相、亲王、使相、枢密使会得到五只羊、两石米、五石面、二斗米酒。其余官员按照等级，其所获得的食物依次递减。

您可别小瞧这些福利，要知道，在宋代，羊可是贵重物品，价值不菲。当时的羊肉只有皇家贵族才能吃，普通人吃羊肉是要受到惩罚的。美食家苏轼在京城时，无论是皇家赏赐，还是宾客宴请，吃的都是上好的羊肉。等发配到黄州，因为钱包太瘪，根本买不起羊肉，没办法，他只能选择吃猪肉并用心改良做法。歪打正着，才有了后来美名传天下的东坡肉。

《夷坚丁志》记载，宋高宗绍兴年间，“吴中羊价绝高，肉一斤，为钱九百”。而当时一个基层官员一个月的工资只够买八斤多羊肉。这么算来的话，年终奖发五只羊，着实是一笔巨款啊！不过，很遗憾，大部分人是根本拿不到的。

可能您会觉得这些所谓的年终奖更多的是仪式感，没有真金白银来得划算，但其实人家宋朝官员根本不在乎，因为他们平时的工资高到年终奖可以忽略不计。

这里举一个例子。要说历史上最擅长“凡尔赛”的公务员，白居易必须拥有姓名。这位仁兄动不动就发个圈（作诗）晒自己的工资，诸如“俸钱万六千，月给亦有余”，真是拉仇恨。不过，这在南宋洪迈眼里，根本都不算啥。他曾感叹白居易的生活真是清贫。

洪迈这么说是有资本的。因为他们一家都在朝为官，他的二哥洪适官至宰相。宋代一个宰相的本俸（月工资）是三百贯，如果换算到现在，则年薪已经过了百万。

—二三摘自《北京青年报》

图：小栗子

倒计时

@［德］沃尔夫冈·布格尔
任爱红译

她坐在椅子上，膝盖上放着一个老式手提包，犹如受惊的乌鸦。

我向施奈德保证，接下来的五分钟我完全可以把事情搞定。

“那么，费茨林太太，有什么我能帮你的吗？”

她嘴张开又闭上，我没听见她说的是什么。

“我必须再说一遍，费茨林太太，我只有五分钟时间和你交谈。”

“医生，事情是这样的。我有个女儿叫米里亚姆。我丈夫死得早，她就是我的唯一。你明白吗？”

“明白。”还剩四分钟。

“我的米里亚姆发生了不幸。那时她上二年级，一次她在校园里发现一支注射器，是一个吸毒者用过的，你知道，吸食海洛因的瘾君子。那时她太小，才七岁，她把它拿回家。有时下午我不得不把她一个人留在家里，因为我还得去上班，你明白吗？米里亚姆和她的泰迪熊玩打针游戏时，用针头扎了自己。”

她看上去很伤心。还剩三分钟。

“那个针头的主人是艾滋病患者！”她低声说。

哦，不太妙。“我很抱歉，太太……你女儿怎么样？我真心希望她没感染上。”

她吸吸鼻子。我敢肯定，她就要哭了。要是她一直那样拽着手提包，包会被扯烂。我要不要给她块手帕呢？不用。她只是在吸鼻子。

“她死了。两天前我埋葬了她。”现在她真的哭了。唉，当然了，这是关于她女儿的一个非常悲伤的故事，没错。

“我真是很抱歉。啊——费——费茨林太太，但你还剩两分钟了。我能帮你什么吗？”

“哦，你看啊，医生。这些事我考虑了很多。米里亚姆病了那么长时间，她死的时候才 17 岁，总得有人为这种厄运负责，你不这样认为吗？肯定得有人负责，是吧？”

也许吧。不是我的问题。这个该死的手提包又是怎么回事？

只剩一分钟了。

“最初我想，是那个瘾君子的错。我去了售卖机后面的公园，但是我看见那些家伙病恹恹的，根本不知道自己在干什么，最后我去了警察局。太难了，他们根本不想理我。一个警监告诉我，他们抓的都是贩毒的小喽啰，从不抓那些提供毒品的人。毒贩的情况他们都掌握，但是不能去证明什么。最后，他把你的名字告诉了我，医生。”

该死，真是大麻烦来了。

“然后我想，现在米里亚姆都死了。我照顾了她那么长时间，最后不得不连工作都辞了，现在我这个年纪也找不到工作了。然后我又想这次你不会再躲起来了吧，要是警察不来抓你，我为什么不呢？”

这女人真是太搞笑了。施奈德必须来一趟。该死的蜂鸣器呢？

“这就是我来这里的原因，医生。你知道，对我来说不那么容易啊，尤其是找到一个能放进手提包里的炸弹！”

水云间摘自《译林》 图：恒兰

那是一个平常的夜晚，我和老公在房间看《最后之舞》。没想到，接下来我经历了人生高度紧张的几个小时。

看着自己紧缩成一把的手指，**觉得是脑梗了**

@Summer

看着电视，突然全身汗毛竖起

看电视的时候我两手空闲，开始用右拇指反复按摩左手掌，听说这样对心脏有好处。因为两年前我有心肌缺血的毛病，近几个月以来，时时感觉胸闷和心慌，我觉得有可能是心脏的问题加重了。

但最近孩子一直不开学，我担心一旦开始正规检查治疗，多半需要背24小时动态心电图，甚至住院，这样的话孩子就不好交代了。

按摩了一会儿，好像作用不明显，胸口还是有一种喘不过气的感觉，于是我干脆用右手手掌根在左胸口轻轻打圈按压，心想按摩一下促进血液循环总归不是坏事。

按到第二轮的时候，我突然感觉不对劲。身上的汗毛一下子竖了起来，心口发凉发慌，感觉心脏吊在嗓子眼，有一种极度惊恐的感觉。

我弹坐起来，紧紧抓住一旁老公的手，只说了一声“不好了”，就头脑空白，弯着腰大口喘气。

老公呆坐在旁边，任由我捏着手腕，不知道发生了什么，可能也不知道该怎么办。

心慌得找不到北，是心脏病吗

我感觉不到自己的心跳，心慌得找不到北，喘得像风机一样，接着整个人开始发抖。直觉告诉我，肯定是心脏病发作了。

我偏头跟老公说：“得马上去医院。”老公跳下床，我进洗手间翻东西，记得那里曾经放着一瓶药，

5. 答案：过高的压力会伤害各个器官组织，包括血管、心脏肾脏等。

但是没有找到。我老公在客厅的药箱里乱翻，我说："来不及了，我们现在走。"

我穿外套、拿身份证、收背包，脑子很清醒，但全身发冷，整个人抖得像筛糠一样。这时大约夜晚十一点。

开上大路一会儿后，我感觉自己平静下来，也不抖了。我跟我老公说："我现在好一些了，不用开那么快。"人平静下来，眼泪就来了。脑子里其实也没有想具体的什么事情，不觉得害怕，就觉得委屈。就这么哭了一会儿，看着我们的车过了一个又一个十字路口。

手脚麻掉动不了，一定是脑梗

我问老公去哪个医院，老公说去平时最信赖的那个三甲医院，我点点头。就在这个时候，毫无预兆地，我突然头皮一麻，心里又开始发凉。我对老公说："来不及了，又来了，我们得就近。"老公说好，去附近一个有卒中门诊的私立医院。

这一次比上一次来得更凶猛，更糟糕的是，我面部嘴唇以上的部分——脸、眼皮、脑门全部麻木掉了，完全不能动，只有下巴可以活动，所以还能说话。

接着，我的腿、上腹部、手臂和手指都开始发麻。我尖叫起来，老公开始闯起红灯，一个接一个。

然后我就眼睁睁地看着自己的手，从左手先开始，一个指头接一个指头地蜷了起来，变得僵硬，无法动弹。

我处在一个非常怪异的状态里，失去了对大部分身体的控制，身体的各个部分一个接一个变得麻木，然后僵硬。但是头脑非常清醒，我没有恐惧，只有遗憾——有那么多事情才刚刚要开始啊，是不是就没有机会了？

我看着自己紧缩成一把的手指，觉得一定是脑梗了。

到底是心脏病发作，还是中风

车子驶进了医院大门，我很想跟老公说"如果我进去抢救出不来了，要照顾好我们的女儿"。但是我没有，我记得自己说"如果我进去抢救了，记得赶快帮我联系转三甲"。还是不甘心啊！

我既冷静又大声地喊："医生，我的脸动不了啦，我的手指也动不了啦，我是不是中风啦？！"医生很冷静，让护士带我去病床上做心电图还有其他检查，我拎着两个爪子自己走了过去。

我问他："我是心脏病发作还

是中风了？”医生微笑着说：“你别太担心，我保证你没有中风。”我当时两个爪子蜷成那样，根本没有办法相信，但他的话莫名其妙地让我安心了一些。

接着，我躺在病床上，身体不受控制地抖个不停，像案板上的鱼。在我感觉抖得灵魂快出窍时，医生让护士给我注射安定。

我的脑子既清醒又迷离，能看到和思考所有的事情，但似乎撇去了令人欢喜或烦恼的情感因素。

而且心悸神奇地消失了，我捏了捏拳头，不知道什么时候手指也可以正常活动了。

一件既重要又平常的事

医生似乎在外面和我老公说了一会儿话，接着走进来跟我说：“你不是心脏病发作，也没有中风。你这是碱中毒，过度换气引起的。打完针就可以回家了，后续事项已经告诉你先生了。”

医生和护士离开后，老公坐到了我床旁，好像准备说一件既重要又平常的事，他说：“医生说你今晚这个症状是焦虑引起的，是焦虑症的一种表现，比较重的那种。医生给我们推荐了三甲医院的一位心理科大夫，我们要一起去看看。”

其实刚才活动自己手指的时候，我就已经意识到了什么。如果是那么凶险的疾病，怎么会躺上病床后没有被熨斗一样的东西电击，只是一支安定下去就“正常”了。心脏病或是脑卒中不可能这样挥挥衣袖，不带走一片云彩。

这次急诊一来让我卸下了一部分的心魔——至少身体能从物理上支持我去到另外一个战场；二来让我坦然面对真相——我一直觉得自己挺焦虑的，结果确实是焦虑；三来既然这是一个叫得出名字的病，就意味着我们有办法治，不是吗？

就这样，在凌晨五点，我四肢健全、头脑清醒地走出了医院，带着捡了一条命般的快乐，去吃了个以为再也吃不上的宵夜。

摘自微信公众号果壳病人　图：豆薇

我在门口装了个摄像头，然后……

@闫　红

最近我经常往返于家和工作室之间，但是一天多次往返两个居处，我的强迫症大爆发了。通常是这样的，我下了楼忽然不确定电磁炉有没有关，上去，查看电磁炉确实关了，又不确定卫生间暖风机有没有关，再把暖风机确定了，然后又想我刚出来时电灯有没有关呢？

为了不再受这种折磨，我把插座全换成智能的，就是可以连接到手机 App 上，远程查看是否关闭，没关的话，随手关了就行。确定是否关门这件事也不难解决，在门上装个带摄像头的门铃就是。

门铃是用 3M 胶黏上去的，我关闭了报警装置，装上之后，我就高高兴兴地回家了。

到家后我查看被拍下的画面，没什么人经过，被抓拍到的只有刚才我自己离去时的背影，我发现，镜头里的我是如此难看，而且绝不是变形丑化的结果。这样的我拱背缩肩，看上去又臃肿又委顿，师奶气十足，一夜入秋地让我承认自己是个不折不扣的中年妇女了。

我第一时间把这些视频删除了，它们就是我的隐私。

然后就是漫长的寂静。直到晚上八点，手机提示有人在门口逗留，打开来我看到一个西装革履的年轻人正在朝门把手上挂小广告。我的门铃是可以对讲的，如果我这时发出声音，他会不会被吓死？大晚上的，还是不要搞这种后果未知的恶作剧吧。

我按捺下“罪恶”的小念头，那个年轻人却心电感应般看了看我这边，他应该是发现了门铃，因为半个小时之后，他再次出现在镜头里，把那个小广告取走了。大概是怕我投诉他吧。

可以想象，这半个小时他内心一直很忐忑，最后还是回来了，跟我一样是个胆小怕事的人啊。

第二天我没去工作室，在摄像头里看到保洁阿姨正在打扫卫生，我经常送些纸箱子给她，她也经常对我嘘寒问暖，有时还拿抹布顺手把我放在门口的鞋柜擦擦——不是我素质差，我们这个公寓几乎所有人的门口都有个鞋架。

这次，我看到保洁阿姨把我的拖鞋踢到鞋柜底下，昨天我走得匆忙，没有把拖鞋完全塞进去。摄像头太高清了，我看到保洁阿姨皱着眉头，嘴里嘀咕着什么，是的，我的门铃还能传送语音，我听不清她在说什么，但肯定是嫌恶了。

就这么看了一两天，晚上兴致已经不大，第三天早晨，我在百无聊赖中打开手机App，收到提示，说我的摄像头被人强拆了。

抓拍下来的，是灰蒙蒙的几秒钟，还有摄像头的垂死挣扎，色厉内荏地告知对方，强拆摄像头已经引发报警，图像将会被拍下来传送给主人，然而还是被谁拆走了。

这是发生在午夜12点的事，因为电梯里也有摄像头，我一直特别有安全感，我从来没想到半夜里还有人在这里觊觎过我的财物。

问题是，这个人为什么要拆摄像头呢？我放在门口的鞋子不比这个两百多块钱买的摄像头更值钱更实用？等等，不是说好的有人靠近就会拍下来传送过来？人呢？

这个小偷未免身手太敏捷，如此敏捷的人干吗要偷这个摄像头？难道我真的拍到了他的秘密？这一切太不可思议了。

不对，还有一种可能，是这个门铃自己掉下来了。3M胶二次使用终于力不能支，门铃跌到了地上。如果这个破门铃都有人打主意，半夜三更跑来拿，这世界也太不安全了。

电梯门打开之前，我简直是提心吊胆，电梯门开了，我看见那个门铃静静地躺在地上。我几乎喜极而泣，那点微小的确定感又回来了。

我重新买个底座，把门铃装上，但我很少再看它，我不需要知道那么多，有什么事它会通知我的，有些事就算知道我也无法掌控，有些“知道”也只会白白吓着自己而已。

你看，一个智能门铃就能让生活波澜迭起，让你看到生活另一面。

扬灵摘自微信公众号闫红和陈思呈　图：小黑孩

【讨论区】我们都是凡人，势必被凡事左右，你是否也有强迫症呢，是选择庸人自扰还是难得糊涂？

6. 答案：空腹血糖3.9~6.1mmol/L。

口吃怕什么？我们厉害着呢

@金陵小岱

（文中设置了十处差错，你能找出来吗？答案见 P35）

口吃也有组合：期期艾艾

说到口吃，怎么能忘记这个著名的组合，那就是大名鼎鼎的“期期艾艾”。

“期期”指的是汉代大臣周昌。当年在农民战争中跟了刘邦，并且跟着刘邦入关破秦，被封为汾阴侯。周昌敢于直言，但这个“直言”对他来说有点困难，因为他口吃。但这不妨碍周昌表达他自己的观点！

话说某天戚夫人又给刘邦扇足了枕头风，想让刘邦废掉刘盈，立自己的儿子如意为太子。周昌乃一钢铁直男，他直接在朝廷上跟刘邦极力争辩，刘邦被他吵得脑壳疼，问道：“那你说说，有什么理由反对我改立太子？”

周昌本来就口吃，加上他又是激动，又是愤怒，于是口吃得更厉害了！他满脸通红，青筋爆露：“我……我的口才虽然不太好，但我期……期……知道这样做是不……不行的。我期……期……坚决不能接受您的召令。”

原本挺严肃的一件事情，周昌这一口吃，惹得朝堂上文武百官都哈哈大笑，刘邦也跟着大笑。况且刘邦这个人最大的优点就是听人劝，于是改立太子一事，他就暂时不提了。

既然“期期”如此刚直，那么“艾艾”就必须机智。

“艾艾”指的是三国时期魏国大将邓艾。邓艾有口吃的毛病，他一开口就先自称："艾……艾……"他大概要"艾"个一分钟左右，能把人给急死！

某次他在洛阳参加司马昭的聚会，又是"艾"了半天还没"艾"出下一句，司马昭就拿邓艾开刷："你老说艾艾，到底是几个艾？"邓艾口吃结巴，但脑回路却通畅得很，他好不容易"艾"完了，立刻怼回去："凤兮凤兮，难道不是一个凤？"邓艾怼回去的这句话里，还有这么个意思："哼！我就算口吃，我也是凤凰哟！"多么傲娇！

这一局，邓艾赢。

所以，口吃又如何？三观正，脑子好，最重要！

高殷：口吃的事情，真心不怨我

有的人天生口吃,这谁也怨不着，但北齐废帝高殷确实有个人可以怨，那就是他的父亲北齐文宣帝高洋。

高洋是个精神世界非常复杂的人，高殷就是这位北齐文宣帝高洋的嫡长子。作为太子，他原本应该少年得志，但有了这么一个精神错乱的父亲，在这样的环境中长大，高殷的性格多少就有些问题。不过高殷聪明眷智，生性宽厚仁智。

高殷的口吃并不是先天性的，直到某天高洋登临了金凤台，他看着皇太子高殷若有所思，心想："这个孩子有点不像我，太过善良儒弱！这样如何能够成就霸业！"于是，高洋把高殷叫来，递给了他一把刀，说："儿子啊，我命令你亲手把这些囚犯给杀了！"高殷拿着刀，浑身颤抖，别说杀人了，就算是只鸡，他都没有杀过啊！

看着那些囚犯恐惧的眼神，向来宽仁善良的高殷心生怜悯，他颤抖着手臂，砍了好几刀都没有把囚犯的头砍下来。高洋见状，气不打一处来，他指着高殷，厉声吼道："你给老子砍！快点！"高殷还是没有下得去手，此时高洋怒火中烧，他狠狠瞪了高殷几眼，忽然拿起身边的马鞭，当着众人的面，狠狠抽了高殷三下。

挨顿打并不算什么，但高殷是养尊处优的皇太子，在众目睽睽之下被亲爹用马鞭抽打，一是受到了惊吓，二是受到了屈辱。或许连高洋都没有想到，这顿打让高殷留下了终身的遗憾，那以后的高殷常常心季口吃，精神恍忽。

从医学的角度来看，高殷的口吃是受到惊吓后，心理原因造成的语言障碍，但口吃并没有影响他成为一代明君。在他继位后，只用了短短的三个月就扭转了国家的局势。

陆羽：口吃怕什么？把它变成我的特长！

其实口吃只是个正常的语言障碍，但很多人因为自己口吃，就此放弃了对艺术的追求，若真是这样，那就太可惜了！在唐代，有一个人会告诉你什么叫“一切皆有可能”，他就是大名鼎鼎的“茶圣”陆羽。

不过，陆羽从来不会因为自己口吃而感到自卑，相反他还将自己所有的先天不足变为了优势。

陆羽面对的首要问题就是生计，但他竟然一不小心就踏入了演艺圈。陆羽颜值不高，还口吃，当流量小生是不可能的了，好在他幽默机智，成了一名丑角演员。大概是有些艺术天赋，陆羽的表现力很强，他虽然口吃，但很会在表演中扬长避短，甚至会利用自己的口吃增加喜剧效果，他的表演里都透着骨子里的灵气与幽默，一时成为演艺圈里的红人。

这还不够，陆羽还把他表演时的一些灵感收集起来，竟然写了三卷《谑谈》。没多久，这套《谑谈》也火了，成了排行榜第一的畅销书。

就这样一直到了公元746年，楚地人要在沧浪水边大办宴会，主办方是地方官吏，他们听说有个叫陆羽的丑角演员很出名，于是召见了他。出任河南府太守的李齐物出现了，他见到陆羽后，眼睛一亮：“哇！这绝对不是一般人！”于是，李太守握着陆羽的手，拍着他的背，亲手把自己的诗集送给他，叮嘱他一定要收藏！不仅送诗集，李太守还推荐陆羽去火门山邹夫子的别墅学习。也是在那以后，陆羽开始了他的另一段人生——品茗釜水，成了一代“茶圣”。

试想一下，假如陆羽因为自己的口吃而感到自卑，那么他往后的人生怎么会如此精彩？他乐观而努力地把这个小小的缺陷变为了逆袭人生的特长。

这些名人用他们的人生告诉我们：口吃怕什么？这只不过是一个最为常见的语言障碍而已，人生只要不放弃，随时都会有精彩。

扬灵摘自微信公众号金陵小岱

图：小栗子

倔三爷与二维码

@许福元

顺和花园小区东门外马路边，像倔三爷似的小菜摊，不止七八个。都是村民利用开发区墙外的零星土地，辛勤耕种收获的。

旁边卖水果的外村人都用二维码收钱了。在三蹦子车上放一块木板，上面贴着一张纸，纸上印有“豆腐块”。买的人只要用手机扫一扫，“嘟”的一声，就算付钱了。

倔三爷见了，觉得新鲜又怀疑，问：这就叫收钱了？

真收了，那还有假？卖猕猴桃的人有点卖弄，倔三爷，您倔过时了，您应该与时俱进。

倔三爷呵呵一笑，用老树根似的手，指着木板上的“豆腐块”问：那叫什么玩意？

二维码。

倔三爷用鼻子哼一声，我看是“二百五”。

话音刚落，真来一个“二百五”，黄毛，脖子上吊着金链子，臂上文着龙，骑一辆大摩托，呜地停在车槽帮前，车也不灭火，也不问价，嚷一声，来一百块钱的！

卖主很高兴，赶紧将称好的猕猴桃用塑料袋装了。那买主掏出手机，照二维码一扫，说了声：钱给了。一踩油门，屁股冒烟就颠了。

那卖主看一眼手机，摩托车都跑没影了，还扬手扯着嗓子喊：没扫上，没扫上！

倔三爷见了，嘿嘿一笑。

一个留着大胡子、脑后梳个马尾辫、人长得像胖冬瓜、很有艺术家暴发范儿的老男人蹲在倔三爷面前，指着象鼻倭瓜问，多少钱？答：两块五。大胡子又指长青瓠子问：多少钱？答：两块五。

7. 答案：两型，即 1 型糖尿病和 2 型糖尿病。

那好，一共五块。大胡子掏出手机问：是我扫你，还是你扫我？

倔三爷哈哈笑：我没有扫帚。我不扫你，你也甭扫我。做买卖讲究一手交钱，一手交货。

你不会用二维码。也好。大胡子从腰兜成沓的百元大票中抽出一张，捏住往空中一抖，递过去。

倔三爷没接，说：对不起，买卖刚开张，没零钱。

旁边人很热心，立刻将整钱兑换成零钱。大胡子左手递过去五块钱，右手要抄倭瓜和瓠子。

倔三爷没接五块钱，两只手却拢住倭瓜和瓠子。一手钱，一手货，你给我两块五毛钱，我给你一根象鼻倭瓜；你再给我两块五毛钱，我再给你一根青瓠子。这不是挺整齐的账吗？

大胡子哭笑不得，只好就范。

大胡子走后，旁人问：倔三爷，您为什么犯倔？倔三爷低头，眯眯眼，咂滋味，我就瞅这小子别扭。

您看他哪儿别扭？倔三爷这才一一道出：老爷们梳个娘们头，要是我儿子，得给他个大脖拐；腰包里露出零钱，偏抻出百元大票显摆嘚瑟。我不用二维码，照样卖得快。

但很快，用现钞买菜付款的人越来越少了。倔三爷感到了前所未有的尴尬与压抑。

不认识倔三爷的买菜人态度很干脆，同质同价谁有二维码就扫谁的；和倔三爷半熟脸的人为了照顾一下他的面子，也间或用现钱意思意思；当庄姑奶奶尚存老礼，不怕麻烦，坚持与倔三爷现钱交易。

远房侄女快言快语，当面数落：三叔，只有我能当面说您，您的菜挺好，价不高，为什么卖不动？现在谁不用手机扫码，就是老土；再说，您收钞票，怕收假钱，还要举着让阳光照一照；您数钱的时候，抠抠索索，票子都揉成苦麻菜了，多耽误工夫；您找钱时，黑手指，灰指甲，蘸唾沫……

一连三天，倔三爷没出摊。

第四天，倔三爷清清爽爽，隆重出摊了。摊位上摆着三块木板，贴有三张二维码。

旁人逗他，倔三爷，您怎么不犯倔了？是不是觉得“谁不紧跟时代，时代把谁淘汰”？

倔三爷用大手搔着花白粗硬的短发，眼神有点软，腼腆害羞般苦笑着：为了这二维码，乡亲们都迁就我，这是人情啊！人情重于山，我不愿欠——人情债。

王传生摘自《光明日报》

图：宋书成

黑帮少年的吻

@林　云

市井初遇

2009年11月，公司派我到巴西的里约热内卢担任一个项目的葡萄牙语翻译。我还在国内时，里约公司的同事就提醒过我，里约治安极差，是巴西有名的罪恶之城。

放下行李，我决定到公寓周围逛一逛。有个少年正在街头跳舞，旁边的半旧音响放出震耳欲聋的乐音，周围站了一圈人。少年应该不到15岁，身形瘦长，胳膊上却有虬起的肌肉团，还有奇怪的文字文身。他皮肤虽黑，但不是非裔，五官立体，很像年轻时的费翔。

“Bravo!”围观的人欢呼，我挤在一群拉美男孩中，也跟着用力鼓掌。

音乐结束，少年留意到我，冲过来，一把抱住了我，在我左右脸上各吻了一下，我的脸瞬间通红。“Obrigado,irmã.(葡萄牙语：谢谢你，姐姐。)”少年笑眯眯地对我说，身上有一种淡淡的酒精味。

少年告诉我，他的名字叫里卡多，每天晚上在这里练舞，是为了参加一年后的街舞比赛。

告别里卡多，我回到公寓，保安一脸惊讶，再三跟我说不能晚上一个人出门。我没有放在心上，今晚我对里约的印象好极了。

里卡多跳舞的那条路，是我回家的必经之路，我几乎天天看到他。

后来，我又认识了里卡多的两个双胞胎弟弟，约瑟和卢卡斯。里卡多15岁，两个双胞胎12岁，他们跟着里卡多学街舞。

一天晚上，我正准备回家，一个黑壮的男人拉住了我，不由分说地把一个小塑料袋塞进我手里，并伸手向我要钱。

我一下想起了同事的告诫，怀疑塑料包里是劣质毒品。我想说不要，又怕他打我，如果硬着头皮买下，就得拿出钱包。正犹豫着，一只手夺过我手里的塑料袋，狠狠扔回给那个男人。我抬头看见里卡多涨红了脸，大声对那个比他高一个头的男人吼着什么，语速极快，我只听懂了“朋友”这个词，大概在说我是他的朋友。

黑壮男人也气势汹汹地回复，用一只手揪住了里卡多胸前的衣服。我心里发慌，担心里卡多激怒了男人，也害怕连累了他。幸好吵了一会儿，男人用食指在里卡多的额头狠狠点了几下，就走开了。

里卡多笑着安慰我，说不用怕，他们不会再骚扰我了。我感激地看着里卡多，他的脸虽然还稚气未脱，但已经是个勇敢的男人了。

有一天，保安把我拦住了，他犹豫再三，终于告诉我，那群跳街舞的少年是毒贩，是住在贫民窟里的人。可我不相信一个毒贩会那样温柔地叫我姐姐，何况他还会跳那么好看的街舞，也保护了我。

身份疑云

一天晚上下班，我又遇到里卡多在街头跳舞，本想打个招呼就回家，里卡多老远就对我招手，等我走近，他笑眯眯地告诉我，他妈妈想请我去他们家吃顿家常饭，我点头答应了。

里卡多还告诉我他很喜欢中国，想要学好中文，将来到中国赚大钱，天天都能吃到美味的中国菜。

我说：“你要是想学中文，我可以免费当你的老师，送你学中文的资料和MP4。”里卡多听了，开心地跳起舞。

回到家里，我突然后悔了。保安说过，里卡多的家在贫民窟，连警察也不敢随意进入。我答应去里卡多家里吃饭，会不会有危险？一瞬间我的头脑里充满了“绑架”“谋杀”等可怕的字眼。我赶紧摇头，想把这些想法甩掉。

周末的下午，里卡多如约在楼下等我。此时我有些不安，但既然已经答应了去他家吃饭，反悔会引起不愉快，我只得硬着头皮跟他走。

我们转了一次公交车，又坐了一程出租车，还没到贫民窟，司机便再也不肯往前开，我赶紧抢着付了车费。下了车，我们步行往山上走。路上遇到的人都稀奇地看向我，窃窃私语。

走了半个小时，才到里卡多的家。里卡多丝毫没为家里的贫穷害羞，他兴高采烈地跟家人介绍我。我们正热闹地吃饭聊天，忽然从外面走进一个人，大家都脸色凝重，一句话也不说了，气氛变得压抑。

那是个中年男人，眼神阴沉，让人害怕。里卡多跟着他出了门，过了一会儿才独自回来。

里卡多告诉我，贫民窟里的一切都由里面的帮派把持，他们不喜欢外人进入贫民窟，尽管我来吃饭的事，他已经报备给管辖这条街区的人，但他们还是不放心，特地派人过来看看我是不是政府的眼线。

大概是我脸上惊慌的表情让里卡多担心了，他说完这些又在我耳边轻轻说："姐姐你放心，我不是坏人，其实我是警察的卧底，任务是监督帮派分子的活动，政府想要抓住所有的毒贩，我能给他们情报。这件事我只告诉你。"

我不敢相信里卡多是警察的卧底，他只是个 15 岁的孩子。

少年之死

一天，我和平时一样搭公交车上班，没开多久，公交车突然停了，车上一阵喧哗，一群蒙着面、拿着

枪的人大喊着，把乘客都赶到车尾。我刚刚站起身，一个蒙面人就用枪口抵住了我的背部。第一次感受到枪口的冰冷、坚硬，我两腿发软，几乎虚脱。

我脑子里一片空白，不停问自己：我会死在里约吗？这时，我突然看到一个歹徒的眼睛，我一下子就认出来了，他是里卡多。他显然也认出了我，因此左顾右盼，假装不认识我。

幸运的是，歹徒们抢走了财物就立刻逃走，没人死亡。但我浑身冰冷，心中非常矛盾：如果里卡多是黑帮分子，那我就是曾经处在巨大的危险中却不自知，又或者他真

8. 答案：空腹血糖 4.4~7.0mmol/L；非空腹血糖 <10.0mmol/L；糖化血红蛋白 <7.0%。

是警察的卧底，不得不做坏事掩饰自己的真实身份？

后来，我再也没有见到里卡多在街头跳舞。

2010 年 4 月的一天，一大早我就被吵醒，楼下“噼里啪啦”像是在放鞭炮。我打开窗户向楼下张望，看见了一大群警察，顿时明白刚才的声音是枪声。

我特意看了当天的新闻，据说在我住的街区里，黑帮分子为了争夺贩毒的地盘，发生了械斗。

6 月，公司在里约的项目结束，我即将返回中国，感觉松了一口气。

那天在街上，我遇到一个当初在街头跟里卡多一起跳舞的少年。没想到他告诉我，里卡多在 4 月那场争抢地盘的械斗中被打死了，同时被打死的还有卢卡斯，他的双胞胎弟弟。

少年说里卡多之所以参与抢劫、贩毒，是因为有亲人被毒贩杀害，里约警察不管贫民窟的命案，为了报仇，也为了保护家人，他加入了一个黑帮，想要依靠帮派的力量，可惜没多久就成了枪下亡魂。

听到这个消息，我内心五味杂陈。从去年 11 月，我第一次看到里卡多在街头跳舞，到 2010 年 4 月里卡多去世，只有短短 5 个月，相处的时候，他一直是阳光、帅气的样子，加入黑帮，也许是他没有选择的选择。在一个安定的环境里顺遂地成长，对里约贫民窟的少年来说，只能是奢望，他甚至没能活到参加他一直期待的街舞比赛。

回国前的晚上，我在整理行李时发现了一个从国内寄来的包裹，不知何时收到的，被我遗忘在柜子的角落。我用刀划开包装盒，原来里面是学中文的书和 MP4。

我想起这是我答应送给里卡多的礼物，当时他的眼睛闪闪发光。

扬灵摘自微信公众号真实故事计划

图：豆薇

《口吃怕什么？我们厉害着呢》

参考答案

1. 扇足——煽足
2. 爆露——暴露
3. 召令——诏令
4. 开刷——开涮
5. 眷智——睿智
6. 儒弱——懦弱
7. 众目暌暌——众目睽睽
8. 心季——心悸
9. 恍忽——恍惚
10. 釜水——鉴水

初次见面，衣着真的很重要

@球球的画

小祺摘自微信公众号球球的画

跟儿女斗智斗勇，我输到劈叉

@ 刮刮油

一

今天闺女拉我玩过家家，我一贯只能当姥爷，就问她：“今儿当谁的姥爷？”谁知她说：“今天我当妈妈，你当爸爸！”

我心想今日真是混出来了，谁还不过个年啊，便美滋滋问：“说好了可就谁也不能反悔！那哥哥呢？”她说：“哥哥当爷爷！”我儿子闻风而动冲进屋来，他从不爱玩过家家，现在看着我笑得很慈祥。

二

今年暑假逛乐园，我女儿在纪念品店看上一大玩具，我正要掏钱，我爱人用凌厉的眼神石化了我，说：“我们俩都没带钱。”我知道是因为家里的毛绒玩具数量已可以绕地球七圈半。

玩至傍晚，我实在无法承受内心的煎熬，趁我爱人带她吃甜品的时候溜回去买下来。当我从背后拿出玩具塞给我女儿并笑眯眯地看着她时，父爱爆棚光辉附体。她果然没让我失望，举着玩具，瞪大双眼，热泪盈眶，那一刻一切都值得，她喊：“爸爸，偷东西可不行啊！”

三

送儿子上学，小区门口有两撅猫屎。我儿子看了看，跟我说：“爸，拉这个屎的这只猫，应该是棕色狸花，不大，不算胖，尾巴不长，眼睛是绿色的。”

我心里非常惊讶。这个孩子跟我一样想养一只猫，但苦于我爱人怕猫而不得，未料已到观屎识猫的境界了，真是喜欢什么都不用教啊。

我摸着他的头欣慰地说：“好儿子，这都书里看的？”他说：“不是，那猫昨儿就到这儿来拉下的。”

四

下班等我爱人接闺女跳舞回来，一天没见十分想念。忽门铃响起，我顿时贱爹附体，从沙发跳起扭着屁股冲向门口，“谁呀？是不是我的小可爱哟？”音调极尽妩媚之势，“想不想我呀？”

我笑容热情打开门。门口一快递小伙一脸惊恐看着我，低头看着包裹，战战兢兢问：“大、大哥，您是那个什么，那个就是这个……舔舔油吗？”他抬起头，哭丧着脸，“您这样我忘了这字念什么了。”

果果摘自《喜剧世界》

狼牙鳝

@邓刚

我年轻那阵相当厉害——手持渔枪，脚蹬鸭蹼，是凭一口气量潜进波涛之下的“海碰子”，在凶险却富有的暗礁之间捕捉海参鲍鱼。在那个物资匮乏的年月里，享受着难以置信的“幸福”生活，我们高唱“海碰子”们编的歌曲：“我们都是穷光蛋，口袋里没有一分钱。我们都是阔大爷，海参鲍鱼就干饭！”

为此在邻居们的眼里，我威武雄壮，能在汹涌的大海里腾波踏浪，大家都认定我这个小伙子了不得。一天，一个邻居老太太来求我，要我抓一条二三斤重的鳝鱼。因为她的儿媳妇刚生孩子，没有奶水，偏方说喝了鳝鱼汤，奶水就能“哗哗”的。坦率地说，我一下子怔住了。虽然我敢于在凶险的海底暗礁丛中拼杀，但从来没捕捉过鳝鱼。

老“海碰子”经常说，北方海里的鳝鱼大多是狼牙鳝。也就是说有着恶狼一样的尖牙，而且毒性强烈。我也看到被狼牙鳝咬破手指的渔人，指头肿胀得发黑，如果肿得太厉害，溃烂了，就要去医院动手术割掉，说明狼牙鳝不是好惹的。别看狼牙鳝这么凶恶，价钱却远卖不过海参和鲍鱼，为此，“海碰子”们从来就没有捕捉过这家伙。

然而，我绝不能在邻居面前失去“英雄豪杰”的形象，于是毫不犹豫地拍胸脯，说区区一条鱼，小菜一碟！其实我敢这么吹牛也有点底气，我当时愿意看书，从书本上看到狼牙鳝视力极差，感觉迟钝，所以危险来临时，它动作就缓慢，

9. 答案：总胆固醇、甘油三酯、高密度脂蛋白、低密度脂蛋白。

令人误以为是沉着冷静有胆量。

但下海之前，我还是不敢掉以轻心，找老“海碰子”虚心请教。老“海碰子”说：“打狼牙鳝要像打毒蛇一样打七寸，这样它就无法扭过头来咬你。”

在一个阳光明丽的早晨，我一头扎进波涛里，开始寻找狼牙鳝。因为狼牙鳝是鱼类中的凶恶之徒，总是藏匿在肮脏的淤泥里，所以我就朝黑暗的水域前进。

我小心翼翼地拍动鸭蹼，贴着海底无声地滑行，很快就发现淤泥中有几个破陶罐。果然，我只用渔枪稍稍挑动一下，里面就探出一个蛇一样的脑袋，瞪着冷漠的小眼睛，那就是狼牙鳝。但这都是个头小的，我就继续潜入更深的水底。

突然，我发现淤泥里半埋着一个很大的破铁桶，甚至觉得我的渔枪还没触到铁桶，就有一条粗壮的大鳝鱼游出来。正如前面说的，这条鳝鱼不但见我不惊慌，而且那蛇一样冷漠的眼睛还有点藐视我。我又惊又喜，又有点心悸。我尽量将渔枪的枪尖接近它的头部，百分之百地瞄准它的要害——突然来了一枪，锋利的枪刺穿透了鳝鱼的脖颈。

被击中的狼牙鳝大梦初醒，一阵剧烈的扭动，我便更狠劲将渔枪用力往下刺，将它“钉”住。不妙的是，大鳝鱼搅动起黑黑的淤泥，立即一片黑云翻滚，伸手不见五指。我虽然有些慌，但还是能咬紧牙关死死地握紧渔枪。突然，我感觉憋得不行了，甚至憋得喝下了一口苦咸的海水，将口腔里那点空气压进肺部。我随即拼命拍打鸭蹼，不顾一切地蹿出水面。

当我“呼”地一下腾出水面时，却发现整个世界是红色的，天是红色的，远处的小岛是红色的，连海面也红浪翻滚。我这才知道，自己的鼻子憋出血来，将水镜的玻璃染红了。但手中的渔枪却始终是沉甸甸的——渔枪的枪尖上有倒钩刺，无论鳝鱼怎样挣扎，也跑不掉的。我知道胜利的果实到手了，大感兴奋。离开水面时，狼牙鳝长长的身子竟顺着渔枪缠绕到我的胳膊上，犹如一条大蛇，尾巴尖还“啪啪”地强力拍打我的肩头，犹如画中的一条小龙盘在柱子上，有些艺术感。

我就这样“威武”地游到岸边。到了岸上，我用海水冲掉水镜上和鼻孔里的血迹，望着这条又粗又长的鳝鱼，心里充满自豪感和收获感。我想，将来我要是有了媳妇，喝鳝鱼汤也不用愁了！

—二三摘自《今晚报》　图：陈明贵

古代“社畜”有话说

@黑　逗

不只现代人不想上班，古人面对上班也是一肚子苦水，并且以各种方式抒发社畜的怨念。

赖床不起法

工作日的清晨，温暖的床铺总是那样诱人。《诗经·齐风·鸡鸣》中就有个先秦社畜在这样的清晨被夫人叫醒。

夫人催他起床，说：“鸡都叫了，官员都站满朝堂了。”他说：“你听错了，那不是鸡叫，是苍蝇叫。”夫人说：“东方都发白了，官员都快到齐了。”他说：“你看错了，那不是东方发白，是月光发亮。”

半梦半醒的他还不忘和夫人调情：“虫子嗡嗡叫，好想和你再躺一会儿。”夫人气急败坏地说：“朝会马上散了！你再不起床，领导就生气了！”

先秦社畜清晨五点就要起床准备工作，难怪他不愿上班。

诗歌吐槽法

忙了一天了，怎么解压呢？古人说写诗。白居易就写过一首《慵不能》，直言自己在休息日啥都不想干——“架上非无书，眼慵不能看。匣中亦有琴，手慵不能弹。腰慵不能带，头慵不能冠。午后恣情寝，午时随事餐。一餐终日饱，一寝至夜安。饥寒亦闲事，况乃不饥寒。”

该诗创作于大和四年(830)，白居易时年59岁，堪称职场老油条，但他还是直率地说：我就是懒，不想上班！

南宋的陆游则换了一种方式，以退休生活的散漫来反衬工作给自己带来的压力——“儒生穷事业，老去转荒唐。长日中分睡，残年有底忙？书常懒终卷，诗亦少成章。忽弃篷窗去，花前又一觞。”

大胆摸鱼法

白居易和陆游虽讨厌上班，但两人在工作岗位上还是做了不少贡献的，而有些古代社畜却是在糊弄。

沈括在《梦溪笔谈》中载，有些校书官的职责是修改前代典籍中的错误，少数校书官就在上班时划水——从书架上随便拿一本旧书，用墨涂掉书上的几个字，然后把被涂掉的字在旁边重写一遍，就相当于已校过这本书。

古代的抄书行业也是“摸鱼重灾区”，尤其在整理一些繁杂的书籍时，抄手常偷工减料。

王安石编辑《唐百家诗选》时，觉得哪首诗有价值便贴一张小纸条，让抄手抄下来。一本诗集贴完，抄手见工作量太大，就偷偷地将贴在长诗上的纸条撕下来，粘到邻近页面的短诗上。

王安石不是细心的人，没检查过抄本质量，所以对抄手消极怠工的行为浑然不知。

终极旷工法

现代人不想上班时就迟到或请假，顶多被领导批评或扣工资，但在古代，对迟到、旷工等行为的处罚异常严格。

《唐会要》中记载了唐代不同时期对官员上朝迟到的处罚措施，轻则视月薪多少来扣钱，每贯（1000文钱）扣25文；重则罚一个季度的俸禄。

《唐律疏议》中规定：官员无故缺勤一天，打20小板，缺勤满三天加一等；旷工25天，打100大板；旷工35天，直接蹲一年大牢。若在军事重镇或边疆任职，要在此基础上罪加一等。

敢在如此严格的考勤制度下旷工的，恐怕只有皇帝了。史上最著名的“旷工皇帝”当数明代的嘉靖和万历。嘉靖沉迷于炼丹，20多年不上朝；万历继承了爷爷的习惯，28年不上朝。虽说明朝中后期各项制度相对完善，皇帝不上朝也可了解朝中状况，但这事给外界造成的影响还是非常恶劣的。

四铭摘自《百家讲坛》

图：小栗子

直播时代

@ 林特特

去年夏天，我参加了一个旅行团，同行的人中，有一位乔女士。她的手机备忘录上，标注着各种奢侈品在不同地区的最新价格，购物时，有人问，她也乐于分享。

小乔加了我们所有人的微信。在旅游景点，她一边拿着自拍杆自拍，一边解说。买东西时，小乔的直播就更停不下来了。

小乔的朋友圈一天总有几十条，看朋友圈，你就知道她在哪里，干了什么，买了什么，价格如何。临别，我对小乔说："你这简直是直播生活啊！"小乔笑着说："我是做代购的，直播才能让客户相信，我真的在货比三家。"

旅行结束，朋友圈中，小乔的直播没有结束。好几次，她晒出用低折扣买的好货让我眼热，我也情不自禁求购，一年下来，我竟在她那里消费过四五次。

小乔不旅行时，就在她的店里待着，主营服装、箱包。有次我顺道去小乔的店里，闲聊时道出长久以来的好奇："小乔，为什么你做代购，总要跟团？去过很多次的地方，自己玩不是更好？"小乔只是狡黠地笑。

原来，做小乔这行最难的是认识更多陌生人，并让陌生人相信她，从她那里买东西。一次，小乔偶然参加了一个旅行团，意外获得了很多微信好友。旅行结束，那些朋友还会找她买东西。从此，她干脆用报高端旅行团的方式获取客户。

我恍然大悟道："所以，与其说你在上次旅行中，向微信里的客户直播怎么玩、怎么买，不如说也在向我们直播，你是如何工作的？"

小乔没正面回答我，她从一旁的货架上拿起一件披肩，往我身上一搭，又拿起手机，拍了起来。"姐，这件真配你，还有一件，有想买的，快点下单哦！"后半句是对着手机那端，她朋友圈中的众人说的。

这直播时代，我竟不经意间帮小乔完成了一场直播。

果果摘自《品读》

【讨论区】在这个全民直播的时代，处处是商机，你有没有带过货呢？

10. 答案：总胆固醇 2.8~5.17mmol/L。

您的容貌能打几分

@张佳玮

“您知道您的容貌可以打几分吗？来评个分吧！”

他就这么稀里糊涂地被拽进去了。

“嗯，您的眼睛可以打76分……顺便说句，我们这里是百分制……发质，82分，但发量就稍微……66分……”

“那啥，我不懂这一套。为啥要给容貌评分？”他问。

“您那不以貌取人吗？”

“就，谁长得好看不好看，多少会说几句。但我们家长辈都说了，不好直接评价别人容貌的，我妈说，人要讲心灵美，以貌取人是明晃晃的欲望作祟……”他试图申辩。

“说句得罪您的话……下巴65分……其实哪里都以貌取人，只是贵处可能民风淳朴，大家又讲礼数，不会明着来。”

“那既然以貌取人都不太好，干嘛还评分呢？”他不服气了。

“我们这也是为大家服务嘛，我们这种机构能存在，是因为有需求。”工作人员回答，“这么说吧，现在商业社会，什么东西都讲量化。明明白白写清楚了，好过含糊不清。比美也是要细化的。眼睛、鼻子、嘴、耳朵、手指甲都得比，比完了好让您知道自己的长处和短处。”

“这不是明晃晃地鼓励容貌歧视吗？”

“我们不评分，大家也会暗地里容貌歧视，只是不告诉您。肩宽不错，78 分……所以我们这种评分机构就是，客观地评价您的容貌，给您一张证书。比方说求职，您跟同样学历经验的人去比，您容貌评分比他高，但他还是被录取了，这就只能说明他上面有人。这世道，暗箱操作太多了，索性把潜规则放面上来，这就是现实商业社会嘛。”

“实在是太残忍了……”他喃喃地说，“我都想回老家了……”

“哪儿都是这样。好，差不多了，我给您打个综合分……81 分，挺好的，您算我们牛油果品牌证明的中上等容貌，而且很契合我们牛油果品牌的容貌风格。”

“我拿了这份容貌评分证明，然后呢？”他问。

“然后您就去认我们这份证明的地方就好，不过这也分。”工作人员一边操作计算机一边说，“我们牛油果品牌的评分比较按新派审美，是以新贵大明星鳄梨·三明治为满分模板的，那么您可能比较容易被新兴企业青睐。”

“行吧……”他拿了一张设计考究、打印精美的容貌评分证明，稀里糊涂地出了门。

接下来该去哪儿来着？

哦对了，去新单位。

他上了辆公车。司机照例大声说：“投币一元，支持扫码支付，有容貌评分，可以扫码减免！”

还真可以？

他试着将刚拿到的容貌评分证明扫了一扫，扫码机读出来了：“牛油果机构评分！ 81 分！”

司机看了看屏幕，又看看他：“减免后车费 1 毛 9。小伙儿，长得还挺精神啊！”

“还真有用！”他想，本以为所谓容貌评分能获福利，是那工作人员信口开河呢。

到新单位人事部了。

“我来报到！”

对面看了看他，嗯了一声。“材料呢？”他递过去了。对面一瞥眼，看到他文件夹里还放着容貌评分证明，“你去容貌评分了？”

“嗯，路边被拽去了，就顺便……”

“也好，牛油果品牌的评分也算硬通货，到处都通行。你去拐角处复印吧，我正好接个电话……”

复印完文件，他乐滋滋回到人事部，看对面放下电话，眼神变了。

“出了点变化。本来是安排你当办事员的，但现在，恐怕，得暂时让你去看仓库了。”

“为什么？”

“我刚接了电话。牛油果容貌

评分机构，就在刚刚，宣布倒闭了。他们的评分，以后一律不作数了。”

“可是，容貌评分不作数，我的其他证件是齐的……”

“你不明白。不只是评分不作数，是你这个容貌风格出了问题。牛油果容貌评分机构，之所以之前很牛气，是因为他们以大明星鳄梨·三明治的容貌为满分模板。但就在刚才，鳄梨·三明治跟他的金主闹掰了。金主已经宣布，要彻底封杀这个风格的容貌了，以后就要流行另一种风格的容貌了。简单说吧，你这张脸的风格，现在已经被时代抛弃了，一文不值，甚至还会成为你的负资产。”

“这，这也太残忍了！我什么都没做错嘛，我……”

“哎，小伙子，想开点。其实我们都明白。商业话术每次推说什么时代风向，说什么潮流需要，想法子把人的各部分拼命物化，将一切欲望正当化，说到底，都是为了利益嘛！”

朱权利摘自微信公众号张佳玮写字的地方

图：恒兰

《出师表》翻译成江湖话会怎样

@亮 亮

你亮叔我有话要跟你说几句：你爹出来混，半道上给孙权那小子搞死了；现在地盘分成了三块，咱们虽然占有益州，但也有点罩不住了，孙权曹操两个家伙都瞧上咱这块肥肉了，咱们眼瞅着就要悲剧啊。

不过我大哥，也就是你爹留下的保镖还是很忠心的，出去砸场的那些二杆子也都是不要命的家伙，他们这样做，都是看在你爹还活着的时候给钱给女人的分上，现在想报答罢了。

你叔我现在就希望你放机灵点，完成你爹的遗愿，也好让兄弟们能继续扬眉吐气；你小子千万不要把自己当成不值钱的葱，把弟兄们的心给凉了啊。

在家里，咱帮理不帮亲，都是一起的兄弟，该批评谁该扇谁，都得一碗水端平才行；无论是那些个不好好干的，给咱整天惹事的，还是那些为人忠厚实在的，都要交给保卫科处理，该剁手的剁手，该奖赏的奖赏，这能说明你对大伙都一样，谁也不偏向，要是让大伙感觉有亲疏差别，那就麻烦了。

小郭、小费、小董这几个人，做人都很实在，事情办得也周全，你爹特别依仗他们，所以叔认为帮里的大事小情交给他们管就行了。

二杆子老向，性子急，但人品还是很好的，也猛得很，能打能杀，你爹生前就经常夸他“能干”，不行你就提拔一下，叔觉得砍人的事

11．答案：甘油三酯 0.56~1.7mmol/L。

你就交给他，肯定能扩大咱的地盘，以后没人敢惹咱。

咱帮里开始为啥红火得很，还不是你祖上一直拉拢实在人，撵走没本事的；后来为啥又被人逼得走投无路，董卓、袁绍、曹操这些本来的小弟都敢造反，不再把帮主当回事，还不是后来的帮主用人不行了，尤其是桓、灵两位帮主，不用能人，光用小人。

你爹每回跟叔喝酒聊天说到早先帮里的事的时候，把胸口都能捶青啊。侍中、尚书、长史、参军，都是叔的拜把子，你一定要相信他们，咱发扬光大就有戏了。

叔本来是一个种地的，在南阳有一亩三分地，在这个流行砍人抢地盘的时代，叔不想砍人，只希望不被人砍。

你爹却不嫌叔怂，三天两头往叔屋里跑，问我如何管理帮派，扩大地盘，恢复咱帮过去的辉煌。

你叔我感激得眼泪哗哗的，从此铁了心跟着你爹四处砸场子抢地盘，想早点恢复咱帮过去的辉煌。

后来咱帮被人火并，你叔我死命硬抗，到现在已经二十多年了。

你爹知道叔精得跟个猴似的，所以在挂之前把大事都交代给我。

自从换了你当上帮主，叔那是天天睡不着啊，害怕把你爹的心给屈了，所以五月份领着弟兄们开着船过了泸河，到那个鸟都不拉屎的地方，把该摆平的都摆平了。

现在咱地盘南边已经没人再敢惹事，咱帮也兵强马壮了，是时候好好让兄弟们出去放松一下，夺个夜店啥的了。

等把咱帮原先的核心地盘中原夺回来后，一定要把那些没良心的、偷奸耍滑的统统拾掇了，把咱帮重新发扬光大，搞成天下第一大帮。

这样叔也就对得起你死去的爹了。这一回你叔要亲自带队去砍那些王八蛋，砍不成回来你咋办都行。

至于帮里的事，有小郭、小费、小董他们几个在，叔也放心，你有事搞不定，就让他们去办。

你也老大不小了，是时候该好好想想你爹的事了。

你叔我这里肯定很感激。

行了，叔马上就要闪人了，眼泪哗啦哗啦的，都不知道胡咧咧了些啥，别过了。

摘自《阅读与作文（初中版）》

图：小黑孩

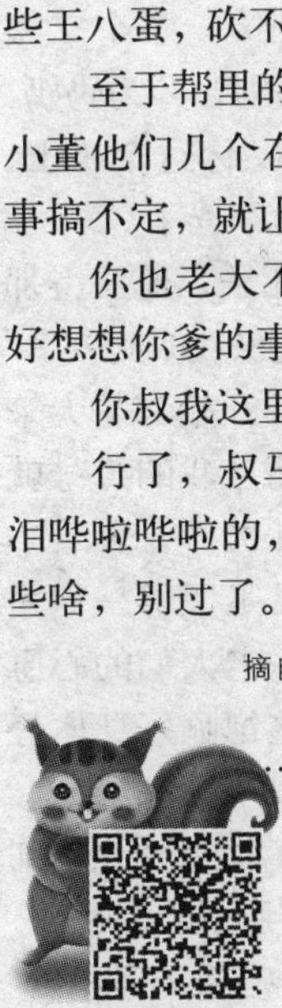

还记得《出师表》原文吗？扫码感受当年被全文背诵支配的恐惧吧。

即使是笨爸爸，也会为你变勇敢

@ 刘继荣

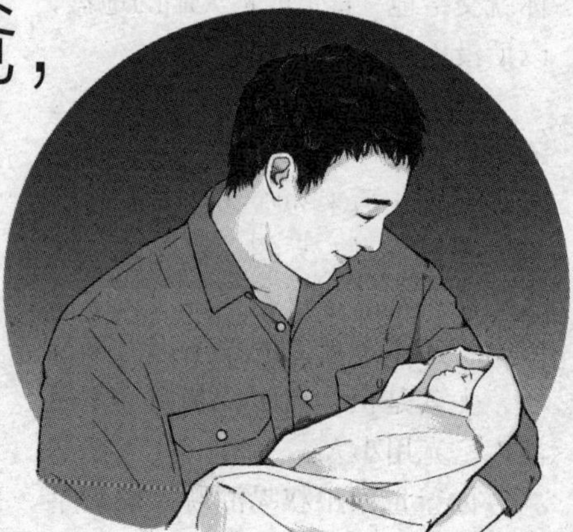

儿子出生的时候，我还太年轻。护士把哇啦啦叫的婴儿捧过来时，我下意识地躲了一下，背后是墙。我硬着头皮接过来，赶紧安抚这个焦躁的小家伙："小弟弟乖，给叔叔笑一个。"儿子没笑，整个二楼的护士都笑了。我妈刚晋升为奶奶，喜怒交加地呵斥道："你这个笨蛋，应该是世界上最笨的爸爸了！"

我愧疚地看着儿子，他哭得那么厉害，该不会也是嫌我笨吧？

有很多大侠，一开始都是大笨蛋，我也不例外，而且我的绰号就叫笨笨。儿子上幼儿园了，背着小书包，像要远征，足足哭够一周才转晴。孩子一长大，老人们的心愿立刻升级，不再是吃饱睡好身体好这么简单了。

奶奶接孩子自尊心受损："别人家的孙子都白白胖胖的，像哪吒，只有我家孙子皮干骨瘦像孙猴子。"

外公外婆也气哼哼，有话要说："孩子胆太小，跟唐僧似的，比他小的女孩子都敢扑上来挠他，抢他玩具。"现在，我儿又是不会打架见到妖怪就哭的唐长老了。

我和妻四目相对，惊得说不出话来。我家这是要上演新《西游记》呀，就在前几天，老人们还在演《三国演义》，天天在宝宝面前争宠，转眼间心肝眼珠子变成阑尾扁桃体，真是世态炎凉啊！

我眼睛发热，鼓起勇气，据理力争："宝宝没那么差，他是瘦而不弱，胆小要慢慢引导。"

这一瞬，四大天王的所有火力都集中到我身上。他们描绘隔壁神气的小哪吒、楼上帅气的小霸王……总之，希望儿子能修补所有漏洞，成为一款最精良的孙子。

我以一辩四。好几次战战兢兢，汗湿脊背，默念“我命休矣”。

老人们并不认输，但震动颇大。老妈居然很骄傲地说：“笨笨今天像换了个人，跟电视上的专家一样能说会道。”老爸也惊诧道：“是啊，从前他那嘴笨得像老棉鞋……”

我啼笑皆非。他们不明白，做爸爸会让人勇敢，让人学会思考并不断成长。

转眼到了端午，儿子有一天假，计划着要去动物园。可早晨一起床，不知是谁家的大风，一直赖着不走。

门铃响起来，我惊诧这种坏天气也会有客。四位风尘仆仆的大侠，得意地亮出一大盒包治百病的营养液，据说医院脱销，还是求别人转让的，能在一个月内让孙猴子变成李哪吒。爷爷拧开了瓶盖，儿子欢天喜地，抢过来就要喝。

看着那黄褐色瓶子里的不明液体，我心里莫名恐慌，一把夺了过来：“没病没灾的喝什么药！”

外婆委屈得声音都哑了：“我们顶着这么大风送来，难道会害他？”我妈急了，在我头上猛敲一记：“喝着试试看嘛，笨蛋！”

老爸庄严地附和：“笨蛋！”

我腹背受敌，情势危急，无计可施，索性举起小瓶一口饮干，还亮了亮瓶底。这次真正犯了众怒，我完全不知该如何收场。

平时胆小的妻，忽然拿过药盒仔细端详，哎呀一声，说她同事的孩子就因为喝这个，食量惊人，得了肥胖症，现在正拼命节食呢！

老人们面露狐疑，妻立刻打开电脑，搜索这个营养液的名字。然后每个人都清楚地看到，这款臭名昭著的药物早已被禁止上市。

大侠们面面相觑，我与妻又贴心暖肺地安慰了好大一阵子，直到他们释然。

儿子生日那天，我不小心打翻了面前的沙拉，老妈又说我笨。儿子戴着小小的王冠，用清晰而坚定的声音说：“爸爸不笨，我也不笨。”老妈咋舌，各天王似乎震了一震，然后纷纷站起来，要为这句话干杯。

蹲在桌底收拾的我，喉头发热，鼻子蓦地一酸。儿子溜下来帮忙，在一片狼藉中，我发现花椰菜笑到蓬松，萝卜片吐着粉红舌头，而生菜释放着碧绿善意。

一切都没有那么糟。

我爱老人，也爱孩子，这是个值得冒险和厮守的美好尘世。

田龙华摘自《妇女》　图：小柯

@ 陶雨晴

小海豹的长肉生活

3 月 1 日为国际海豹日，而滥捕、乱猎、污染，使海豹种群急剧下降。

喂奶的吉尼斯纪录

生活在北极，海豹面临一个很大的危险：北极熊。在水里，海豹速度可以完虐熊，但是陆地上它根本没有还手（鳍）之力。海豹不能一直躲在水里。首先，它必须到水面上换气，其次，它必须在陆地上生小海豹。小海豹要赶快发育，长大到可以游水躲避北极熊，为此，海豹只能把哺乳的时间尽量压缩。

海豹的哺乳方法奇葩到了什么程度？一个最极端的例子是冠海豹。一般来说，越是大型的动物，生活节奏越慢，寿命也越长。雌的冠海豹体重有 150 千克以上，雄海豹可以达到它的两倍，寿命 30 年，算是寿命较长的大型动物。作为对比，我们再看看小动物，欧洲鼩鼱体重 12 克，寿命仅一年。

哺乳时间呢？鼩鼱幼崽 22 天断奶，冠海豹幼崽 5 ~ 12 天断奶，最短 4 天！这是所有动物里最短的哺乳期了。

12. 答案：成年男性：0.96~1.15mmol/L；成年女性：0.90~1.55mmol/L。

顺便一提，还有一种动物，比起和它体格相同的其他动物，哺乳的时间却异常地长……那就是人。

日常生活就是吃和长肉

跟人类婴儿不同，小海豹刚出生时非常瘦。竖琴海豹，也就是出镜最多的、可爱的毛茸茸白海豹，出生时体重中只有3%是脂肪，比竞赛期的健美选手还少。肥萌软汤团的外表，完全是毛皮造成的错觉。

冠海豹的体脂肪要多一些，刚出生的小海豹有14%的体脂肪量，相当于普通男人。可能是因为它待在不稳定的浮冰上，妈妈很难准时找到它，而且有跌落到海中的危险，脂肪能提供保命的能量储备，也可以在水里保暖。

但是，断奶后13天，小竖琴海豹的脂肪竟占到体重的47%。这是海豹奶的功劳，哺乳前期，竖琴海豹奶的脂肪含量是36%，后期升到57%，跟奶油一样，冠海豹甚至更高，可以超过60%。

在短短4天的哺乳中，冠海豹宝宝能长胖20多千克。虽然如此神速，但小海豹的内脏成长速度，并不比普通的家猪快，甚至有些器官还要更慢。它增长的体重里，脂肪占到70%以上。

这个过程中，脂肪就像从加油站到油箱里一样，雌冠海豹的体重从179千克掉到150千克，其中八成是脂肪。另外，雌冠海豹合成乳汁的速率也是海豹里最快的。

妈，是不是该给我打钱了？

断奶之后，小海豹不是立即转为吃鱼和磷虾，而是断食相当长一段时间。雌海豹回到海里，把小海豹丢在浮冰上，随波逐流4～6星期的时间（真是狠心的妈），然后小海豹才下海觅食。这个禁食过程中，囤积起来的肥肉就有用了，小海豹禁食期的能量来源，一半来自皮下脂肪，另一半来自内部组织。

通过迅速增肥和长时间禁食的结合，小海豹把摄取食物和消耗能量分开了，而在人类中，这两件事总是联系得很紧密。

我们作为一种少食多餐的动物，会觉得小海豹的生活不可思议（一天给你200个汉堡、50块巧克力，然后让你两个月不吃）。但是，人类中间也存在着“短时间解决吃饭问题，然后长时间不闻不问”的策略，问问你爹妈就知道了，这个办法一般称为“生活费”。

心香一瓣摘自《羚羊与蜜蜂》清华大学出版社

图：恒兰

鸽友

@聂鑫森

【作者寄语】在中国传统戏曲中，用一个道具来贯穿全剧，并成为推动剧情发展的动力，称为“戏胆”。“紫绡帘”与“鸽哨”，是结构小说的“戏胆”，也是展示人物和情节的载体。鸽哨所阐释的是当下人与人之间的复杂关系；紫绡帘后，是家族内部的血雨腥风。在短制微篇的“故事”中，“戏胆”能吸引读者精力集中的阅读兴趣，又不会让人分神。

古城湘潭的雨湖边，有一条长而曲的巷子，叫祥和巷。

祥和巷各色人物都有，医生、公务员、工人、私企老板……若以业余身份而论，称之为“鸽友”的则只有两个：巷口第一家的仰云天，巷尾最后一家的房林。

何谓“鸽友”？就是善养鸽、会玩鸽的人，而且是古城鸽友协会的正式会员，圈内有一定知名度。

仰云天70岁了，发尚青，背未弯，眼不花，走起路来铿锵有声。

在雨湖边蹓腿，在家中的庭院散步，他总会下意识地仰望云天。一群鸽子高高地飞过去，虽小如燕，他立即可点出数目，还能看出品类、公母，这功夫了不得。“仰云天”的名字，实至名归！

他喜欢养灰色的鸽子。深灰（又叫“瓦灰”）、灰、浅灰（又叫“亮灰”），这是基本的三类。此外，浑然一色的叫“素灰”，有深色斑点的叫“斑头灰”，翅有白翎的叫“灰玉翅”，头项部生白毛的叫“灰花”……他一共养了40来羽（一只为一羽），院中的空地，木楼顶上的晒楼，都是他和鸽子亲密接触的地方。

老伴儿说他前世就是鸽子，没见过这么痴爱鸽子的。幸而孩子都在外地工作，没沾上这毛病。

仰云天驯养的鸽子，就像纪律严明的士兵。他打一声“呵嗬”，群鸽在院中起飞，直入云天盘旋，这叫“飞盘子”，而且可以三起三落。

仰云天在鸽友中声誉颇佳，众望所归，于是连任鸽友协会的会长。

住在巷尾最后一个院子的房

林，40来岁，矮矮胖胖，白白净净。

房林爱鸽，但很少动手去喂鸽、驯鸽，雇有专人料理这些俗事。他玩鸽，只是手挎着鸽笼（鸽笼又称之为“挎”），到鸽友聚会的地方去展示新购的名品，当然花了大价钱；说一些书本上学来的行话，或者，在自家院子里“飞盘子”，呼啦啦群鸽起飞，在空中“飞死盘子”，然后再落下来，这已让他很满足了。名鸽多，谁也不敢小视他。

他与巷中人很少打交道，劈面碰见了，也不打招呼，把头昂起，用眼角的余光扫视对方。只有碰到了仰云天，他才略略点头，也只是头动而颈根硬着而已，不咸不淡地寒暄几句。巷中人背地里称房林为“硬颈根”。

少年得志，事业如日中天，有文化，有钱，腰板硬，颈根硬，能向旁人屈尊吗？当然不能。

但房林向仰云天屈尊过一次。

仰云天的祖父、父亲都喜欢养鸽子，而且古城当时鸽哨制作名家的好玩意儿收藏不少，据说有上百个，后来都传到了仰云天的手上。这些名家早过世了，他们后人制作的鸽哨，不可与之同日而语。

在一个夜晚，巷中人声静了，房林先用电话礼貌地预约，然后一颠一颠地去了仰家。

喝过茶、抽过烟、扯过闲话后，房林忍不住说出了来意：想购买仰云天全部的鸽哨，价钱无论多少，照付不误！

仰云天哈哈大笑：“房先生，这都是老辈子留下的东西。我不等钱用，鸽哨一个也不可出让，对不起！”然后又说，“你知道怎么佩系鸽哨吗？知道什么鸽佩系什么鸽哨吗？知道一群鸽子的鸽哨怎么配音吗？你不懂啊，我懂。”

房林一块脸都白了，蓦地站起来，咚咚咚地走了。

仰云天高喊一声：“房先生走好，恕不远送！”

转眼入秋了，天高云淡，金风细细。

鸽友协会决定，互相选定对手，在雨湖七仙桥附近的一块草坪上，

一对一对地按顺序“飞盘子”和“撞盘子”，谁的鸽子飞得高、旋得巧，能把对方的鸽阵撞乱，还把其中的鸽子裹胁回家的，属于胜者，裹胁而去的鸽子必须一一归还对方。

房林指定要和仰云天一比高下。这是个星期六的午后。仰云天平和地说：“房先生，我接受挑战。我输了，会长的位子我决不再坐！”

“真的吗？”房林咄咄逼人。

“军中无戏言。”

“那就好，诸位可以作证。”

他们分别站在草坪的两端，身边摆放着几只大鸽笼。

当开赛的小红旗急促地挥动之后，两个人迅速地打开笼门，各有30羽，热热闹闹地朝空中飞去。

仰云天的鸽子在前一天都佩系上了鸽哨，高音、中音、低音，雄壮的、柔软的、粗犷的、妩媚的，在鸽翅的扇动中，如一部动听的交响乐。“盘子”飞得高，旋得活，而且三起三落，井然有序。

房林也请人佩系上了新购的鸽哨，却是一片杂乱的喧响，而且“盘子”只朝一个方向旋转。突然领头的几羽，率领群鸽冲向对手的阵营，这叫主动进攻。

仰云天的鸽群立即拉高，纹丝不乱，然后再俯冲下来，变守势为攻势，凌厉地杀入对手的“盘子”，纵横切割，让对方溃不成军。接着，又从战阵中撤出，重组“盘子”，朝祥和巷方向的家中飞去。

房林的鸽子呢，紧接着也朝自家飞去了。

房林拍手大笑：“仰会长，你的兵马溃逃了，我部下穷追不舍哩。”

仰云天朝这边拱拱手，说：“房先生，你赶快回去数数鸽子吧。”

“多了，我肯定送回，一只不留。这灰不溜秋的，我要它做什么！”

待到所有的比赛结束，已是暮色苍茫。

仰云天回到家里，立刻去了晒楼，用手电光数点鸽舍中的鸽子，与他当时目测的数字相符，房林有五只鸽子被裹胁而来，而他的鸽子一只也不少。

吃饭后，仰云天把房林的鸽子用一只小鸽笼装好，对老伴说：“你给他送去吧，我去，他的脸挂不住。”

“好。”

老伴很快就返回来了，因为房林说他的鸽子都回了家，没少一只，这些鸽子，可能是野鸽！

仰云天叹了口气，说：“我拿到雨湖边去放了，让它们自个儿悄悄地回家吧。”

李金锋摘自《文艺报》

13．答案：低密度脂蛋白 0~3.1mmol/L。

紫绡帘

@ 聂鑫森

很久以来，高府的长子高琪就嗅到一种死亡的气息。

他常在黄昏时，站在歇凉的晒台上，俯瞰层层叠压的褐黑的屋顶，觉得那些屋顶下深藏着许多不为人知的秘密，那些秘密郁积着血腥而厚重的颜色。他同时又为这些莫名其妙的想法而自责，父亲高老太爷年过八十，不是活得挺好的吗？高府上下也是一派祥和的气象，哪里有半点关于死亡的痕迹呢？但他的这种感觉始终无法用理性抹去。

高琪端着本月的账本以及一沓银票，穿过长廊到后院去。他每月的月底按例去向父亲禀告钱庄的情形。除此之外，父亲再不接见他和他的二弟三弟，六年了。

六年前，他的满弟高玖突然提出要去留洋，一去便再无消息。高老太爷不知是过于伤心还是过于淡漠，从此便不出后院的大门，只是每月分别接见高琪和他的弟弟高琛、高环。接见是在高老太爷光线暗淡的卧室里，一年四季卧室中间都挂着一道紫绡帘，朦朦胧胧可见蓄着长髯的高老太爷坐在紫绡帘那边的一把太师椅上，旁边站着他年轻的姨太太凤珠，很袅娜的样子。帘幕两侧分立着两个威风凛凛的保镖，腰间别着短刀。

高琪和他的弟弟每次去晋见，总觉得寒气森森。隔着帘幕，他们看见父亲的面容很模糊，紫色使得房间充满诡异的气氛。每次，他端着的账本和银票都由保镖接过，从帘子一侧呈给凤珠，凤珠再递给高老太爷。于是由凤珠问话，高琪一一作答。高琪不明白父亲为什么不说话，言语变得如此金贵。但他感觉到凤珠和父亲目光时有交接，很温柔很惬意。然后，他退出卧室，飞快地逃离后院。后院的门便关了。

> 他的脚步比往常要从容得多，他知道有一个秘密即将露底。

六年来，高府由衰微之状逐渐地兴旺发达起来，这一点高琪和高琛、高环都觉得十分怪异。高老太爷突然变得睿智起来，发出了一道道指令，诸如变卖乡下的大多数田产和房产，在城中开起了钱庄和化工厂、绸厂，让他们兄弟分别管理。

高琪想：假若满弟高玖不留洋，父亲还会要办一个什么实业呢？他们四兄弟中，数满弟最聪明最有魄力。凤珠就多次赞扬过高玖，说他又英俊又干练，是最讨女人喜欢的。

可惜，高玖走了。高老太爷因失去满儿子，突然变得衰老，变得怕死，把后院的围墙加高，添了保镖，连会见儿子们都如此戒备森严。

只有凤珠越变越年轻，笑得非常俏丽，一身都是风情。她比高老太爷整整小了四十五岁。

高琪在闲暇时，或者到打靶场去玩枪，或者约高琛和高环到某座僻静处的酒楼聊天。

高琪一边喝酒，一边说："满弟怎么没一点消息呢？"

高琛、高环只是点头，说："是啊，是啊。"

高琪又说："爹好像很懂得经营，什么都瞒不过他，每月的账目他都要看。年纪这样大了，是我们的福气。"

"是啊，是啊。"

上月这一天，高琪来见高老太爷，远远地站在紫绡帘前，突然问："爹，你想满弟吗？我们好想他。"

高琪隐隐见高老太爷的嘴角动了动，好像想说什么，站在旁边的凤珠，偷偷伸出一只穿红软缎鞋的小脚，碰了碰高老太爷的脚，然后说："你父亲常念叨着玖儿，怎么连个音讯都没有，他在海外一个人快活，都快忘了我们了。"凤珠伸出的那只脚，红红的如一瓣莲花，给高琪的印象极深。当然是一个轻佻的印象。

高琪一步一步走向高老太爷的卧室。他的脚步比往常要从容得多。他知道有一个秘密即将露底，因而他的心跳得烈烈的。

他又站在紫绡帘前了。

“爹，儿子向您请安。”

凤珠说：“大公子好。”

高琪说：“爹越来越健旺，真是我们的福气。”

凤珠笑了：“也是我的福气。”

一个保镖走来，接过账本和银票，从帘幕一侧走进去，递给凤珠。

就在这一刻，高琪大喝一声：“满弟别来无恙？”

话音未落，高琪从怀里掏出手枪。枪声响了。

紫绡帘立即撕开一个洞口，周围染着一圈烟痕，帘子惊恐地晃动。

太师椅上栽下了一个人。栽倒那瞬间，他用手扯落了整把的长髯。

凤珠疯叫起来，面色苍白如纸。

高琪吼道：“谁也不要动！我在外面已布置好了人，谁动谁死！都听我的安排！”

卧室里一时静若坟场。

三天后，高府开始向各处发丧：高老太爷不幸因病辞世。

凤珠抽抽噎噎传出话来：“老太爷临终前嘱咐尽快入棺入土，他不想让任何人看他的遗体。”

高琪说：“既是父亲的意思，就遵照他的话办。”

高琛和高环浑然不知地哭得死去活来。凤珠拍棺恸号，一双着白素鞋的小脚不停地跺着方砖地面。

高琪看着这双小脚，心头漫上一片暖意。但随即眉头一跳，默念道：爹，你九泉有知。高玖弑父而诱后母，这个孽障总算是除了！

“高老太爷”的丧事轰动了全城，那种排场无人可及。

三个月后，凤珠忽然将高氏三兄弟请到面前，说是她要随老太爷去，免得他在阴间太冷寂。接着便服毒自尽了。

高琪的儿子做了钱庄的大掌柜。高琛、高环每月一次来向高琪禀告厂子运行的情形。高琪在大厅堂里查验账本和银票。

高府在城中风光依旧。

田宇轩摘自《湘潭故事》人民文学出版社

图：黄煜博

【作者简介】聂鑫森，曾任湖南省作协副主席、名誉主席，为中国作协会员、湖南省文史研究馆馆员。出版过长篇小说、中短篇小说集、诗集、散文随笔集、文化专著70余部。曾获“庄重文文学奖”、《小说月报》短篇小说“百花奖”及《北京文学》《小说选刊》等多种小说奖。

两微小说一微评

@ 曾镇南

久住北京的人，每到春日秋时，不管是在胡同路口，还是在通衢广场，仰起头来，总会看到鸽群盘旋晴空，鸽哨清扬嘹亮，寥廓云天，顿时生意满满，那才真叫鸽影牵晴，把你的精气神儿带往诗和远方呢。

俯下头来，我常痴想，这此起彼伏的鸽群，是谁放飞的呢？后来我才慢慢知道，这都是爱养鸽的北京老百姓自己放飞的。再后来就知道了，爱养鸽的叫鸽迷，他们之间互相叫鸽友，养出点名堂的人，还组织了鸽友协会，世界上还有信鸽协会呢。每当节庆日，天安门广场上空瞬间同时放飞的成千上万羽鸽子，就是鸽友协会组织起来的，挟着万众的欢呼声腾空而起，确实把人间的喜乐和诗情，还有对和平的希冀引上碧霄了。

放飞的鸽群，称得起马克思所说“人化的自然”生动的、感性的、诗意的形象显现吧。各行各业、百工千巧，凡是在自然天物上打上人智人工烙印的行当里，便都会沉淀出专注的匠心、技巧、品性，人类劳动的多样性和美，就都凝固在创造万千事物的匠心上。驯养鸽子，也就是万种之一端吧，虽然是那么微末的一端。

在聂鑫森的《鸽友》里，我看到南方古城湘潭的雨湖边，也有鸽群在翩跹飞扬，也有鸽友协会在活跃、在发展；小说内行地、深细地给大家讲了一个鸽友之间赛鸽的故事，在翻飞的鸽影中，为我们映现了养鸽驯鸽人的不同心性、不同功夫、不同本领之间的交往和比较；清澈的爱鸽心与浊俗的搏名意；务实的知鸽、养鸽、训练鸽群，不但会编织鸽哨的天籁之音，还会为鸽子接骨疗伤的真正的鸽之友仰云天，与那位财富壮起骄矜志，养鸽只为务虚名，不知鸽事须躬行，只信雇人养鸽、出金买哨，最终落得铩羽而归又死要面子的小城房地产新富房林之间发生的故事，一个个浸润着生活的真知的细节，这其间，透露着多少人生的几微呵。

美的养成，是需要人付出心血、下苦功夫、久久为功、涓滴融会的，这也就是匠心吧。匠心是素心人才会有的。只有清澈的爱，才会结晶出纯粹的美。《鸽友》极写的鸽事之微，亦可见大道低回焉。

再来看另一篇《紫绡帘》。小说写的是一个发生在旧家族里的乱伦

14. 答案：血脂水平过高，会增加患上心肌梗死、中风等危险疾病的风险。

弑亲的恐怖故事。它有一个精致的、渐渐推进然后突转迅即跌入结穴的结构。高家长子高琪一枪击穿紫绡帘，私通继母弑父玩“失踪”的满弟高玖饮弹伏诛，六载疑云顿破，高家产业仍振、声望如初。这一戏剧性冲突的发生、发展、积势乃至最后逆转、解决的复杂过程，适微型小说之型范，自然只能写得极为浓缩、简约。但在“庭院深深深几许”的特定生活环境中产生的家庭悲剧，却也产生了一点霎时让人拊膺惊悚的艺术效果，甚至让人来不及回味、质疑。历史上所谓“烛光斧影，千古之谜”，也就是这种效果吧。这种匪夷所思的家族内血腥情杀的乱伦悲剧，其实在近现代中国社会转折期中，倒是屡经习见的。

这个阴沉、血腥却又笼罩在宗亲家庭关系的脉脉含情的面纱中的悲剧，其实是陈旧的。但它也带着时代变化、产业转型的社会投影。在六年这个不算短的时段里，高玖能够假冒被弑的老父，借继母凤珠传令发号，施行其较为开明、适时的经营理念，使高家产业得到发展，这可以说是此类陈旧悲剧中的一个奇迹、一点新意吧。受西学东渐的浸润、影响，是我们可以相信高玖之所以“能”的潜因；但具体到他行事、作案的生活环境的种种具体条件，对他居然能行之有效、有成，却也不能不觉得破绽不少、弥缝为难。不过，这终究只是一篇形式上中规中矩的微型小说，比掌故、轶事、谈资稍稍生活化一些罢了，你不能要求得更多了。

话说回来，前头说的《鸽友》里的争竞斗巧的故事，不也是市井胡同、三教九流、五行八作里充斥着的古今传奇吗？它当然也不是新鲜故事，只是因为它是现在就会有的故事，很可能还出于作者的亲见亲闻亲历亲为，所以写出来，就自然而然地沉淀着较多的人生智慧、生活经验，更具生活的合情合理性了。生活毕竟是笔力的铁门坎。坎内和坎外，作家的笔力所能达到的地方、境界，毕竟还是不一样的——即使是微型小说这种形式感较强的体式，也不能例外。

2021年2月26日晚，看完活力与新意迭出的中央台元宵文艺晚会后写毕。

作者系中国社会科学院文学研究所研究员，《文学评论》原副主编，著名文艺评论家

最后的愿望

@［新加坡］尤今

今年，新冠病毒肺炎如妖魔鬼怪，四处肆虐，堵住了新加坡人出国旅行的所有通道。

备受打击的旅游行业，纷纷推出全新的营业概念，希望能出奇制胜，渡过难关。以新加坡航空公司为例，为了开源，有关方面开放了两架世界上最大的A380双层超级客机，为国人提供了在机舱里享用午餐的机会。

这一项前所未有的新奇体验，立马吸引了好几百人报名。正当报名者兴高采烈地讨论美食时，我却听闻了一个与食物无关的小故事，展示了暖人心脾的夫妻情。

上个星期的某一天，机场出现了一对夫妻。58岁的妻子，小心地搀扶着78岁的丈夫，拿着护照，在柜台登记，再通过多道安检，双双入闸。

妻子花了600新币报名，然而，她真正的目的却不是要在那好似“石鸟”一般的机舱里享受一顿美食，她是为了替结缡长达29载而相濡以沫的老伴完成他的最后一个心愿。

她的丈夫四年前被诊断出结肠里长了一个瘤，由于他年事已高，手术风险过大，只好决定放弃治疗。他的体内因而好似潜伏着一个定时炸弹，根本不知道什么时候会爆炸。雪上加霜的是，他在两年前又罹患了失智症，日子过得混混沌沌的，他甚至认不得在眼前照顾他的人；可他对在马来西亚的亲人却念兹在兹，他渴望回返家乡。

> “他那张饱受病魔折磨的脸，蓦地绽放出罕见的亮光。

近日，他食不下咽，体重直线下降。妻子知道年近八旬的他时日无多了，愈拖延，回乡的希望也就愈加渺茫，她的心，时时刻刻为焦灼煎熬着；然而，疫情不去，空路和陆路全都被堵死了，寸步难移啊！

思来想去，她终于下定决心——她要带他坐一趟“不会飞”的飞机，为他“实现”那最后的愿望。

这天，夫妻俩趔趔趄趄地步入了商务机舱，坐在预订的机位上，系上了安全带。

妻子在他耳边温柔地说：“我们快要乘飞机回返故乡了，亲人们都在等着你呢！”

他那张饱受病魔折磨的脸，蓦地绽放出罕见的亮光，由蜡黄变成了金黄色，像被抹上了釉彩。

他的世界很小，却也很大。

小小的世界里，装着的是他返乡省亲那个卑微的愿望；大大的世界里，装着他源远流长的、血浓于水的乡情——那是一份他即使忘了整个世界也不可能忘记的情愫。

机舱里，传来了机务人员的提示：“飞机即将起飞了，请大家系好安全带。”笑意像是缝隙里的水，由他密密麻麻的皱纹中渗出来，漾到双颊、漾到下巴，他看起来就像是一颗快乐的胡桃。家乡，就近在咫尺了呀，他能不兴奋吗？

飞机自始至终在停机坪上伫立不动，可是，他的心，却在蓝空里高高地翱翔着、翱翔着，飞向故乡、飞向亲人……

心香一瓣摘自《新民晚报》 图：宋书成

如果外语不灵，能吃也行

@老　猫

特别羡慕外语好的人，从小就羡慕。上中学时，有俩外语好的同学，经常去学校对面的京伦饭店找老外尬聊，用英语问人家从哪儿来的。把老外问得一愣，以为这俩有求于己。其实什么求都没有，就是想练英语。

我不行，特别不会跟陌生人打招呼。这辈子在外语上露脸，就两回。一次是高考，另一次是为了评职称考英语。这两次都没有口语和听力，就是靠背。结果一次97，另一次也是97，顺利。然后一个月内忘个干净。

前些年，和媳妇儿一起出国玩，南亚某岛国，人间天堂，说英语。那个岛上，有家日本料理，铁板烧。我们就去吃了。厨师是日本人，站在环形的操作台中间，最花哨的是把生鸡蛋飞起来再用小铲子接住，再搁在铁板上打转儿，来回数次，最后敲开，加入米饭，就是蛋炒饭。没什么稀奇，但表演很潇洒好看。

客人们环绕操作台坐着，各种喝彩。我们去得有点晚，只好坐在厨师背面。一会儿我就发现蹊跷，这个厨师没事就回头看我们一眼，半个小时里看了十几眼，看得我直毛。后来表演告一段落，大家都吃上了，厨师终于有了空闲，转过身来，走到我们面前，问好吃不好吃。

他用英语问的，具体怎么说我忘了。但当时我会意了，一个劲夸他，我也就会说个Good。看他得意地笑，我就问他Why？

厨师的英语也有限，可似乎也

15．答案：成年男性：120~160g/L；成年女性：110~150g/L。

领会了我的问题，我们俩就连比画带说。用我媳妇的话说，俩英语二把刀，竟然用英语聊了十几分钟的天儿。

厨师说，他干这行二十多年了，总是一个姿势，站着，低头炒饭，落下了严重的颈椎病。炒一份饭，脖子酸痛得不行，就需要回头拧一下脖子，以缓解痛苦。所以，他就不停地扭头看我，都是劳动人民，不容易啊。

另一次聊天，是在洛杉矶，巧了，也是厨师，做披萨的。

那次是和我媳妇儿逛一条网红街，逛了一阵，饿了，找餐厅。半天，就看一个披萨店算是饭馆，我们决定在这里凑合吧。

问题来了。菜单和我想的不太一样，披萨就分厚、薄两种，没标尺寸。所以，我就不明白了，到底多大个儿啊？我俩是吃厚的合适，还是吃薄的合适？问服务员的话，怎么表达呀？

转头，看见旁边桌子，坐着一对父子，爹和我身形差不多，儿子也就十来岁。他们点了两个披萨，一个厚的，一个薄的。我想，这俩的饭量，应该和我们俩差不多，那我们也点一个厚的一个薄的吧。

他们的披萨是先上的。一上来我俩就傻眼了，个儿真大呀，薄的也跟厚的差不多。怎么吃得下去。再看这父子俩，把服务员叫过来，直接把厚的打包了！然后才开始分吃薄的。

真是尴尬。于是，我们也只能依样画葫芦，先吃薄的，把厚的打包。也许是看我们吃得努力，也许是看两个东方人连吃带打包，觉得好奇，反正结账的时候，厨师出来了。他的问题和天下所有厨师都一样：好吃不好吃？

我严肃地看着他，指着那个打包的厚披萨，一个词儿一个词儿蹦着说，我这就把它带回去，给我的朋友们，然后，告诉他们，让他们到这里来。

厨师“哈哈哈”地大笑起来。他居然知道我的意思是好吃。

我发现，国外的厨师喜欢主动和人搭话，这就克服了我先开口的障碍。而且只要和吃沾边，我还特别想说。

现在闹疫情，交通困难，出去玩简直成了奢望。希望这种隔绝的日子早点过去，生活恢复正常，我们也好继续出门去遛遛。要不然，别说外语了，中文可能都要二乎了。

扬灵摘自《北京青年报》

图：小黑孩

小吴这个春天

@彭瑞高

保姆小吴体检遇上了麻烦。医生拿着报告把我们叫去悄悄谈话，她在一边脸都吓白了。医生让我们保密，说小吴肺上有“占位”。

真是雪上加霜，老岳父脑梗后正住院，家里一下子出了两个病人！

两周后我们送小吴去复查。太太说，小吴，上海的路你不熟，复查结束后，你就等在大门口，彭老师来接你。小吴说，你们去忙爷爷的事吧，我自己乘公交回去。太太说，听我们的，现在你感觉怎样？小吴摸着胸口说，不痛不胀也不咳嗽，不会有啥的，你们放心。

小吴下车后，太太看着她的背影，叹了口气。她在我家做了多年，跟老爹最对脾气，老爹离不开她，她更需要这份工作，儿子失业，丈夫生病……

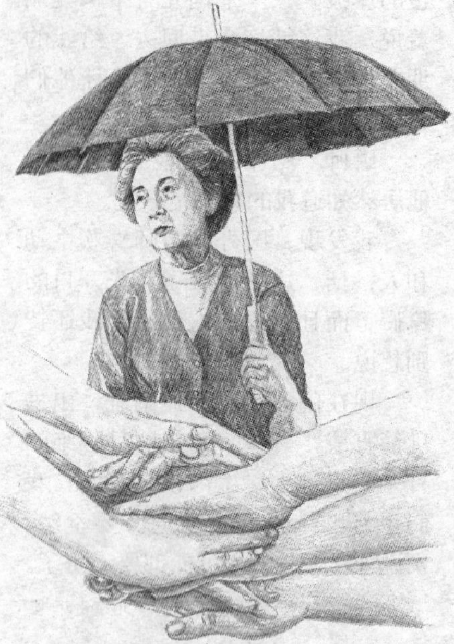

傍晚时分，小吴该已查完，我去接她。一上车我就问，情况怎样？她不作声。我瞥一眼后视镜，见她木木坐着，满眶是泪，又问，医生怎么说？她这时才说：我得了肺癌。

轮到我沉默了。小吴说：医生让我抓紧开刀，要切掉五分之一肺。

天下起雨来，豆大的雨滴砸在挡风玻璃上，视线一片模糊。

送好小吴回家，太太扑出厨房来询问，我说了情况，太太跺了一脚，连声说，这怎么办，这怎么办？

这餐晚饭没吃好，两人光顾着商量小吴的事。中途意外接到小吴来电，说她亲戚提出，开刀是大事，要找专家再确诊一下。问我们认识专家吗？太太说，我们看专家都上网预约，你要预约吗？

小吴说最好，我就丢下饭碗，上网帮她预约了一位专家。

深夜，雨下个不停。这春雨，白天滋润恬静，到了夜里，却阴寒凄凉，连打窗声也令人揪心。

到了和专家见面这天，奇迹并没有发生。小吴很快就来电，说肺癌确诊了，专家开了一堆检查单，光检查费就几千，有的检查要等半个月。她最后说，今晚不要去接她了，她住在亲戚家。

哦，小吴还有上海亲戚！这下我们稍稍宽了心。

第二天我们去接小吴，见她身边站着一位大嫂，头发斑白，穿蓝色工作服。上车后我问她：那位大嫂是你什么人？小吴说，是我嫂子。我问：她家就住在这大楼里吗？小吴说，她是大楼保洁工，住地下室。太太问，那你昨晚也住地下室？小吴说，是。

开车上路，小吴说了很多。我们才知这一夜间，她的治疗方案又起了变化：她决定放弃专家治疗，去很远的 B 院开刀。

原来那位保洁工大嫂，还有远在安徽的乡亲们，昨晚一宿未睡。他们发动所有同乡，联手来救小吴。这些同乡，大多在上海当保洁工，有的在小区干，有的在大楼里干，更多的是在医院里干。他们做着世间最脏最累的粗活，却有着世上最纯朴最细腻的亲情。当一个信息从 B 院辗转传来，说有位上海病人嫌清明做手术不吉利、决定放弃床位时，他们立刻抓住不放——小吴能马上住进去！持续的好消息是，手术医生也确定了，也是一位同乡，可以在最短时间内安排小吴开刀！

翌日清晨，小吴要走了。天依然下着大雨。临走前，小吴说了一段让我们意想不到的话。她说要感谢爷爷，要不是来上海陪护爷爷，她不会这么早发现肺癌，那就会像她父亲一样……

太太不让她说下去，她命令小吴上车。就在那大厦门口卸行李时，我们又见到了大嫂。她站在冷雨中，白发飘零，脸上挂着的，不知是雨水还是泪水。小吴与她挥手告别。她只是默默伫立，嘴唇嗫嚅，无语诉说着内心的痛惜。

三天后小吴开刀；又三天后，小吴微信说手术后一切顺利，她已回到山区家里休养。这一天，雨停了，阳光正好，春意正浓。

摘自《新民晚报》

图：陈明贵

没有不散的宴席，却有刷不完的碗

@ 叶广岑

初到日本，为学费所迫，不得不进一家高级宾馆操刷碗业。刚一去谈工作，领班的就把我留下了，让我立马上阵。我说我今天连点思想准备也没有，他说今天缺人，既然来了就干，干完了回去怎么准备都行，那是你自己的事。

穿上了领班给的白工作服，扎上白头巾，我对镜中自己的形象很是得意了一阵。若不是领班扔过来一条长到脚面的塑料围裙，我的好心情不会被破坏。领班把我带进操作间，将我丢给几个日本老娘们儿，我向她们做自我介绍，说我是研究国际经济问题的。她们很不以为意，甚至没问问国际经济是怎么回事。

我被一个抹着蓝眼圈的女人推到大水池前，那里头泡着许多碗碟，水面上漂着一层黄油，是婚礼上撤下的奶油蛋糕所致。我将手伸进油腻腻的污水，感觉十分不良，但一想到下了班就可以挣到数千日元，心里立即轻松了许多。原以为科学技术发达的日本，刷碗也一定是自动化，现在才知道，再怎么自动化，这第一道工序也得由手来完成。

我刷碗的速度要以秒计算，平均每两秒钟刷三个盘子。一天工作五个小时，就是一千二百个，一千多个盘碗放在那里该是多大的一堆，很难想象出来。领班之所以让我仓促上阵，是因为这天有四场婚礼，分别在四个大厅举行，共计六百余人。这些人吃一道菜换一个碟，喝几口汤换一个勺。只是换得痛快，却全不顾刷碗池前受苦受难

16. 答案：90~110g/L 属轻度贫血；60~90g/L 属中度贫血；30~60g/L 属重度贫血。

的我，从而让我真切地体会到了什么叫万恶的旧社会。婚礼大厅内乐声四起，笑语喧喧，高帽厨师如上战场，华服侍者跑进跑出，装满脏餐具的小车亦相应而来，流水线般推到我面前。

从中午刷到天黑，一双手泡得惨白肿胀，两条腿站得酸疼僵直，当最后一个盘子从池里捞出时，领班来了，他向我很有力度地弯了一下身子说：叶桑辛苦了。我才明白，他一直在办公室里用电视监视着，这就是日本的现代化！

我说我这个下午把一辈子的碗都刷完了。池对面的黝黑小伙说，岂止一辈子，连孙子的碗都刷了。我说你是谁？他说他叫姆基加纳，印尼人，在攻社会比较学博士学位。我说叫姆基挺好，怎又添加纳？他说一个是名，一个是姓。我说"母鸡"顺口，对方不懂汉语，只是发愣，碗架子后头倒有笑声传过来，那是武汉来的硕士生曹勇。

来的次数多了自然也摸出此行中的规矩，大凡新来者，没有坚硬的后台，都得站在水池边刷碗，就像监狱的新犯人得睡在尿桶旁边一样。加纳的位置是特定的，不允许别人替代，是日本娘们儿的安排。因为他长得漂亮，她们都爱他，就让他倒剩饭，这是很高级的工作。工间休息时，她们都争着跟他说话，这个高大粗壮的印尼小伙把日本男人比得没了颜色，就引得女人们有些神魂颠倒。外国女人不善掩饰感情，又都是五十岁以上的老大妈，话便说得很露。无奈加纳的日语比我还糟，她们的话他大部分听不懂，煽不起情来。加纳跟我讲话又常用英文，这就使得那帮老娘们儿十分恼火，她们讨厌我就老让我站在池边刷碗，来了新人也不替换。

曹勇是学工业管理的，他说既然我们上午的课都不多，不如上早班，十点半下班了，剩下一整天时间可以干很多事。加纳非常赞成，他说我们这些学问者终日被一群文盲呼来喝去太有辱斯文，太令人沮丧。我也同意上早班，主要是我想从水池子里解放出来，伸伸腰。

我们三个都改了早班，上早班的还有一个姓黑田的日本研究生，他主要研究李贺的诗，汉语口语不敢恭维。我们的到来，使宾馆早班刷碗组的文化水平上升到世界的、历史的最高档次。基点最差也在硕士生以上，这实在是饭店经理应该引以为荣、大可吹牛的事。

早餐是自助式，装满各种吃食的餐具在长桌上一溜摆开，任人

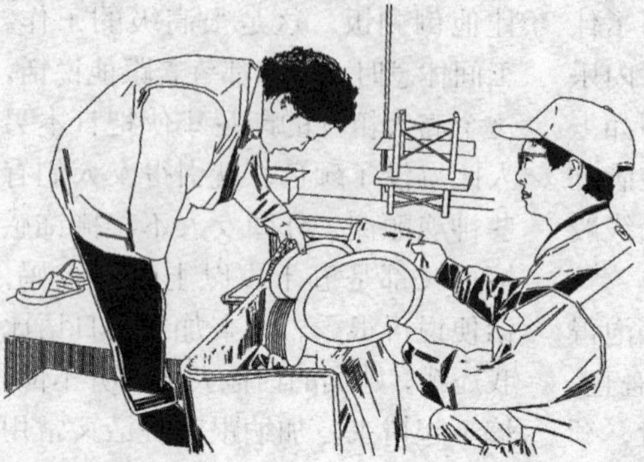

挑选。客人早餐时间一过，我们就进入大厅，坐在桌前舞刀弄叉，大模大样地吃上一顿，这是饭店认可的。满厅的食物都归我们几人所有，那情景简直比国王还气派，气氛也像童话书里的描述。吃的时间只有二十分钟，在这段时间里我们要填满肚子并且将中午的一顿也提前装入，还要用塑料袋将银盘里的火腿片、竹筐里的小面包之类兜回去，以做晚饭。不拿白不拿，撤下之后这些食物将被全部倒掉，浪费是惊人的。

有利就有弊，早班的劳动量更是惊人的，那些巨大的银盘沉重无比，甭说刷，连搬动都十分困难，有时得两个人抬。所以除了刷碗以外，我们还得充当搬运工的角色。但这一切被学工业管理的曹勇安排得有条不紊，我还是在水池边管刷，黑田和加纳负责搬运清理，曹勇管理清洗消毒，最后集体擦拭、收藏。大家对这个分工都满意，心情愉快，工作效率也高，更可喜的是每人体重都开始大增。曹勇说叶桑脸上的肉都长横了，我说看看你的肚子吧，那还能叫肚子吗？最惨的是加纳，胖出了美男子之列，损失难以计算。但他说他不后悔，黑田也说不后悔，跟我们在一起，他的中文论文答辩顺利通过了。

有一天领班发话，早班要减掉两个人。

我们知道，曹勇犯了一个错误，他将这一切安排得太科学了，我们也干得太出色了，这是我们事先没有料到的。倘若像那些“糊涂”“好色”的大妈们一样，或许不会如此。

于是我和黑田被撤去。告别的时候黑田说了一句很地道的中国话：天下没有不散的宴席。

可是天下却有刷不完的碗。

朱权利摘自《女友》

图：点点

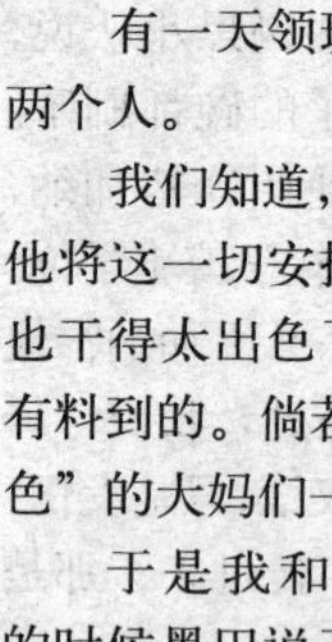

嬉笑之间，韵味自现，扫码阅读京味作家叶广芩更多幽默好文。

 就是爱健康（自检篇）17. 体质指数（BMI）的计算公式是什么？

当诗人也不容易，每位导师都有自己的脾气

@子 聿

唐宋时期的文人，很像我们今天的明星，光彩熠熠。可是回想他们“出道”时的那些经历，也不是那么容易的。

敢不敢跟我喝一杯？

李白的导师叫贺知章，就是“二月春风似剪刀”的贺知章。别看他传世作品不多，但是人家在文坛的地位那绝对杠杠的。还有就是资格老、官位高，他说一句话，可是相当有分量的。

贺老师十分重视人才，在年轻一辈的诗人中，贺老师一眼就看上了李白。那一年李白四十二岁，初入长安，执拗又傲气的他不想通过考试来获取功名，却又想凤池列位，施展才华，幸好他遇到了贺知章。当时的贺大人已经是八十四岁的高龄了，某日在路上与闲游的李白相遇，一点也没有架子，与李白攀谈了起来。当他读到李白的《蜀道难》时，直呼李白是仙人下凡，从此李白有了“诗仙”的雅号。但想要贺老师为你转身，你还得有一样本事，那就是酒量必须惊人。

据说那天两人在小酒馆里喝到昏天黑地，聊到上天入地，直到结账时才想起来两个人都没带钱。贺知章二话不说，就要把腰间的金饰龟袋解下来，当作酒钱。李白作为后生哪能让贺老师破费，赶紧上前阻拦。贺知章大笑，说能与李白对饮，区区金龟又算得了什么呢？

没过多久，贺知章便在唐玄宗面前大赞李白，李白被任命为翰林院供奉。

你有 freestyle 吗？

王维的导师更厉害，是唐玄宗的亲妹妹——玉真公主。

王维去参加选秀的那一年，据说是有黑幕的。诗人张九皋已经通过关系被内定为本次殿试的第一名了。这个消息对王维的打击很大，险些做出退赛的打算。

幸好，他遇到了岐王李范。李范为他出了一个主意，让他在殿试到来之前准备好清新隽永的诗作十首，再谱一曲能够动人心弦的琵琶曲，或许能够改变局面。

几日后，李范把王维引荐给当时唐玄宗非常信赖的玉真公主，并把那十首诗交到了公主手中。公主读罢惊叹不已，原来这些诗公主早已读过，本以为是古代贤人所作，没想到竟是眼前这个青年才子所为。但是堂堂公主必须要端一端导师的架势才行，便随口问了一句："你有 freestyle（即兴发挥）吗？"

她以为王维只会作诗，再拿不出什么别的本事了，没想到，王维当场为玉真公主弹奏他新谱写的《郁轮袍》。动人的旋律和卓越的琴技深深打动了玉真公主，在场的所有人也都为之击节赞叹。

再后来，我们都知道了，原来的内定被取消，王维蟾宫折桂。你看，不留一手绝活儿行吗？

且去填词，何要浮名！

说来，只有柳永命不好，因为他遇到的导师太玻璃心了。

故事是这样的。柳永参加考试一连几年都没有考中，灰心丧气，填了一首《鹤冲天》来宣泄心中的不满。尤其是结尾那句"何要浮名，且去浅斟低唱"，真是疏狂啊，把大宋的功名说得一钱不值。

说好的不再考试了，可是考试又是那时候文人唯一的出路，所以几年之后他居然又出现在了考场上。人生永远比电视剧还狗血，这一次，他居然考上了。也许有人在问，考上了怎么还狗血呢？因为接下来要面试他的导师——宋真宗早读过他那首蔑视功名的《鹤冲天》。

宋真宗看着考卷上柳永的名字，恨得牙根直痒痒，大笔一挥写下八个字——且去填词，何要浮名。柳永便被朝廷彻底封杀了。

所以你看，诗人也并非都如我们想的那样，只有潇洒、豁达和风流，扎心的事，数不胜数，尤其是出道这件事。当诗人也没那么容易，每位"导师"都有他的脾气。

水云间摘自《潇湘晨报》

图：小栗子

17．答案：体质指数＝体重（公斤）／[身高（米）]^2。

当老去的母亲变得贪吃

@吴三妹

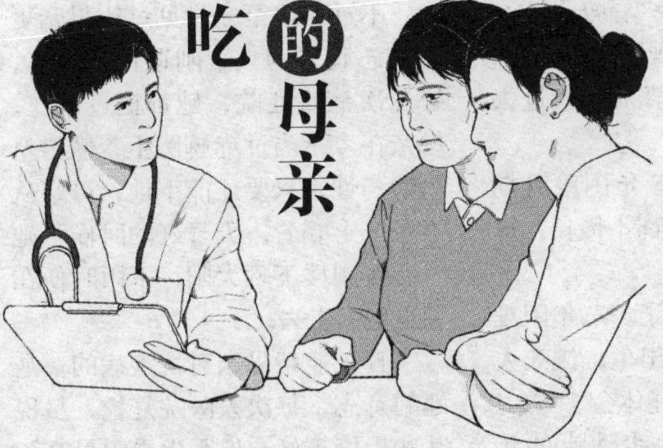

吃，是渐渐苍老的母亲最痴迷的一件事。但随之而来的身体恶化，让全家人担心不已。

父亲给我打电话，说自己饿得受不了了，要来我这吃点饱饭。

这样的电话，父亲已给我打过无数次。自打《养生堂》节目开播，父亲就陷入了“饥荒”。随着母亲对养生堂的执迷，她的厨艺却越来越差，简直没办法入口。

父亲拒绝吃这样的菜式，他说这是喂猪的。但母亲不以为然，并拒绝改变。母亲说，她饿得很，不这么吃她难受。终于有一天，她要我陪她去看中医。

母亲对医生说，我觉得很饿，老吃不饱。老医生看了看母亲的脸庞问，你有糖尿病吗？母亲说，没有吧。医生口气笃定，我劝你去大医院细查，我觉得你有隐性糖尿病。

我陪母亲去了重庆医科大学附属一院。几杯糖水下肚，检查报告出来了，确实是糖尿病，而且指标高得吓人。医生说，该打胰岛素了。

可是母亲没听医生的，该怎么吃怎么吃。我劝她，怎么还这么吃呢，不是让你忌口吗？“不行，我饿得很。”母亲说着，把裤腿撩上去，拇指往小腿上深深一按，按出个很浅的小坑，“看吧，不吃没营养。”

早些年，母亲也曾这样撩起裤腿，伸手往小腿上一按，一按一个小坑。母亲对我解释，说这是缺营养、身体不好的表现。

想来，母亲的糖尿病很早便有了，一拖就是几十年。母亲今年 81 岁了。她所经历的困顿人生，饥饿感一分一秒都没有停歇过。

那段不能外出的日子，一家人吃了饭便围坐在一起聊天，更多的时候，是听母亲说。她说得最多的，还是关于吃的。

“你们老是埋怨我囤吃的。”母亲瞥了我和姐一眼，“看嘛，还是我说得对哈，不囤点现在吃什么？”

“这才几天？疫情很快就过去了。”我很不服气。

“很快过去了？三年困难时期的时候饿死多少人你都不懂！”母亲更不服气。

我一下子便住口了。三年困难时期的时候，我还没出生，饿死人的残酷非亲身经历不能体会。

那个肚里极其缺少油水的年代，母亲天天想着的，便是如何让家里人吃饱。

后来生活水平上来了，母亲有了唯一的爱好——存粮食。我好意劝她，放久了要坏的，吃不完扔了可惜，超市里什么都有。她却说，要涨价了，要打仗了。又说，不会坏的，坏了我也把它吃了。

很快，严重的并发症来了。

母亲的眼睛看不清了，去医院检查，说是白内障，也有说是青光眼。是什么不重要，重要的是因为她的糖尿病，不敢轻易做手术。她年纪大了，一向坚固的牙齿开始脱落，身上有时还会莫名地痛。

母亲终于不能再抗拒，到底还是打了胰岛素。不料，打了胰岛素的她却是更加开怀地吃。看来她的糖尿病要往无可奈何的方向去了。

不过，我至今没见过比母亲更加意志顽强的人。刚退休那几年，好几次病重住院，她都挺过来了。母亲在乡下当过赤脚医生，懂得草药的药性。只要还能下地，母亲从不在床上躺着，天气好的时候，她一定要到楼下晒太阳，下雨时便在屋里走来走去。

真正能帮母亲对抗疾病的，是她的意志。每次去医院复检，虽说某些指标不好，但医生看到母亲浑身带劲儿地走路，一脸倔强和毫不在乎，竟只笑笑说，活得高兴就好。

糖尿病只是病，而母亲要治的是命运，是饥饿感刻入骨髓的恐惧。她知道自己的命该如何维系，她有她的科学，伙食，便是她的意志。

作为女儿，我由此认识了母亲的一生。

扬灵摘自微信公众号真实故事计划

图：小柯

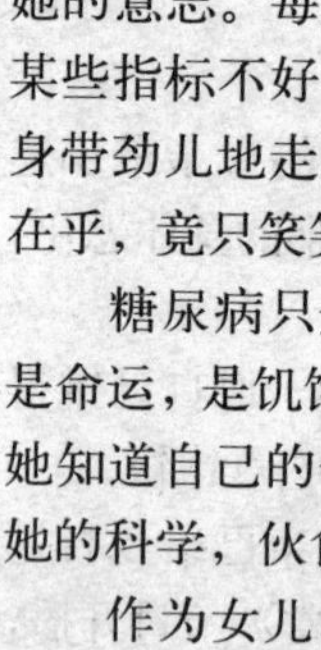

多饮、多食、消瘦……
扫码了解更多关于隐性糖尿病的科普知识。

 就是爱健康（自检篇）18. 体质指数（BMI）过轻、正常、超重、肥胖的范围分别为多少？

完美的蓝天

@［美］扎雷·麦弗逊·阿尔蒂尼安 庞启帆 译

杰克醒来时，发现自己躺在一张陌生的床上。他的头脑一片混沌。他抬起头，想起了是怎么回事。

昨天，杰克在自己的家里起床后，突然感到胸口紧绷，喉咙干涩。然后，他做了一件自己以前从来没做过的事情。他张大嘴巴，头向前伸，喉咙发出一阵又一阵尖利的叫声。听到这奇怪、恐怖的声音，他的父母冲进他的房间。看到儿子的样子，他们恐慌极了。他的父亲迅速用衬衫的袖子捂住了自己的嘴巴和鼻子，他的母亲对站在走廊上的小儿子安德鲁大喊："快走开！"家里的传感器马上通知了疾病防控部（简称DDC）。几分钟后，DDC的工作人员到达，他们用塑料薄膜覆盖住了杰克家的整栋房子。然后，工作人员穿着无菌防护服通过气闸舱管直接进入房子。

"请大家保持冷静，"一位工作人员说道，"这所房子现在已经被隔离。没有得到进一步的通知，谁也不允许离开或者进入。"

杰克被送往一家DDC的医院，一个只有一层的灰色的石头建筑。杰克觉得这个建筑像军队的碉堡。

医护人员首先让杰克下车，然后把他抬进了放在担架床上的一个透明的塑料箱中。杰克感觉自己好像躺在一具透明的棺材里。他们推着他经过一条空荡荡的走廊，然后通过几个气闸门，最后来到了他的病房。这个病房似乎是在医院的最深处，坚固的墙没有任何窗户。

很快，杰克就被医护人员从塑料箱里抬出来，放到床上。一个穿着白大褂的人从玻璃墙的另一边走了进来。他看了看杰克，检查了仪器，然后又离开了。“为什么不告诉我，我怎么了？”杰克纳闷极了，努力想弄清楚自己到底怎么了。

下午，嵌在天花板的声膜突然嗡嗡作响。然后，一个声音通过声膜传来：“你好，杰克。”杰克吓了一跳。他环顾四周，看到了那个身穿白大褂的人正站在玻璃墙的另一边跟他说话。“你感觉如何？”

“很奇怪。”杰克说，然后又开始咳嗽起来。

“放松！”那个人说道，“你来到这里后，已经咳了好几次了。”

这个人应该是医生，杰克想。他问道：“我会没事吗？”

“我们现在正在做化验。你把我们难住了，但我相信我们很快就会弄明白是怎么回事。”

“我的家人怎样？”

“他们很好。到目前为止，他们没有咳嗽。但我们还需要观察几天，直到确认安全，我们才会让他们离开。只要我们知道你咳嗽的原因，你就能见到他们了。今天晚上晚些时候我会回来再次给你做检查。尽量放松。”

医生离开了，灯光暗了下来。杰克独自一人度过了余下的时光。

杰克回想过去几天里发生的所有事情，看是否能找出自己生病的原因。两天前，他和他的同学到当地的气象控制站进行实地考察。几朵看起来像无菌棉球的白云飘浮在明亮的蓝天上。一个脸色红润的女人出来迎接他们，她自我介绍说她是气象控制站的负责人。

“你们生活在这个时代，真是幸运。”她一边引领他们进入建筑物，一边说，“只有在我们需要的时候，天才会下雨。你们想让飓风或者龙卷风来制造一下惊喜的机会都没有。一个月有24~27天，天空是晴朗的。来，让我来给你们展示我们是如何做到这些的。”

杰克和他的朋友丹尼尔徘徊在人群的后面，他们只想到外面去，在完美的蓝天下奔跑。

参观结束后，他们在室外享用了一顿野餐。杰克记得自己当时坐在一个敞口的水箱的阴影里，地面非常潮湿，但当时他没有考虑太多。

随着玻璃墙被灯光照亮，医生的声音打破了沉静。“你好，杰克。我希望你感觉舒服了些。”

杰克转向窗户。站在对面房间

18．答案：过轻：<18.5；正常：18.5~23.9；超重：24~27.9；肥胖：≥28。

里的，除了那个熟悉的医生，还有六个穿着白大褂的人。

“这话也许听起来奇怪，但我们真的要感谢你咳嗽越来越厉害。”医生继续说，“你的病是这些年来出现的最令人激动的事情。所以，大家都想来看看你。”

“所以，你们已经知道我得了什么病，是吗？”杰克问道。

“你得了一种被称为‘肺炎’的病。我认为我们已经消灭掉了所有可能引起这种病的病菌类型，但它们是狡猾的小家伙，它们还存在于这个世上。”

“我会好起来吗？”杰克问。

“我们已经对收集的病菌样本进行了电脑分析，而且我们已经对病菌经过基因工程改造了。我们只需玩一个病毒游戏，就能把你体内的病菌灭掉。”

杰克糊涂了，问：“病毒游戏？”

“这就像以毒攻毒，”医生答道，“我们造了一种病毒。我们只需注射一小段这种病毒的DNA进入病菌。然后，你自己的白细胞就会清理掉那些麻烦的家伙。”

来到医院后，杰克第一次放松了。基因工程是目前医学界的王牌，是所有疾病的克星。他相信，他很快就会恢复健康。

“可是，我怎么会生病呢？”他问。

“我们看了你的跟踪记录，认为你是在气象控制站得的病，生活在潮湿环境里的细菌一定是发生了变异。这也是一件好事。如果那些水已经被蒸发成云，嗯，没人知道这种细菌会扩散到什么程度。”

医生的话让杰克呆住了。他想象着水库里的水上升到空中，形成雨云，偷偷携带着数十亿看不见的病菌。当雨水落到一个农场的地面，或者一个供应城市饮用水的水库中，病菌就会让更多的人得病。这将是一场几十年来从没有出现过的健康危机。

“你帮助我们避免了一场灾难。感谢你给了我们警醒。”医生说。那六个也穿着白大褂的人一脸灿烂地向杰克竖起了大拇指。

杰克深深吸了一口气，他和他的家人都会没事。很快，一切又将会变得美好起来，对吧？

晓晓竹摘自微信公众号庞启帆翻译与写作

图：恒兰

【请您续写】完美晴空粉饰太平，恐惧早已肆意生长，被人遗忘的病毒是否将席卷全球？一切皆是未知。投稿请发送至：499081339@qq.com，来稿请注明“续写”字样。

邻居的纸条

@ 孙道荣

下班回家，见门上贴着一张纸条："儿子在我家。"字迹认得，是对门老刘的。

敲门，老刘开了门，笑眯眯地问："下班啦？你儿子和我儿子在房间里一起做作业呢，我喊他。"

道了谢，和儿子一起回家。问儿子，怎么不在自己家里，又跑对门去做作业呢？儿子说："早晨上学时，忘带钥匙了，正好对门刘叔叔回家，就让我到他家里，边做作业，边等你回来。刘叔叔怕你找不到我着急，还在门上贴了纸条。"

这不是老刘第一次写纸条了。收到老刘第一张纸条，是刚搬来时。

那天搬家，因为没请搬家公司，都是我们自己搬。搬家就像打一场仗，身心俱疲。我和妻子正在收拾，有人敲门，开门，是一个陌生的中年男人。他说："我是你对门的，你们是新搬来的啊？"我点点头，心想，这不是废话吗？

他又问："这房子，你们是租的，还是自己买的啊？"

我有点不高兴，怎么，查户口啊？便没好气地答，买的。

"太好了，那我们就可以长期做邻居了。"中年男人很激动的样子。真搞不明白，这与他有什么关系？他又说："以前这房子都是租的，住的人经常换，各种人都有。现在好了，现在好了。"

我不耐烦地打断他："你有什么事吗？"

中年男人一怔，支吾着："需要我帮、帮忙吗？"我坚定地摇摇头。搬过这么多次家，还是第一次见到这么自来熟的邻居。

我和妻子继续收拾，妻子说：

“刚才这人还蛮热情的。”我笑笑，“太热情了，简直像个老娘们。”

好不容易，把大件拾掇到位。坐下，小憩一会儿。

“咚，咚咚！”又有人敲门。开门，竟又是那个中年男人！我没好气地问：“你还有什么事？”

“是这样的。”他递给我一张纸条，说，“这上面都是一些有用的电话号码，你们刚搬来，对这里的环境不熟，也许用得着。”我犹疑地接过纸条，瞄了一眼，他又说：“最后一个号码是我的，方便联系。”他走了，我随手将纸条扔进了垃圾篓。天黑了，妻子下厨做饭去了。

忽然，妻子在厨房里喊：“下水管怎么不通？水都下不去了。”

我赶紧去看。水池里已积了半池的水，显然是下水管不通。这是一套二手房，买的时候，还真没在意，卖主也没提这茬儿。

捣鼓了半天，还是不通。妻子说：“还是赶紧找个维修工来吧。”可是，天都黑了，又刚搬来，也不知道上哪去找维修工啊。忽然想起了对门那个中年男人给的纸条，也许，那上面有维修工的电话？

从垃圾篓里，翻出了那张纸条。一看，密密麻麻写满了一张纸，物业的电话、保安室的电话……水管工师傅的电话！电话打过去，果然是一个水管工师傅，他说马上就来。

对门中年男人给我的那张纸条，帮了我们大忙。我将那张纸条理平整，压在了餐桌的玻璃下面。

我搬过来已经两年多了，那张纸条，给我们带来了很多方便。那是对门的老刘写给我们的第一张纸条。此后，偶尔又收到过老刘贴在我家门上的纸条，都是一些提醒。

至今，我和老刘也不是特别熟悉。我不喜欢串门，也不喜欢平静的生活被人打扰，老刘似乎意识到了这一点，所以他很少过来。

但他给的那张纸条，我一直压在餐桌的玻璃下面，它真的给我们家的生活带来了很多便利。这张小小的纸条，是这么多年来，我从邻居那里得到的最简朴也最温暖的礼物。

就在前不久，我已将纸条上的最后一个号码，存储到了我的手机通信录里，它被归在我的朋友群组里，它的名字是：朋友老刘。

一米阳光摘自《南方日报》

图：陈明贵

一张纸条承载无数温情，却也有人为那只言片语绞尽脑汁，扫码一窥社交恐惧症人群的生活二三事吧。

埃菲尔铁塔要拍卖

@[法]皮埃尔·贝勒马尔
玛丽·泰蕾兹·库尼 邓祚礼 译

1925年7月6日，维克多·卢斯蒂格正在他居住的克里龙宾馆的豪华房间里神色忧愁地读着报纸。

为了结束在巴黎的居留和支付回程的花费，他又不得不重新工作。这就是他那样用心看报的原因。他在报纸上找办法，寻启发，却又不是在就业栏里找。因为维克多·卢斯蒂格的职业有点特别，这职业已帮他发过财了。他是一个骗子，但又不像其他骗子。他之所以15年来从事行骗都能逍遥法外，是因为他给自己定了一个原则，并始终遵守：那就是把受骗人置于一个非常可笑的或丢人现眼的境地，以至于受骗人连告发都不能告发。

维克多·卢斯蒂格继续细心地读他的报纸。突然，在一份《每日晚报》内页里，一条消息引起了他的注意：“巴黎城能够支付埃菲尔铁塔必要的修理费吗？”跟着谈到了各种技术上的理由。文章作者从这句话里归结出一句玩笑话：“难道我们要卖掉埃菲尔铁塔吗？”

怎样着手出卖埃菲尔铁塔呢？当然，对于一般人来说，这个问题是回答不清楚的，然而对维克多·卢斯蒂格而言，答案却了然于胸。

他选了一个单刀直入的手法，通过一个搞伪造行当的朋友，制造了印有巴黎市政府官方笺头的公文纸。然后，他直接召见了法国五个最大的废铁商，说为了“一件至关重要的和绝密的事情”。

几天以后，在预约好的时间里，五个废铁商全都聚集在宾馆的一个客厅里。废铁商们有点紧张，当然，他们互相认识，而且懂得他们之所以被召集，是因为确实事关重大。

19. 答案：超重和肥胖会增加2型糖尿病、冠心病、乳腺癌等疾病风险。

最后，维克多·卢斯蒂格进来了。他穿得可考究了，他从来没有这样威风凛凛过。而且，甚至在他开口之前，废铁商们就感到马上要发生什么大事了。

维克多·卢斯蒂格在一把安乐椅上坐下来，一边巡视一遍他的对话者，一边掌握效果。然后，他低声说话了："先生们，你们知道，巴黎市政府现在因它最杰出的、最赫赫有名的古迹而遇到困难。我讲的是埃菲尔铁塔。"

五个废铁商坐在位子上，纹丝不动，等待下文。卢斯蒂格的声调显得如此之机密，只够勉强听到：

"应共和国总统和内阁总理的明文要求，我请你们保守下面的秘密。先生们……埃菲尔铁塔要出卖，市政府委任我为出卖该铁塔的招标者，一笔特别的交易是：7000 吨钢铁将卖给出价最高的人。"

在这特别的客厅里，静得可以听到一只苍蝇在飞行。维克多一边说，一边留心察看他的每个对话者。他的心理学是从来都不会让他弄错的。他现在已知道在这些对话者中间，哪一位是最轻信的人。

最轻信的人是个红脸的矮个子，此时，他正坐在椅子里躁动不安。他叫普瓦松（鱼的意思，一个命中注定会轻易上钩的名字），是一个暴发户，而且千方百计只希望还能继续发财。

从此时起，维克多·卢斯蒂格便已确信，普瓦松先生将成为他的牺牲品。"先生们，你们愿意上我的小汽车吗？我授权让你们参观一下所要交易的物品。当然，在这次参观中，我将要求你们严守机密。"

几分钟后，维克多·卢斯蒂格便将他租来的豪华敞篷汽车停放在埃菲尔铁塔一个脚墩下面。他知道，他在下大赌注，现在一切都即将尘埃落定。倘若他碰上一个多疑的或心境不快的铁塔职员，他今晚就得住在监狱里。但现在不该想这些了，应该像以往那样，在这种情况下，要亮出那唯一的有效武器：胆量。

维克多·卢斯蒂格领着五个废铁商，大摇大摆地无视游客的队伍，径直走到铁塔入口处。他漫不经心地把手一摆，把一个印有法国国旗——三色旗的证件给铁塔职员看了看，用不容分辩的口吻说：

"这五位先生是陪我来的。"

于是，在这巴黎最著名的古迹上，开始了一次史无前例的视察。对风景之美全然不感兴趣的废铁商们在楼梯上跑上跑下，把身子倾斜在栏杆上。他们估摸钢铁的状况，推敲防锈漆的质量，摸摸工字钢，触触螺钉。

于是，大家欢天喜地告别。维克多要求每个人给他寄去对价格的建议，他等待着。实际上，他只等待普瓦松先生的信，而其他人的信，他甚至连看都不看。

卢斯蒂格再次见到他未来牺牲品时，完全放下了心。他没有搞错，这位废铁商先生的脸比任何时候都更红了，心情更激动了，更振奋了。

维克多摆出大人物的架子，找些话使他免除拘束，“亲爱的先生，您向我提出的款项，不瞒您说，那是最高的。再说，我对您有好感。”

矮个子在椅子里摇晃得更加厉害了，他松开他的假衣领喘喘气，

心想：这不是真的……这太好了……世界上最著名的7000吨钢铁是属于我的了！只属于我一人了！

这一下，维克多以合伙人的口气继续说话了：“您知道吗？在这样一类交易中，按照惯例是要付中间人一笔手续费的。”

不，他这个废铁商不会不知道这个。他一下从他的椅子上弹起来，打开他的钱夹，掏出一扎票子说：“我早准备把这个给您了，我想十万法郎的数目……”

维克多不作答。他把票子塞进口袋里，付之以同意的微笑。他拍着他谈话对象的肩膀，以亲切的口气说：“祝贺您，普瓦松先生，埃菲尔铁塔属于您了。”

第二天，维克多离开了巴黎，当倒霉的废铁商知道自己被骗时，一切都晚了，只有痛哭流涕了。

怎样向一个警察分局局长承认说是一个骗子把埃菲尔铁塔卖给了我，而我又是那样愚蠢地相信了骗子？怎样在巴黎的头面人物面前确认：“我是世界上最富有的人，也是世界上最愚蠢的人，你们夸奖我吧，你们欣赏地看着我吧，我向一个陌生人买下了埃菲尔铁塔！”

小小摘自《有一天发生的事1》花城出版社

图：豆薇

白萝卜卜胳膊水萝卜卜的腿

@ 南在南方

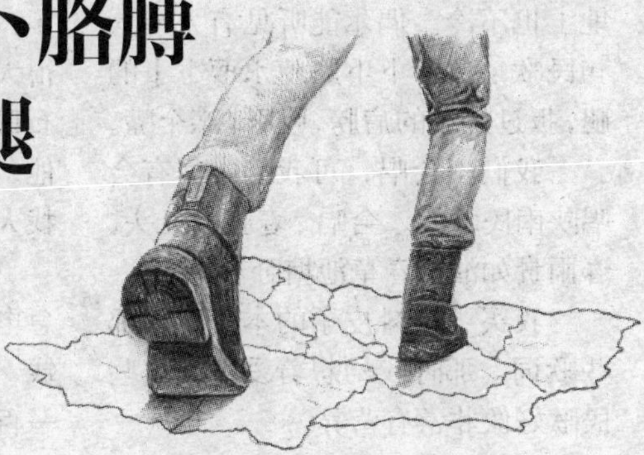

没考上大学，背了铺盖回家，好像心里也没觉得难受，反正一地庄稼等着我，收了玉米，挖了洋芋，晚黄豆也割了回来，准备种麦时，有人约我出去挣钱，那时打工这词儿不流行，只说搞副业。

那时，我没出过远门，自然想去，父亲母亲不同意，因为这个挣钱的路子很危险，说那叫埋了没死！那时真是无知无畏，况且还有同学一起，他们拗不过我，最终只好放行。

我们去下煤窑，那时我对煤窑没概念，对煤也没有。一路向北，从陕南，翻过秦岭，到西安，然后往铜川，再住宜君，黄昏，我们在一个叫下嵝崄的地方下车。

路边的白杨树叶子哗哗啦啦地响，像雨声。

在地铺上睡了一夜，天亮时，我们就准备工作了。去矿上领了安全帽、矿灯、矿靴。在此之前，已经分组，因为是新来的，没技术，没人愿意跟我同组，也没人跟同学邦平一组，这样，我们成了一组。我们把煤从作业面用架子车拉到巷道底，用绞车牵出巷道，有人坐在那里写“正”字，回头算工钱用的。拉一车上来一块钱，我和他就算着，呀，挣了五毛钱！

那是斜井，不像山西的煤井是竖的，在井下看天，像个蓝镜子。那口斜井并不直，这样架子车出巷道得人驾驶，跟绞车角力，不然车把会穿木头井架，这很危险。好在，我们一学就会。

真是孔武有力，头一天我们争了头名，因此获得先进澡堂的福利，就那样一池水，越洗越黑。

煤是黑的。

像一夜之间就冷了起来，好在

有煤，整夜都是通红地烧着，睡在地上也不冷。偶尔能听见有人唱几句民歌：白萝卜卜胳膊水萝卜卜的腿，扳过妹子的肩膀，哎呀，亲个嘴。

我们不会唱，可我们中间有会唱陕南民歌的，会唱：春打六九头，春雨贵如油，春草池塘卧春牛。

我买了塑料皮子的本子，记那些歌词，那时我幻想着爱情，这些民歌好像非常有营养。

凶险忽然而来，年轻的安全员窒息在巷道里。在我们上工之前，他先下井做安全检查，等我们去井口，报警铃声持续响着……停工两天，矿上检查通风，检查井下气体。然后我们继续上工，钱总是诱人的。

我们干了一个多月，账面的工钱有八百块！这时，我的同学出事了，他的脚后跟让绞车钢绳给拉了很大的口子，血流如注，被送到王石凹矿区医院，然后，我开始陪护他，隔天回矿上一次，总是差药费，找人要。

一个月后，我收到家里一封加急电报，要我速回。矿上不给算工钱，说是到年底让人带回来，给了一百块钱的路费。跟同学告别，那时他的脚刚能落地……

我忐忑了一路，不知家里出了啥事，等回家才知道祖母和母亲整天担惊受怕，让父亲来了这么一出。

我的第一份工作就这样结束了，工钱自然也打了水漂。带回来一块小小的煤，现在还在书房里。后来，我又去山西下过煤窑，到秦岭山中伐过木，在商州做过园丁，给电视台写过解说词，七年之后，我到武汉做了编辑。

那七年，可堪回首，就像前几分钟，我在地图上看那些地名，一双年轻的脚走来，走去。

心香一瓣摘自微信公众号南在南方 me

图：陈明贵

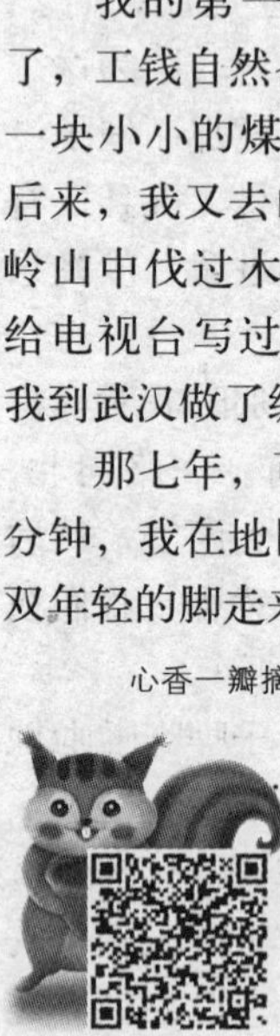

不若茶，不若酒，唯心知，唯心喜。扫码观看更多南在南方经典美文。

20. 答案：成年男性：<90 厘米；成年女性：<85 厘米。

一份魔性师门聚餐总结

@ 杨二平

老师好，昨晚师门聚餐，您喝多了，先走了。按照惯例，我把聚餐后半截的学术讨论整理如下，供您参考。

昨晚您没喝晕前，提到的聚餐主题是：工作了，挣钱了，如何做学术？您讲的最后一段完整的话是："在座各位有的已经工作了，有的还没有工作。但不管现在如何困难，大家都应该想想：工作了，有钱了，如何静下心来做学术……"

后来，您说的话就听不清楚了。

我个人认为，昨天的讨论还是很成功的。喝了三四两以后，大家将主题深化为：假如挣了一千万，如何做学术？喝了半斤以后，大家继续将主题深化为：假如挣了一个亿，如何做学术？喝了七八两时，大家已经不再讨论学术，好像每个人都挣了一个亿似的，酒桌上一直洋溢着欢乐的氛围。

您快喝晕时，当副院长的大师兄正在发言，他说导师您的耳提面命、高屋建瓴、高瞻远瞩，使得我们登高望远、居高临下，从而摩拳擦掌，时刻准备大干一场。

您听了以后壮怀激烈、仰天长啸，准备赋诗一首。

师母插话：每次当您开始赋诗时，就是喝多了。师母色厉，命令您回去休息。您的手机由师母保管，叫车的钱是大师兄出的，一共二十七块零八毛。

您走之后，大师兄接着说，等他有了钱，不管是不是八月十五，每个月都给您买两份月饼，一份枣泥的，一份五仁的。在另一所高校工作两年的二师兄接着说，等他有钱了，不但每月给您买两份月饼，还要每月给C刊的编委会发月饼。

大师兄批评二师兄，说："有

钱也不能那么破费，投稿的时候，可专门找版面费高的期刊投稿，不仅不讲价，而且还给赞助费。不收版面费的才发月饼。”

“当然，更重要的是战略布局，”大师兄接着说，“等我有了钱，每月都请期刊主编、课题评审、知名专家教授来做报告。现在学院太抠，讲课费太少，请不到有价值的学者。等我有了一个亿，每次讲座都以抽奖名义送主讲宝马一辆。”

二师兄说大师兄到底是当副院长的，境界就是不一样。不过，二师兄后来的话就不太靠谱了，他说等他有了一个亿，天天在学院横着走，不愿上的课不接，不愿报的课题不报，天天在院长门口晃悠，时刻准备和他干一架。

他还准备买个能上厕所的面包车，天天停在学院门口，气那些穷酸老师。他们学院老师中课题炫耀时，他就发个朋友圈晒银行卡余额。

三师兄点头认同，他补充道，以后有了钱，就和他媳妇两地分居，并准备专门买个50平方米的房子放书，天天住在书房里，“以后她再不让我买书，我就和她离婚”。

大师姐却说二师兄境界不高，不发论文，不报课题，没有成果，评不上职称。二师兄微微一笑，说：“等有钱了，拿出个百八十万存到学校当横向课题，也能评上职称。”

大师姐对二师兄嗤之以鼻，她有自己的想法，她认为：以后有了钱，根本不用自己写论文，只出idea，其余都外包。另外专门雇三个团队，一个团队排版，一个团队投稿，一个团队报账。所有申报课题，一律用镀金的纸打印。

大师姐还补充道：以后做任何研究都改成量化，样本至少十万起，再雇两个专业团队，一个横着算，一个竖着算。横竖一相关，做出的表格相当豪华，没干过五年会计，根本就看不懂。

大家干杯表示赞同。

诸位师兄师姐发完言后，我也表达了我的想法，我说：虽然我才博一，但我的志向仍然高远。有钱以后，立马买个知网账号，想在哪儿下论文就在哪儿下。再买一个正版 Word，充一个 WPS 会员，一三五用 Word，二四六用 WPS……

师兄师姐都对我表示鼓励，大师姐打包了剩下的菜，二师兄拿走了剩下的酒，我拿走了喝剩的半瓶可乐，聚餐就在愉快氛围中结束了。

慕吉摘自微信公众号学术志

图：小黑孩

割漆人的教子之道

@明前茶

天最热的那一个月，割漆人老郑坚持要让厌学的儿子放下手机，跟他进山爬树割漆，他给儿子的许诺是：“你若能撑下这一个月，当个响当当的割漆师傅，剩下的书不念也罢。”

儿子听得浑身一抖，立马回嘴：“还有这等好事？你骗小孩呢。”

老郑郑重其事地说：“我签份保证书给你，只要你能达到我工作量的一半，就是一天在树上割出150个口子，基本能养活自己，就行。你马上就满18岁了，自己的路自己选，爹娘再不絮叨你。”儿子立刻跳下床铺，打磨割漆刀去了。当娘的不放心，替爷俩准备干粮、茶水、防蚊水的同时，悄悄抱怨：“你把孩子都带野了，这般纵容娃儿，将来会后悔的。”老郑淡定地说：“儿子打游戏打得黑白颠倒，完全不像要升入高三的样子。你还有什么招能让他活得像个模样？随我割漆去，凌晨4点半就要起床进山，他能熬得下来，也算成人了。”

去漆树林的路，要走一个小时，第一次干这活计，小郑满脸兴奋。当爹的示范如何在漆树主干上开第一刀——在距离根部约一米的地方，干净利落地割了四刀，树干上出现了一个立体的“V”字，乳白的漆液当即流了出来，老郑立刻从背篓里拿出一片树叶，像包粽子一样轻轻卷折，插在V字刀口的底端，流出来的漆液，便集纳其中。小郑看得一脸不屑：就这种技术含量啊……

等他自己一上手才明白，活计

可没有这么简单，单是沉稳有力地开出那个 V 字形的口子，就搞得他满头大汗，接着，还要像猴儿一样上树，一手把住树干、稳住身子，另一手快速完成割漆动作。割漆还有“割阳不割阴”的说法，漆树的向阳面，树汁的涌动更加丰沛，将来割漆伤口的愈合速度也快，因此，每见漆树，都得分辨其向阳的方向。依据老郑 20 多年的割漆经验，他发现，漆树枝叶越茂盛，出漆液的效果越好；如果漆树有左右分叉，那么在不同的侧枝上，割漆的口子要上下错开，对漆树本身的伤害才小。老郑叮嘱儿子，割那个 V 字要有点柔和的弧度，就像向下俯冲的海鸥，那片收集漆液的树叶，就插在“海鸥的喙”上。

过了半天，小郑的刀法渐渐娴熟，可他累得头脑嗡嗡作响，爬树的动作越来越慢。他没想到，漆树林里聚集着那么多蚊虫，它们像集团军一样向割漆人俯冲，连小郑身上的强力防蚊水也防不住它们……

为了照顾儿子的体力，下午，老郑带他来到另一片漆林，开始收漆。也要爬树上下，将安插在割口底部的树叶小心取下，将漆液倾倒在塑料桶中，同时用白色胶线，将漆树的割口封上，让树休养生息。

这活计稍微轻松些，天光渐暗，小郑突然问了个他这辈子从未关心过的问题：“收漆这么辛苦，收一斤漆，能挣多少钱呢？”老郑说，滤净雨露与杂质后，一斤生漆大约能卖 200 元，他与林场对半分成。一天干十三四个小时，收获最多不过两三斤，正因为这活计寂寞又辛苦，才有“百里千刀一斤漆”的形容。

小郑默然片刻，幽幽叹息一声：“没想到，我一个月 5000 块钱的补习费，是这么来的。”老郑没有回答，他眼眶发热，是为儿子的良心发现。此时，落日的余晖已经完全收尽，父子俩似乎都听到了漆树林里，那些乳白色的漆液涓涓滴落的声音。

一个少年的成长，在漆树林里悄然完成了。学会割漆后的第 30 天，小郑带着他从前视若仇寇的课本与练习册，返回课堂。割漆在他的中指上留下了厚厚的老茧，只要懈怠，摸一摸那个硬茧，就知道自己该收敛心神，朝长远目标前行了。

秋水长天摘自《现代快报》

图：黄煜博

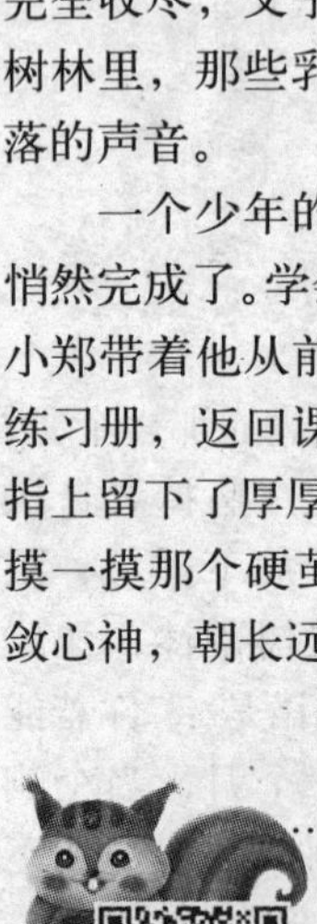

随着各种涂料的普及，割漆这项技艺也即将销声匿迹，扫码了解鲜为人知的割漆人。

21. 答案：腰围可以反映腹部脂肪蓄积程度，超过正常值，即为腹性肥胖，是一种不健康的状态。

我在丹麦阅读“活人书”

@ 上善若水

最后的希望

22 岁那年，我所在的义工组织发起拯救“软毒品”沉迷者活动，这让我结识了毒瘾青年皮特。他每每会轻蔑道：如果你想让我听你的话，那么就证明你有能力抗拒毒品。

为说服皮特，我居然决定试水——把冰毒放在纸上吸入鼻腔。药物带来的眩晕和幻觉让我进入一个美妙的境地。恢复理智后，我从皮特拍下的 DV 里发现了自己的疯狂。皮特懒洋洋地说：“小男孩，加入我们吧！”

我没有想到，DV 成为皮特抗拒义工的武器，他将 DV 传播出去，叫嚣着让义工滚蛋，各个夜店的门口也出现了印刷着我吸食毒品时丑态的海报。

我崩溃了，义工组织领导弗兰建议我到丹麦，去哥本哈根一个叫活人图书馆的地方。他说：“孩子，这会对你有帮助的。它也许是你最后的希望！”

垃圾“集中营”

抵达哥本哈根后，活人图书馆馆长莱夫·思科热情地向我介绍图书馆的规则：必须先办理一张借阅卡，每个会员每次只限借阅一本图书，时间 45 分钟，图书不准带回家去。唯一特别的地方是图书馆的藏书量很小，只有 55“本”——准确地说，是拥有 55 个“活人”。

这 55 个人，每个人都有自己的书名。我翻阅借阅目录，发现其中有《腐烂变质的收尸人》《自我觉醒的脱衣舞娘》……我瞠目结舌，觉得自己似乎来到一个垃圾“集中营”，这里聚集的都是人渣。

在莱夫的热情推荐下，我借阅了一本名叫《凯马》的书。一个犹如干瘪的坚果一样的老人出现在我面前。他对我微微一笑：“我是个收尸人，偷窃过尸体的内脏器官。”

这是凯马的开场白，几乎让我有想要呕吐的感觉。凯马看着我，似乎看穿了我的内心，他忽然说：“我听说你来自瑞典，那么在哥本哈根你不可能有朋友。孩子，你内心存有偏见，但作为图书，不能勉强你来阅读我。我建议你下次选择一本叫迈马特的‘图书’阅读，他有个好听的名字，‘偷渡者’。”

“魔鬼”的眼泪

迈马特的名片上写着：哥本哈根最大的格瑞地产股东——这和偷渡者的身份似乎不相干。

图书馆悠扬的音乐里，迈马特这本“书”向我打开。

偷渡者，几乎是违法乱纪的代名词。迈马特被人嘲笑、欺负和羞辱，他感到难以忍受，开始搞一些破坏，比如砸毁公共设施，这让他有报复的快感。

1993年一个夜晚，迈马特在夜总会被刺伤。他计划报复时，一个名为“停止暴力”的公益组织找到了他。他们首次给迈马特以肯定，偷渡者不全是坏的，因为在殴斗中，迈马特始终挡在一个丹麦本地年轻朋友的身前。

破天荒的评价，让迈马特接受了帮助，他成为地产公司的销售员，几乎每天20个小时不休息，他想证明偷渡者依靠智慧和努力也可以成功。十几年后，迈马特拥有了自己的地产公司，当初那个组织，在莱夫·思科的参与下，变成了奇特的“图书馆”。

找回真自我

图书馆主旨是寻找边缘人，与别人分享自己的故事。

我选择重新阅读了凯马。

故事也出乎预料。凯马因为贫困一直盗窃尸体的脏器，直到有一次，一个贫困的老人去世，家人给他穿上简单而整洁的衣服，请求凯马动作轻些接走他的尸体，以免“打扰”他。

这让凯马很是感动，也首次放弃了谈好的肾脏生意。他开始醒悟：人到了最后，需要的是更贴心的照顾和尊严。

形形色色的“图书”看起来都有魔鬼的封面和内容，但仔细阅读，却能发现他们藏在内心的眼泪。

后来，我找到莱夫，提出自己想成为一部活人图书的念头。迈马特对我说：“我不觉得这是致命的错误，即便别人觉得你堕落，但只要你知道自己的动机，点燃希望，一样还能重新站起来！”

一年后，我将活人图书馆落户在哥德堡大学。这是活人图书馆除哥本哈根外，继伦敦、葡萄牙、荷兰之后的第四家“分馆”，而我，是这个图书馆唯一的一本图书。我相信，活人图书馆一定也会给哥德堡大学的读者带来感悟，让他们放弃堕落，放弃偏见，拥有一个崭新的开始。

平林月摘自《青年博览》

民防小知识 1. 地铁逃生，切忌慌乱。不要因顾及贵重物品，而浪费宝贵的逃生时间。

脑洞漫画等三则

@[美]雷扎·法拉兹曼　周高逸译

 民防小知识 2. 尽可能采取简易防护，如用毛巾、口罩（最好是湿的）捂鼻。

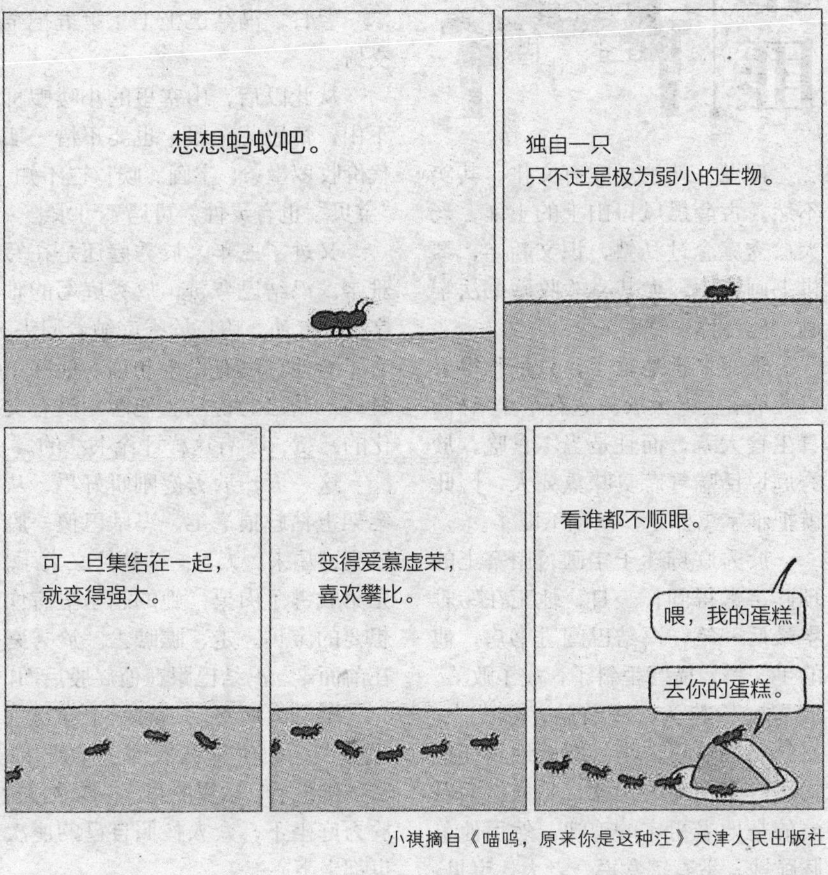

小祺摘自《喵呜，原来你是这种汪》天津人民出版社

雅匪

@魏传军

都说，就怕土匪有文化。其实不然。古薛黑风口山上的土匪，老大於秀庭念过私塾，识文断字，琴棋书画皆通，尤其喜欢收藏书法字画，他自称：雅匪。

雅匪，雅是雅了，只是雅得有点儿瑕疵。老大於秀庭有个小嗜好，喜生食大蒜，而且是当零食吃，於秀庭说话喘气蒜臭味熏死人，因此就把雅字熏掉了，只剩下匪了。

於秀庭痴迷于字画，山寨上的琐碎事懒得问，一日，他正在写雅字最后一笔，冯结巴闯进书房，他的手一抖，横写歪斜了，成了败笔。於秀庭抬起头，冷着脸，想发火。冯结巴笑嘻嘻，小心翼翼地从怀里掏出一个精美的锦盒，好像里面藏着的是他老祖宗的魂魄，然后他单膝跪地，举着锦盒说，老大，宝贝。喊！於秀庭翻了翻眼皮，一脸嫌弃的表情，心说：啥宝贝我没见过。

冯结巴打开锦盒，於秀庭傻了。锦盒里的东西，他还真没见过，正是他梦寐以求之物——大国香。“大国香麒麟”墨，文房四宝之一宝，徽墨，乃墨中之魂。

翌日，冯结巴坐上了第五把金交椅。

从此以后，山寨里的小喽啰再下山，情愿花金银，也要不惜一切代价收罗墨条、字画。唉！岂不知，“宝贝”也有灵性，可遇不可求。

又过了三年，於秀庭还是在写雅字。冯结巴夸赞，於秀庭写的雅字好，有劲。嗨！於秀庭皱着眉头，看了看他，没有说一句话，他并不赞同冯结巴的说法。他想：没有文化的蠢货，哪有这样评论书法的。

这一天，於秀庭刚研好墨，从笔架上拈起狼毫笔。冯结巴像一股风刮进屋来，大哥，请到聚义大厅。兄弟我绑了肉票，她的箱子里有你想要的宝贝。走，瞧瞧去。於秀庭在前面走，冯结巴跟在他屁股后面。

聚义大厅里，站着一个穿旗袍的女人，她仿佛在看墙上的雅字，又仿佛没看，傲慢的目光扫来扫去。於秀庭坐下，众人按照自己的座次也都坐下。

哎！你就是山寨的老大？

猝不及防，於秀庭被问懵了，他呆愣了片刻，点点头。

这个雅字，是你的墨宝？

不错。

啧，女人咂了咂嘴巴，摇摇头，说，照这样下去，就是再练上三年五载，依然还是老样子，最后一横是败笔。

看来你对书法颇有研究。

研究谈不上，略知一二。

说来听听。

你之所以写不好雅字最后一横，是因为你心浮气躁，气息调配得不均匀，写出来的字呆板，缺少灵性……女人侃侃而谈，於秀庭听得入了迷，小喽啰更是听傻眼了。

请到书房一叙。

在书房里，於秀庭拈起狼毫笔，果然按照她传授的方法，再写雅字最后一笔的时候，感觉顺畅，收放自如。女人说，实话告诉你吧，我是徐州汪振华的三姨太。於秀庭知晓，那男人是个珠宝商，手眼通天。

女人打开箱子，里面是一个文房四宝的仓库。其中有一幅画很扎眼，於秀庭做梦都不敢梦到的，是吴道子的山水画。

说吧，你想要多少钱，才能放我下山？

别谈钱，谈钱伤和气。於秀庭又瞅了一眼箱子。

看来你是一个不爱财的人喽。

君子爱财取之有道。

皮箱里的东西，我可以给你，女人顿了顿说，但你得用东西交换。

说吧，用什么东西交换？

女人巡视了一遍书房，说，就那个锦盒吧。

女人走后，於秀庭带着宝贝下山找老街古玩店老朝奉掌眼。老朝奉拿着放大镜边看边摇头，他摘下老花镜，说，唉！上当了，全部都是赝品。

於秀庭眼前一黑，瘫坐在地上。小喽啰把他抬到聚义大厅，老大往昔“虎踞龙盘”的威风也随着瘫掉了。山寨易主，冯结巴被山寨兄弟们推上了老大的宝座。

原来，冯结巴和他姨表姐三姨太合谋上演了一出戏。那方“大国香麒麟”墨，本来就属于汪振华，是冯结巴借来当道具蒙骗於秀庭的。

满月如银盘点亮了天空，又仿佛一方“大国香麒麟”墨，在眼前晃悠。唉！雅匪，着了雅骗的道了。於秀庭闭上眼，在心里一遍遍默写一个字：匪。

一米阳光摘自《小小说月刊》

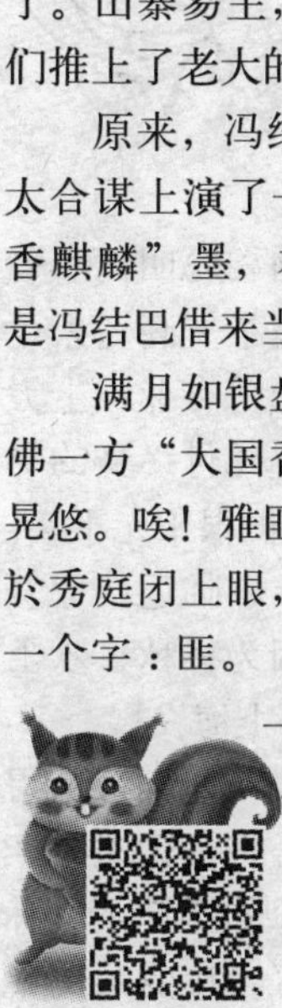

兵不血刃，智斗山匪，
扫码观看
更多精彩好文。

还是输给了**那场爱情长跑**

@一朵依米

林秋属于那种脑袋聪明但不爱学习的女孩，边玩边学，高考去了江苏的一所二本，师范专业，上大学半年就找到了值得托付终身的男孩。陈戈，不帅气，但很阳光平实。

他们甜蜜了四年，临近毕业开始共同谋划未来。因为林秋喜欢上海，他们决定一起去上海发展。

但理想是个南墙，他们被撞得头破血流。这时，恰好林秋老家招考在编老师，在父母的游说下，林秋决定回去碰碰运气。报的是离她居住城市很近的一个乡下中学，考虑乡下中学竞争会小点。结果证明这个考虑是对的，林秋一举“上岸”。

老师假期多，最开始五一、十一、寒暑假，林秋都去陈戈那。此时，林秋工作稳定，内心不再焦躁，而陈戈事业也开始稳定，他们的关系恢复如昨。

两人异地了一年多。林秋父母希望陈戈来他们的城市发展，老这样异地也不是办法，考个公务员，稳定、体面。

但陈戈觉得自己现在在上海已经打开局面了，回去这边就前功尽弃了。林秋父母看陈戈那边不行，开始在林秋这边吹耳边风：在编老师，体面、铁饭碗，乡下中学教几年课，积累一些经验，找找人，咱们就可以活动回城里。

吹着吹着，林秋也动摇了。在十八线小城市，体制内真的太好找对象了。单位热心大姐给介绍了一个在检察院上班的官二代，各方面条件在这个小县城都能拿得出手。林秋的情感天平开始倾向于官二代，便跟陈戈提出了分手。

分手那天，陈戈在朋友圈发了

一条动态:天黑了,没有了光。自此,他的朋友圈再无更新。

林秋跟官二代好景不长，新恋情激情过去，她发现这段感情除了整日的陪伴和甜言蜜语，似乎没有心灵的交集。而且，官二代总是摆出一副高高在上的自负。慢慢地，陈戈的好又浮上水面。

不知道林秋是怎么表白的，也不知道过了多久，陈戈的朋友圈又恢复了动态：我们的第七年。

两年时间，两人的爱情都有了经济实力加持，想见对方，一张机票就解决了。他们谈婚论嫁的最大阻碍来自林秋的父母。

林秋父母对陈戈还是不冷不热的。总是冷嘲热讽地说，陈戈还是没本事，要是有本事，怎么没在上海混套房啊。

眼看着结婚遥遥无期，陈戈做出了让步。或许是年龄大了，也或许是不想再次失去林秋，陈戈说自己可以为了林秋倒插门，来林秋的老家这边找工作。

林秋的父母忧虑他来老家找不到什么好工作，毕竟现在公务员很难考的，而陈戈毕业那么多年了。

谁都没想到，林秋这时候又动摇了。30岁的陈戈如果为了她放弃在上海打拼出来的成果，回到这个小县城，从头再来，怎么能拼过那些有房有车的本地青年。如果他混得不好，那么，她担不起不杀伯仁、伯仁因她而死的罪名。面包和爱情是个无解题，他们又掉进了曾经跋涉出来的那堆烂泥里面。

陈戈遭到林秋父母三番五次的各种劝退，还在顽抗，但林秋的动摇成了压垮他的最后一根稻草。

林秋说乡下中学因为没有城市老师愿意来，她在这里很受重视，被提拔当了团委书记，前程可期，不可能冒险辞职跟他回上海。陈戈一个人回了上海，他给了林秋一个了断。他发了条信息：如果只是外力阻碍我们不能在一起，那我可以去扛，但是连你都看不上我，不能为了爱情赌一把，我也没有坚持的意义了。咱们分手吧。

分手的第二年，林秋跟父母托人介绍的相亲对象订了婚。新郎符合十八线小城的标准，符合父母的标准，也符合林秋的标准。林秋结婚前一天晚上哭到凌晨一点，她妈叹了口气说，让她哭吧，哭哭心里能痛快点。

林秋知道，她跟陈戈的这场爱情马拉松，没有败给时间，也没有败给距离，而是败给了自己。

心香一瓣摘自《分忧》　图：豆薇

【读者说】@丹凤朝阳：真不错！老到俗套的《白蛇传》竟然可以写得这么美。

@ Najia：大概这就是我们全家都喜欢看《故事会》的原因吧！

@胡永胜：白素贞她儿子叫许仕林，相公叫许汉文，又叫许仙，那些年的暑假时光都快忘了……

@我心里有一簇迎着烈日而生的花：法海这不是爱，他应该去填补自己内心的空洞，而不是这样拆散一对有情人。

扫码看《捕蛇者说》

【编者说】 爱像河蚌里的珠子，总是深藏，但开启时，哪怕在微茫的暗夜里，也点着一盏温柔的灯。以家之名，领悟血浓于水的亲情；以爱之名，见证一世痴守的长情；以国之名，致敬英烈、捍卫光荣。亲情、爱情、家国情编织在一起，浓浓中国情暖化了这个青葱三月。所爱隔山海，山海皆可平，待春来，冰雪消，一起感知这深沉情怀中的温度与力量吧。

本期责任编辑 杨怡君

◆ 三月草长莺飞，春色撩人，《故事会》线上增刊伴你温暖同行。神秘的割漆技艺是否会就此失传？深陷敌营又将如何兵不血刃，智斗山匪？听京味作家叶广岑笑谈幽默人生，看一张纸条如何逼疯社恐人群，以及不容小觑的隐性糖尿病真实案例。

更多精彩内容，扫描二维码，"码"上就看！

爱的投射

@胡　捷

有一段故事，想与大家分享。

意图自杀的玛德琳因枪支走火误杀了路人斯塔尔，警方的轻率又让她逃脱了法律的制裁。深陷自责的玛德琳隐瞒身份找到斯塔尔的家中，因女儿的无辜死亡万分悲伤的巴特利特太太接待了她。她们聊起了斯塔尔，聊起了她的葬礼，巴特利特太太因此把玛德琳视作女儿“真正的朋友”，邀请她一起去做弥撒，为斯塔尔祈祷。心虚而愧疚的玛德琳却不敢踏入教堂，一个凶手如何为被害人祈祷？玛德琳的犹疑让巴特利特太太突然明白，这就是那个杀死了自己女儿的人，她关上了那扇曾为玛德琳打开的门。

绝望的玛德琳在巴特利特太太的门外站了两天，第三天，房门开了。“进来吧，”巴特利特太太说，“我会给你做点午饭，有人在一起吃饭真好，不会感到孤单了。”她们又谈论了很多：巴特利特太太的婚姻与她失踪的长子，斯塔尔的过往，她与一对男女的爱恨情仇……

她们俩一起走在洒满阳光的街道上，就像母女俩一样，晒着太阳，聊着天。玛德琳知道了斯塔尔的过去与未来，这一刻，玛德琳被注入了斯塔尔的灵魂，为她而活，完成她的故事——玛德琳将迂回于那对男女的世界，完成她们——玛德琳与斯塔尔的报复。

这是“康奈尔·伍里奇黑色悬疑小说系列”《入夜》中的一段情节，一位丧女之母为何向杀人凶手敞开了房门？我想，那大概是她对女儿情感的投射——她们聊起她，就像她还在那里一样。而本期主题故事，同样将“生命”与“亲情”串联，当情感绵延，生命就不会消散，爱就会延续……

80 故事会® 2021
CONTENTS —STORIES— STORIES DIGEST
4月号文摘版

社长、主编：夏一鸣
副社长：张凯
副主编：高健
本期责任编辑：胡捷
发稿编辑：高健 蔡美凤
杨怡君 吴艳
美术编辑：孙娌
电话：021-64668742
021-54561119
邮编：200020
地址：上海市绍兴路74号
主管：上海文艺出版总社
主办：上海文艺出版总社
出版单位：《故事会》编辑部
发行范围：公开

出版、发行电话：021-64313938

发行业务：021-64313938
发行经理：钮颖
媒介合作：021-64338113
广告业务：021-64334376
新媒体广告：021-64450660

国外发行：中国图书贸易总公司
印刷：上海四维数字图文有限公司
发行：上海邮政报刊发行局
邮发代号：4-900
国外代号：MO9178
定价：6.00元

卷首
爱的投射/胡捷 01

趣事
丸子的朋友圈 04
牛大姐家乐事多 06
别和我比懒，我懒得和你比/蔚新敏 22
生活中的江湖智慧/叶眉 46
上午抢茅台，下午抢豪宅，回家粘破鞋/丹萍 62
你不当个健身教练简直亏了/亲要一杯狗血吗 71
我成功地完成了一次追及题/王小柔 77

主题故事
不速之客/梁晓声 08
兄弟/芦芙荭 11
末班车上/明前茶 17
在水落石出之前/叶倾城 18

从前事
发生在1910年的那场疫情/度公子 13
那位打败了朱棣的孤胆书生/王汉周 43
穿越回古代就能三妻四妾？结个婚都难！/看鉴君 68
古代干饭人指南/黑逗 92

画中事
熊与狸二则/[日本]帆绘 叶燕君译 15
人生很好玩，但有时也很丧/
[俄罗斯]安东·谷迪姆绘 杨静怡译 60
熊猫减肥记/漫画无聊的冰块 84

名家叙事
一日不作，心生荆棘/叶舟 20
失灯影/张炜 24
挽留/刘心武 81

故事会公众号　故事会 App 下载二维码

红邮戳 / 马金章 86
同一个瞬间 / 马金章 88
双线叙事，凸显奇效 / 徐习军 90

奇异事

惊弓之鸟 / 肖建国 26
一位短跑运动员的孤独 / [日本]渡边浩二著 曾妍泽译 58
沁人的碧水 / 陈亨成 94

知事

引发一场大出血的原因竟然是……/ 李鸿政 28
18 堆马粪引发的官司 / 薛兆丰 48
那些大学的“奇葩”课程 / 升龙 53
远古人类小时候在做什么 / 叶晴晴 79

天下事

一幅名画背后的谋杀案 / 张玮 30
遭遇亚马孙军团蚁 / 阿俊 55

议事

想生气？吃一颗糖吧 / 林特特 33

心事

一个打错的电话 / 阿痴 36

身边事

从男团练习生到朝九晚五普通人 / 邱滢诗 38
这么好的酱啊，这么好的日子 / 刘吴瑛 41
与“村霸”朝夕相处的日子 / 真是脸叔 50
对一只狐狸怀柔 / 陈彦斌 65
“普通以下”的爱情故事 / 温血动物 72
冬夜的爱情 / 张佳玮 75

编读说事

故事会 文摘版欢迎投稿

稿件要求：来自最新的报刊、图书或网络，故事性强，文字明快，主题健康，视野开放，纪实或虚构均可，体现“新、知、情、巧、趣、智”的特点，同时欢迎第一手的翻译作品。推荐作品须注明原文出处、原作者姓名，确保转载不存在侵害版权的行为，并请留下推荐者真实姓名及通信地址。作品一经采用，即致推荐者 50 至 200 元推荐费，并向作品著作权人支付稿酬。

故事会文摘版 投稿信箱

wenzhaiban@126.com

故事中国网：www.storychina.cn

地址：北京市西城区珠市口西大街 120 号 1 号楼 太丰惠中大厦 1027-1036，邮编：100050，电话：010-65978917，传真：010-65978926，E-mail：wenzhuxie@126.com。

丸子的朋友圈

快递员小马

今天和同事去吃麻辣烫，服务员热情地对我同事说：“你好，我们今天有优惠活动，只要加我微信，就有半价。”同事刚扫了她二维码，她就准备走了，我就奇了，为啥不给我扫呢？那服务员看了我一眼，说：“不好意思，优惠人数满了。”什么意思啊这店？

丸子：伤害性不大，侮辱性极强。

丸子

年前有个网吧充值活动，充100返200，我们学校男生基本全充了，充钱那几天人多的啊……年后回来网吧没了，一个火锅店正在那儿装修呢……

王大脸真的不是女汉子：也不知道新开的火锅店好吃不好吃。

哲学系二师兄：火锅好不好吃我不知道，我只知道花坛里的土都快被挖光了。

哲学系二师兄

今天去监考，发现一个女同学坐姿不自然，就过去看看。不看不知道，一看吓一跳，这姑娘居然在膝盖上摊着一本书！开卷考试，你可以把书放到桌子上啊！

丸子：放在桌子上就没有考试的感觉了。

金融小王子刘思聪

我认真检讨了一下自己：长相不行，性格不行，身材不行，经济实力也不行，现在我开始思考一个问题：到底是什么支撑我活了这么多年？

丸子：可是你饭量还行，睡眠质量也行，你人气不行，但你气人很行！
哲学系二师兄：当你觉得自己又穷又丑的时候，不要悲伤，至少你的判断是对的。

王大脸真的不是女汉子

只要记性够差，每天拆快递都是拆盲盒。

快递员小马：那不行，你还要买得够多。今日份的盲盒到了，快下来拿！

郭美眉

要给自己定一个可达到的小目标，然后再定个稍大点的目标，就很容易实现。

金融小王子刘思聪：比如先混到这周末，然后再混到五一，最后实现混到过年的大目标！
郭美眉：@大老板张富贵，来看看你的员工，就这点出息。

丸子

去复印店打印资料，单面打成双面了，我问店员小哥有没有碎纸机，他说有，然后接过文件，一下下地用手将文件撕成了小碎片。

金融小王子刘思聪：纯手工制作，诚惠 88 元，谢谢。
哲学系二师兄：更可气的是，还收费……哈哈！

大老板张富贵

不要抱怨公司里会议繁多，我也曾一度认为开会是最浪费时间的事情，但其实只要用心，无论什么样的会议，你总能从中学到些东西。

金融小王子刘思聪：老板说得对！
郭美眉：富贵说得对，比如这两周我就看完了一本黑色悬疑小说。

牛大姐家乐事多

主要人物：牛大姐（妈妈） 牛大哥（爸爸） 牛小美（女儿） 牛小宝（儿子）

钱多多（牛小美的男朋友） 刘姥姥（牛小美的外婆）

※ 牛大姐给牛小宝买了一双运动鞋，让他试了试，码有点大。牛大姐边自言自语要不退了吧边往自己脚上套了一下，突然惊喜道："好巧耶，我穿刚刚好！"

牛大哥看看37码的鞋，说："嗯，真是巧，连颜色都是你喜欢的粉红色！"

※ 牛大姐带牛小宝去逛街，牛小宝看中了一个人猿泰山的玩偶，很喜欢，但是牛大姐考虑到牛小宝收集了太多的泰山周边，就以没带钱包为借口拒绝了牛小宝，好在牛小宝也没闹，俩人继续逛街。

经过一家女装店，牛小宝突然说："妈妈，这件衣服你穿一定很好看。"

牛大姐一试，果然不错，正准备掏钱结账，牛小宝一下子在地上打起滚来："妈妈你骗我，你说你没有带钱包，我现在看见你的钱包了，我的泰山！"

※ 牛大姐问牛大哥："你说咱俩谁是一家之主？"

牛大哥不假思索地回答："当然是老婆您啦！"

牛大姐满意地笑了，又问："那你算什么呢？"

牛大哥又谄媚地说："我比一家之主差一点儿呗。"

谁知牛大姐一听就勃然大怒："差一点儿是什么意思？难道你想

1. 答案：很多胃病是由幽门螺杆菌引起的。

当一家之王？”

※因为种种原因，牛大哥对牛小美一直很不满意，天天念叨着什么时候开放三胎，再有个小棉袄就好了。

对此，牛小美并没有公开发表什么意见，只是在发工资的那天，去街上给牛大哥买了件羽绒服回来。

牛大哥一穿，还挺合身。

牛小美问道：“爸，这件羽绒服你喜欢吗？”

牛大哥连连点头，牛小美紧接着说：“那以后‘小棉袄’的事你就别再提了……”

※牛小美下班回家，刚进家门就发现桌子上放着一张百元大钞，心中不禁一喜，这是谁放桌上忘了拿了？刚拿起钞票，突然发现底下还压着一张字条，定睛一看，上面写着：“今天是你外婆生日，在家等我，我们一起去给外婆祝寿。注意，那一百块钱不是给你的，是为了引起你的注意！”

※牛大姐最近收了很多快递。

牛大哥气愤道：“你怎么给自己买那么多东西，真是太自私了。”

牛大姐轻描淡写道：“我吃肉你也能喝汤。”

牛大哥喜道：“怎么，有给我买的吗？”

牛大姐：“没有！这些纸箱给你拿去卖钱！”

※牛大姐带刘姥姥去疫苗接种中心打疫苗。

回家的路上，刘姥姥突然慌张道：“我怎么看不清手机上的字儿了！”

牛大姐立即打电话给疫苗接种中心：“我妈刚才打了疫苗，现在突然出现了不良反应，看不清了，怎么办呀？是不是应该去看眼科医生？”

疫苗接种中心回复：“马上回来，拿走老太太的眼镜。”

※这天，钱多多陪牛小美逛街。

钱多多：“小美，已经逛了大半天了，我们回去吧！”

牛小美：“再看看吧，我还想买条裙子呢！”

钱多多眼睛一转，借口上厕所，在路边摊用十块钱买了条金色的链子，快步走到牛小美面前，把链子握在手里稍微露出一点，小声说：“捡的，快走！”

牛小美：“小声点，小声点。快走！快走！”

不速之客

@ 梁晓声

在我们寻常的或不寻常的世俗生活之中，有些事情听来似乎太戏剧化，使人怀疑其意义究竟何在。然而细细一想，你的心灵不能不为之感动，你会情不自禁地潸然泪下……

几天前，我家来了一位不速之客，是我 1985 年在新疆认识的一位青年石油工人。吃过饭，他吞吞吐吐地请求：“梁老师，如果，如果可以的话，我想……我想住在你家……只住一宿。明天的火车票我都买好了。一早就走……”此时已是晚上九点半了。

我爽快地应允，又对他说：“明天退了票，在北京玩几天吧！”他连连摇头：“那可不行。只有半个月假。在沧州住三五天之后，探亲假就只剩下十天不到了。我母亲可想我了……”我奇怪地问：“那你怎么到沧州去，而不是直接回家？”他又摇了摇头：“您忘了？我家在大庆嘛！到沧州农村去，是探望我奶奶。我父亲在天津站上车找我。我们一起去沧州……”听了这话，我不但奇怪，而且糊涂了。在我记忆中，他奶奶早已去世了。见我困惑不解，他解释道：晓声老师，您是知道的，我们石油人中有不少“父子兵”。比如我和我父亲就是。虽说是“父子兵”，别人准以为可以天天在一起似的。其实不尽然。

有时调令一下，一方就得打起行李，一走可能就是几千里。父子可能一别就是三四年，甚至十来年……

他问我，您还记得我们队上的小侯吗？我说，记得。怎么不记得呢？一下了班就抱着吉他弹起来没完，对不对？他说，对，就是他。人们都说我俩长得像双胞胎。可三月份，他死了。我不禁一怔，可还是不知小侯的死，和他要到沧州去探望一位“奶奶”之间有什么关系。我心中疑团百种。

他吸了口气，接着说，小侯是因公牺牲的。他给地质队去当向导，结果遇到了大风暴。他让别人回大本营，自己留下看守器材。人们找到他的时候，十几万美元进口的器材上盖着他的外衣，保护得好好的，他自己却被沙暴埋住了。队友们从他的遗物中发现了一封信，是他父亲写给他的。他父亲是一位老石油工人，胜利油田的，他和他父亲已经九年没见面了。他父亲在信上说，因公要路过兰州。他父亲希望他跟领导请求，他们父子俩可以在兰州站见上一面。火车在兰州站停车二十分钟。队友们一一传看了那封信后，都哭了。大家都觉得，还是暂不告诉他父亲真相好。可是如果隐瞒，就必须有一个“小侯”，按日按时赶到兰州，在火车站和他父亲见上一面。自然而然地，大家将目光集中到了我身上。

我也明白了大家的意思。于是我就去找队里的领导，请求批准我冒充小侯一次。领导当即就批准了。小侯的遗物中还有他父亲的一张照片，可那是他父亲早年的一张照片。仅凭那张照片，我哪里会认出他父亲啊！我只好请车站的广播员替我广播。广播员是位姑娘，听我讲明来龙去脉，答应帮我清清楚楚地广播三遍。

第三遍还没广播完，我见有一个人匆匆向我走来，我也迎了上去。我俩在相距两步远的地方同时站住了。他望着我，我望着他。

是他先开口说话的。他问我：“儿子，是你吗？”我说：“爸，是我啊！”我和那人就拥抱在一起。我忍不住哭了，仿佛他真的就是我的父亲，仿佛我真是他日夜想念的儿子，仿佛我们真的整整九年没见过面了。我父亲，也就是小侯的父亲，也落泪了。

后来我们就找了个僻静的地方，蹲下，互相望着，你一言我一语地聊起来……聊了一会儿之后，“父亲”似乎起了疑心，从兜里摸出“我”的照片，也就是小侯的照片，低头看片刻照片，抬头看片刻“我”，犹犹豫豫地好一阵，终于下了决心：“小伙子，别演戏了。说吧，你为什么冒充我儿子？”我无奈，只有老实交代。

听完我的话，他将一只手拍在我肩上，大动感情地说：“儿子，不，对不起，我现在已经不该叫你儿子了。既然你老实交代了，那么我也老实交代吧。我也不是小侯的父亲。小侯的父亲也死在工作岗位上了。和你一样，我也是被大家推选出来，经领导批准，专为了完成这一项任务的……”我们彼此再也不知道说什么好，互相望着，都默默流泪不止。

第一遍开车铃响过，我们不得不都站起来。那个人说：“你，可要经常给你妈写信呀！她非常想你呀！”我也说：“你，可要经常给我奶奶写信呀！奶奶非常想你呀！”小侯有一个双目失明的奶奶，和他的伯父、婶子们住在沧州乡下。后来，那个“冒充”小侯父亲的人给我写了一封信。

信上说，他们队上的一些队友决定，每月凑二百元钱，由他寄给小侯的奶奶。我将信给我们队的队友们传看了。大家也决定，每月凑二百元钱，由我寄给小侯的妈妈……从小侯死至今，我们两个油田，两个大队，两个钻井小队的人，除了我和那个人，其余都不曾见过面，但都一直给小侯的奶奶和妈妈寄着钱。

一个多月前，我收到了老孟，也就是当年“冒充”小侯父亲那个人写给我的信。信上说，小侯那八十三岁的双目失明的老奶奶，既想儿子，又想孙子，想得整天磨磨叨叨的。人们不是总讲八十三、七十四吗？这两个岁数都是老年人的“坎”啊！

老孟在信中跟我商量，无论怎样，也应该了却老人家的心愿，使她能和儿子、孙子团圆上几天。信里说他们队的领导，很理解他们，为此提前批准了他的探亲假。我将信给我们队的领导看。我们的领导说，这还用请求？也批准你提前探家。我想，这一路上，能节省几元钱，就节省几元钱吧！

听了这些话，我竟变得口拙舌笨起来。不经意间，我眼中已淌下了泪……我默默从冰箱里取出了朋友送给我的几盒蜂王浆，递给他，诚挚地说：“把我这点儿心意，也给老人家带去吧！”

清荷夕梦摘自《梁晓声文集·短篇小说》
青岛出版社　图：黄煜博

2. 答案：一种螺旋形、微厌氧、对生长条件要求十分苛刻的细菌。

兄弟

@ 芦芙荭

得知哥哥生病，每个周末，他都开着车回到乡下去陪哥哥。

他知道，哥哥得了这种病，日子不多了。或许两个月，或许三个月，之后，他要再想见到哥哥恐怕只有在梦里了。

父母去世后，哥哥的家就是他的家。过一段时间，哥哥就会打电话给他，他总是踏着家里果子和庄稼成熟的节奏回家。其实那些东西城里到处都有，可他却乐意带着家人回去，坐在院子里，坐在静静的阳光里，吃着从树上刚摘下的果子，和哥哥有一搭没一搭地说说话。听到从灶房里传出的噼里啪啦的炒菜声，日子好像一下子就踏实了，心也踏实了。

那些日子，他能明显地感觉到，哥哥的身体是越来越差了。有时候，吃完饭，两个人坐在院子里说话，说着说着，哥哥就闭上眼睡着了。

他看着哥哥那憔悴的脸，心里有点儿酸。哥哥还不到六十岁，他的头发还黑黝黝的，他清瘦的脸上竟然没有一丝皱纹。如果不知道他有病的话，谁也不会相信他在这个世上的好日子已不多了。

那个周末，他回家，还没走进院子，就听见院子里传来一阵叽叽喳喳的叫声，接着，一只鸡从院子里飞了出来，正好落在他的面前，他看见哥哥手里提着一把刀从院子里一跳一跳地追了出来。

哥哥看见他，一脸欣喜，说："咱晚上喝鸡汤。"

他看着哥哥，心想，这是怎么了？一点儿不像个病人的样子。

吃了饭，陪哥哥说了会儿话，

他就回到屋子里。

这时，门被推开了，哥哥站在门口，突然表情变得有些羞涩，说："弟弟，今晚能和你睡吗？"

他一时没弄明白哥哥的意思。

哥哥说："我们几十年都没在一张床上睡过了。"

他也有些不好意思起来，心想，哥哥这是怎么了？都几十岁的人了还要他陪着睡，就笑着说："哥，你还是去陪嫂嫂睡吧。我一个人都睡习惯了。"

哥哥没理他，脱鞋上了床。

被子和床单都是新换的，白天又在太阳下晒过，热烘烘的，还散发着阳光的味道。

小时候，他一直和哥哥睡一张床，两个人只有一床被子，经常为被子争争吵吵，但哥哥总是让着他。特别是冬天，屋里冷，他一上床就把一双冻得冰块一样的脚架在哥哥的肚子上。哥哥就拿手指去挠他的脚板心，挠得他嘿嘿地笑个不停，不得不把脚收回来。可不一会儿，他又把一双脚架在哥哥的肚子上。那时，哥哥总是在穿着的鞋里填上玉米壳来保暖，他喜欢抱着哥哥那带着玉米壳香味的腿入睡。有时候，他也觉得奇怪，不明白为什么哥哥的脚心总是热乎乎的，而他的脚总像块冰坨坨。

几十年过去了，两个人重新又睡到一张床上，他感到了一种不适和陌生，那是一种熟悉的陌生。他先是把腿试探性地往哥哥身边靠了靠，他想让自己的腿去嗅嗅那还是不是以前的那个味道。这时，他发现哥哥的腿也在往他腿边贴，紧张而惶恐，就像两个刚谈恋爱的人，带着几分羞怯、几分好奇、几分试探，还有点儿偷偷摸摸的意思。

他希望找到曾经的那种熟悉的感觉，还有那种熟悉的玉米壳的味道，当两条腿触碰到一起的瞬间，他却什么感觉也没找到。时间冲淡了一切，记忆也有些苍白了。

都老了，他想，现在两个人的腿架在一起就如同枯朽的柴。

有好长时间，两人都没有说话。

他的心猛然跳了几下，哥哥不会就这样走了吧？

他伸手将哥哥的一只脚抱在了怀里，然后弯起指头在哥哥的脚板心挠了一下，又挠了一下。

窗外起风了，树叶发出哗哗的一片响。有一阵，院子里的狗突然叫了几声。世界一下子就变得安静了下来。

心香一瓣摘自《百花园》

图：陈明贵

就是爱健康（消化篇）3. 感染了幽门螺杆菌会引发哪些问题？

发生在1910年的那场疫情

@ 度公子

1910年，哈尔滨爆发鼠疫，如果不加遏制，后果将不堪设想。清政府遍请名医，想要遏制疫情蔓延，却无一人愿意前往东北主持大局。

一位31岁的医生临危受命，他仅带了一名助手、一架显微镜和一点细菌培养基，逆行前往疫区。

这个人叫伍连德。

尽管人类历史上屡次爆发鼠疫，但对于鼠疫的防范标准并无定论，甚至仍旧简单地认为，只要把老鼠灭了，疫情自然会消失。

但伍连德并不这样想。

把家里的老鼠赶尽杀绝，并不是难事。然而老鼠灭了，疫情还是愈演愈烈。

一人患病，全家都难逃厄运。眼看着无辜的性命在痛苦中离去，一线的医护人员牺牲惨烈，他不能坐以待毙。

伍连德在经过科学研究后，率先提出：鼠疫会人传人。

一定要切断传播路径。

伍连德提出了一条清晰的抗疫路线：隔离、封城、戴口罩、实施火葬、饮食使用双筷。

他在100多年前，就给此次新冠疫情的防疫工作提供了范本。

他向清政府提出切断东三省与关内的交通连接，还与日本、俄国交涉，关停铁路线。

在疫区内，按照患者的病情等级划分出不同的隔离救治区，甚至征用了120节火车车厢，目的是将患者与家人分离。一节节车厢就像最初的方舱医院，大大缓解了收容患者的压力。

他呼吁当地居民采用双筷，吃饭用一双，夹菜是另一双，思路类似于今天的“公筷制”。

更为重要的是他发明了“伍氏口罩”。这种口罩前后有两层纱布，中间含有一层药棉，缝制简单，家家户户都能制作。在疫区，居民和医护人员都必须佩戴口罩，更有效地阻止了鼠疫蔓延。

在清政府手足无措的情形下，伍连德像一支利箭，精准、迅猛，直戳鼠疫的要害。

但伍连德意识到，仅仅让活人防范，仍旧杯水车薪。死亡的患者来不及下葬，尸体中大量鼠疫杆菌随着腐败源源不断地向外传播，土葬过程中又会造成更大传染。

伍连德推出一项让所有人都为之震惊的制度：火葬。

消息一经传出，他受到的阻力远比想象中更大，几乎寸步难行。

而疫情仍旧刻不容缓，他不得不上奏朝廷请求支援。此事在朝廷也掀起争辩，最终还是摄政王下令：

疫区的尸体统一火化。

得到朝廷的首肯，伍连德迅速操办，于当年 1 月 31 日，亲自督查火葬，不留后患。

这几乎是中国历史上第一次集体火葬，场面震撼。

在场的还有俄国防疫人员，他们也吸取这次经验，将辖区内患者尸体实施火葬。

历时 67 天，哈尔滨鼠疫终于实现当日零增长、零死亡。

但伍连德并未放松，仍继续隔离观察数日，直至再无新增，才将东三省的百姓们分批解除管制。

1911 年 4 月底，这场大鼠疫在哈尔滨终结，这也是有史以来人类第一次战胜鼠疫。

回顾这场鼠疫，6 万余人死亡，2943 名医务人员冲在一线，297 人殉职。中国付出了惨重的代价，才打完这场战“疫”。

在当时有限的医疗条件下，伍连德创造的成功防疫经验前无古人，后无来者。

清政府特地在沈阳举办万国鼠疫研究会，来自全世界 11 个国家的医学代表出席，伍连德力压日本专家北里柴三郎，成为大会的主席。他分享的战疫经验，在全世界范围内成为效仿的标准，也让中国卫生防疫事业头一回走在国际前沿。

1935 年，伍连德获得了诺贝尔生理学或医学奖提名，他是当之无愧的“鼠疫斗士”。

心香一瓣摘自微信公众号一日一度

图：豆薇

3. 答案：会引起胃黏膜轻微的慢性发炎，甚至会导致十二指肠溃疡与胃癌。

熊与狸二则

@[日本]帆 绘 叶燕君 译

在雪地上留下脚印

扬灵摘自《熊与狸的四季之旅》四川文艺出版社

末班车上

@明前茶

3路的末班车，我整整坐了150天，从丈夫入住医院直到他去世。

那天深夜，精疲力竭的我提着一个巨大的蛋糕盒上了车，成了唯一的乘客。等红灯时，司机突然开口：“蛋糕，是病人的朋友买的吧？病人有胃口吃吗？”

我木然作答：“病人估计等不到下一个生日了，买最大号的蛋糕，希望病人能高兴一点。”

司机说：“朋友是好意。可是，越大的蛋糕，越衬托出病人胃口的虚弱。要是家人，就会买茶杯口大小的，只插一支小蜡烛，就好像祈祷病人像周岁的娃儿一样，从此硬朗起来。”

陌生人之间的交流，暂时移开了心头的巨石，我说起了庆生的细节：“吹蜡烛的时候，老公说，蛋糕上头的数字如果不是45而是54，就好了。他巴望着能活到50出头，看着孩子大学毕业，成家立业。这话其实闷得我难受，不知如何应答，有点绝望，就赌气一样地说：孩子无论如何都会成才的，你安心养病，操这么远的心干吗？”

司机他这么跟我讲：“下次，还是尽量贴近他的心境答话吧，这样不留遗憾。开这条线，那么多人拎着装CT片的大口袋，戴着化疗后的假发；夏天，看得到乘客胳膊上的留置针导管。所以，每隔半年车队领导会调我们去开三个月的43路，那条线经过市妇幼保健院和省妇幼保健院，接的都是要生孩子的大肚子、刚出生的小宝宝，一家人欢天喜地。等你家的事过去了，去坐坐那条线吧，看见希望，就不会那么悲伤了。”

那天，车窗半开着，夹杂着飞花柳絮的气息扑面而来，它告诉我，凛冽的冬日终将过去。

池塘柳摘自《新民周刊》

在水落石出之前

@ 叶倾城

故事出自横山秀夫的《半落》。“半落”是个警界术语：水落石出是指真相大白，半落便是还有隐藏的真相没有显露。

因为“流调”，想到了一个跟流调有关的日本故事。

一名四十九岁的警察，向自己上班的警局自首：我把我太太杀了，在三天前。

他本来有个幸福的三口之家，不料十几年前，儿子患白血病，在骨髓库里排队等待捐献，这位警察也登记了捐赠。但还没有等到，儿子就去世了。

若干年后，妻子又患上老年痴呆，他照顾多年。妻子在偶尔的意识清醒里，请丈夫帮自己解脱。

丈夫答应了。

现场有一幅他写的字：人生五十年。

案子并不复杂，但办案检察官、法官都有几个问题，就是：他为什么不自杀？（这真是日本人才会问出来的问题。）

以及，为什么他过了三天才自首，这三天他去哪里了？

还有，人生五十年是什么意思？

先说第一个问题：妻亡子殁，生无可恋。

另外，他虽不至于死，但必定要服刑。毕竟曾是警察，狱中生涯只怕十分难过。出狱之后又有生活的问题。何必呢？

第二个问题，不论法官检察官如何问他，他都说：出去走了走。

4. 答案：会，患者口气会很重，口腔内会有明显的异味，且异味很难清除。

案子落听后，他就入狱服刑。

监狱长见他第一面，就知道此人怀了必死之心。

因此，反而格外平静，身体上的劳累痛苦，精神上的屈辱伤害，全淡然如之，心如死水。

那么他为什么还要服刑呢？

或者，他准备哪一天去死呢？

想到他写的那幅字，监狱长判断会是他五十岁生日那一天。

所有人都觉得，重点就在于那失踪的三天，在于：他究竟干什么了。

于是，他这边在服刑，那边大家就在“流调”。

找火车票呀、找他去过的酒店呀、找他吃过饭的小拉面馆呀，茫无头绪。

一年后，他的五十岁生日那一天，来了一个访客探监。

在探监人员关系上，写着：父子。

可是他儿子十来年前就已经身亡了呀。

一见面，真相大白。

原来，多年前，他儿子没有等到捐赠，但他的骨髓找到了匹配者。

当时他并不知道受捐者是谁。

他利用自己的关系，最后千方百计找到了，受捐者已经长大，在一家拉面店打工。

在他杀害妻子之后，他就去了那家拉面店，沉默地，吃完一碗拉面，看一看，这个流着他血的少年。

而他为何苟活呢？

因为捐赠骨髓者，年纪最高不能超过五十岁。

他活着，说不定在五十岁之前，还能再捐一次，还能用他的骨髓，再救一个人。

之后，他就可以心安理得地去死了。

而少年虽然与他只一面之缘，却总觉得他像是有莫大缘分的人。

念念不能忘。

直到警察流调到他那里，给他看照片，他一眼就认了出来。少年自己查到了前后的新闻，整个故事连缀起来。他知道了。

此刻，少年对他说：你就是我的父亲，请你为我，活下去。

他，无声地哭了。

但什么也没说。

田宇轩摘自微信公众号作家叶倾城

图：豆薇

【编者的话】本期主题故事，让我们跟着“小侯”与他的“父亲”，一起归乡探望年迈的祖母；让我们捧起哥哥的脚，挠一挠他的脚板心；让我们跟随“流调”的结果，坐上43路车，挥别凛冽的冬日，开往春天。

一日不作，心生荆棘

@·叶　舟

有一朋友，少时为贼。

贼的妙处，就是不能被屈打成招，再将鸭子嘴煮硬，滴水不泄。从宽待之，若一日为友，则终生为友。海枯石烂这个词，也不好去形容。他是我的发小。在过去的旧日子里，我有幸做过他的班长，替他写过作业，撒过小谎，还请过几次

家长，严肃地谈过成长的疾病（做贼一事除外）。

准确说，他偷的是白玻璃。

那是一个玻璃紧俏的年代。虽说大地粗糙，无限生成，但玻璃是石头的精血，工业化的针脉尚不能恶意抽取，索要无度。其实，旧日子也有旧的好处，比如路不拾遗、夜不闭户。家家户户窗牖破损，蚊蝇穿梭，日光也缓慢，梦亦稀松平常。自从打碎了教室里的一块玻璃后，他一受罚，就积极上了道儿。

那年夏日，这个贼伤透了脑筋。他一直忖度，如何安全地将一整块玻璃，运出玻璃厂的大门？玻璃厂在学校附近。偌大的场地上，码了几堆需要外运的玻璃。茬口发青，仿佛一汪汪雨后的水洼，埋伏着几只青蛙。后来，他终于想出了奇绝的窍门，落草为贼。

夏天的正午，他佯称工厂的子弟，堂皇地进了厂区大门。工人们在楼群的阴凉里歇着，远远望见一个小孩，张开双臂，呈现一个“大”字，臃肿地走来。随口问：“做啥的？”他便含蓄地回说：“练功！夏练三伏嘛。”问话的人也再懒得追查，任其在空旷的场地上，蛤蟆样地来来去去，不亦乐乎。

他将一块块玻璃偷出来，不光

赔了学校的，还将另外的砸碎在废品收购站里，贱卖了。一块废品卖出去，值七毛来钱。这在当时是一个不小的数字。我跟着他，吃遍了兰州城里最好的牛肉拉面。

却原来，他充分运用了光线的原理。有人叱问时，他便稳住身姿，正面迎人，让日光照透怀里的玻璃，仿佛身无一碍，了无牵挂。用他的话讲，日光也有发黑的时刻，况且一只肉眼呢。

他屡屡得手，一日不作，心生荆棘。有时候，遇上刮风下雨的天气，他就跳着脚，郁闷非常。再说，玻璃的丢失引起了有关当局的重视，还误以为是反革命分子在搞破坏。于是，设伏一下是必要的。东窗事发的那天中午，他又在一趟趟演练蛤蟆功，待对方抛来一句问话时，他照例回说：

“练功！夏练三伏嘛。”

恰此时，一丝暗云忸怩而来，遮住日光，泄露了他。

他一番惊叫。玻璃似一条青鱼，滑脱丢手，泥样地瘫痪在脚下。但鲜明的荆棘丛却很刺眼，泛着粼光。犹如一捆细密的毒刺，退出了他的身体，救赎他。他被管制劳教，三年不知肉味。

心荆肉棘。

这本身就是一个令人魂飞魄散的词。不说，也罢。

心香一瓣摘自《西北纪》华文出版社

图：恒兰

别和我比懒，我懒得和你比

@ 蔚新敏

我越来越发现，懒人比勤快人过得舒坦。

晚饭后溜达到胖燕家，夫妻俩一个追剧一个刷抖音，用石头剪子布来裁决谁做晚饭，出手一轮又一轮，输赢好半天没评出来，夫妻俩目光炯炯要抓我当壮丁，我赶紧摆手说我饭后最怕油味，别打我的主意。正写作业的胖燕儿子自告奋勇去楼下买现成的，走时还不忘牵着拉布拉多。一会儿门响，胖燕儿子空手而归，拉布拉多嘴里叼着一袋子快餐盒。比懒这事一级赛一级呀。

胖燕婆婆在时，三口子都是胖墩儿，婆婆才回老家半年，三口都掉了膘，他们一家跟饭有仇似的，过了饭口饥肠辘辘了才做饭。节假日，早饭太阳东南角，午饭太阳西南角，晚饭鸡不叫狗不咬，一天三晚。大多时候上顿的粥锅下顿兑水熬熬就接着喝，省了粮食，省了堵下水道。我羡慕的还是人家能减肥这事，咱们出多少汗跑多少步也不如人家“懒法”奏效。

胖燕妈当初跟婆家说胖燕除了懒没别的毛病，婆家也说他家公子除了懒也没别的毛病，偷抢算毛病，懒不叫毛病，俩懒人相爱为民除害了，倍儿瓷，从来没因为做家务红过脸、干过仗、冷过战。懒人的幸福勤快人不懂。

我打小受的家教是“比勤快，力气用了还长，惯吃惯喝不惯不干活”。我这一套到了婆家 out 了。尤其小姑子，除了吃饭动动嘴，嘛活都不想干，化妆刷搁在懒人电动清洗器里搅和搅和就成，她卫生间里的头发不规则分布，整天踩着也不怕绊倒，我贱兮兮把塑料袋绑在墩布上，靠摩擦起电一根根吸，她对此嗤之以鼻，说我这样见活抢着干

5. 答案：可能是与幽门螺杆菌感染直接产生的硫化物有关。

的在她们宿舍得遭爆贬，遭孤立。

小姑子宿舍，六个大美人坯子同寝一室，妆容精致，穿着前卫时尚，垃圾桶啥时候都爆满。桌上一层灰，学设计的，都有两把刷子，灰尘上画个卡通呀美女呀帅哥呀，随性而变。鞋子基本不是一双排列，咱们外人进她们宿舍得跳着脚挑地方，如果能抱着脚最好。

小姑子宿舍的“精品懒”是最靓的那位，吃的香蕉皮从水灵灵生生晾成“黑壁虎标本”，就那还舍不得扔，挂阳台窗户上，对面楼好奇心爆棚的男神研究了很久，都没猜对到底是啥东西。某日贿赂宿管大妈寻到她们宿舍，被应允进入后直奔“黑壁虎”，摘下来，喜欢得不得了，艺术生的眼光都有放大美好的作用吧，随后迅速跟“原创者”谈起了恋爱。这帅哥本是目空一切的主儿，“精品懒”因懒得福，且身在福中不知福，帅哥时不时来宿舍做清洁，“精品懒”还嫌破坏了她的创作灵感和艺术氛围。

我祖上说的“懒人连凉水都喝不上，要饭都赶不上门”，在这个时代难道过时了？

朋友已经数年不写东西，同时代的文友已出书、出名、办班，他说：“我和谁都不争，和谁争我都不屑。”这淡定的活法，起初觉得潇洒，可如何不是一种懒？后来他回了趟老家，说院里的桃树以前挂的果坠得树枝劈叉，噼啪落地，都便宜了鸟儿。打去年开始，那树，倒是开花了，都是“谎花”，偷懒不坐果了，严重违背树品。我扑哧笑，在比懒的道上，只有更懒，没有最懒。

我家的这位懒得也个性。去饭局的路上，堵车，把车搁一私家车位骑小蓝车去，酒足饭饱，车忘了放哪儿了，去找找呀！不，那多费劲呀，人家就等着挪车电话打来，自然有人报上地址。懒劲！

我家这位的某个女同事，称呼男同事都是娇娇柔柔的一个字，人家说这样省劲，年岁都差不多，这“亲热劲”实在那个，可人家就是懒得记姓。那好吧。今年的年会，全体职工带家属共进晚宴，女同事的男家属也来了，吾等女家属，一个字都不带称呼的，那多费劲，俺们直接抛媚眼给他，女同事的脸，颜色可不好看了。

偷懒这事，咱绝对不能输。

辰徽摘自《北京青年报》

图：小黑孩

“我”和胖燕还有哪些有趣事？扫描二维码，听听俏皮话。

失灯影

@张炜

有一位顽皮少年，他像大多数野孩子一样好奇，聪明却不喜读书，愿意冒险，越是家长禁止的事情越是要尝试一番。他多次在夜间独自一人跑到野外，总想遇到一两桩怪事。有一次他真的在野外瓜棚那儿见到了悬挂的灯笼，也真的发现了垂头反坐的人。就像传说中那样，他伸手往那人后背一拍，结果却大失所望：转回头来的是一个上年纪的看瓜人。对方看清了是个孩子，立刻叫出了他的小名。这使他觉得实在无趣。离开瓜棚又往更深的林子里走，这在一般人是绝对不敢的，因为一旦迷路麻烦就大了。

经过了多次冒险，这个孩子胆子更大了。有一次他不知走了多远，感觉就快听到海浪声了，前面还是黑漆漆一片林子。突然他看到了树隙里有一二点灯影在闪烁，心上立刻怦怦乱跳，有不可抑制的兴奋涌出来。随着往前，那灯影竟扩大开来，渐渐显出了街道的形状，原来是一个藏在林子深处的小小村庄！这一下他就放开步子往里闯了。

进了小村，马上有些比他还小的孩子围上来看，一个个毛头毛脑分外好奇，问他是从哪里来的、叫什么等。他们告诉他这个小小的村子叫“灯影”。他和他们玩得高兴，又跳又叫，玩捉迷藏之类，累了就随他们进小茅屋吃各种果子。他从来没见过这么多野果，一大摞摆满了桌子，一些上年纪的老人坐在桌旁，见他吃完一个又递过来一个。这些野果甜得很，结果他一口气吃得肚子都圆了。左右小孩子有男有女，扯上他的手跑到街上，还让他去一个地方打秋千，看另一些有奇才异能的孩子在大树梢上蹿跳。他惊得合不上嘴，因为这是从来没有见过的。午夜过了，村里的老人扯着他的手，让另几个孩子把他送出林子，叮嘱说：回家吧，再不回你家老人该急了，有工夫可以再来，不过对谁也不要告诉这个灯影，要不你就来不成了。

他心里揣了个秘密，到后来每隔几天就到林子深处找这个小村子。他走熟了路，为了不再迷失，就在沿途做了一些记号。这个叫灯影的小村成了他的乐园。他在这儿有吃不完的好东西，比如果子、野蜜；还有看不完的趣事，比如连年迈的白发婆婆高兴了也会扔下拐杖，灵活无比地翻起跟头或跃上树梢。他把自己村里才有的一些玩法教给他们，比如踢毽子等。这个小村从老人到小孩都喜欢他。

这样过了半年，让小孩子愁闷的事情发生了，这就是家里人要送他去很远的一个镇子上学，那里有一户亲戚。这是不能逃脱的事，他只好找一个夜晚到灯影告别了。小村的人也舍不得他，都说你只要不忘路，过多久来都行，这儿会一直等着你。

这个孩子上了外地的学堂，中间只回过一两次村子，也去灯影欢聚过一次。又是几年过去，他长大了，聪明过人，没费劲儿就考中了功名。上任后忙于应酬，一连多年后才有空回了一趟老家。因为身在官场，一时忘了灯影，可是一回村子就想起了它，于是就打听起这个村子。村里人摇头，从老到少竟没有一个人知道附近还有这么个村庄。他觉得奇怪极了。

这天他实在忍不住，就脱了官服，按照小时候记住的路径往林子深处来了。他料定一定会找得到，因为一个村子既然落成了，哪能轻易挪动呢。可惜他花了大半天时间，直到天黑，把记忆中的那一带找了个遍，就是没有小村的影子。就在他失望之极往回走的路上，也许是有什么在怜惜他吧，一抬头竟看见了影影绰绰的光亮。他嘴里说着“就是这儿了”，赶紧奔了过去，到了近前只见一个老人坐在那儿吸烟。他当时并没想别的，没觉得一个老人坐在荒野里吸烟有多么不正常，只脱口问：灯影在哪？

老人把烟嘴抽出来，说：它还在原来的地方。他说：那怪了，我怎么就是找不见哪？老人说：灯影的人厌弃官人，躲着你。他惊讶说：怪了，我脱了官服啊。老人哼了一声说：这也没用，灯影的人鼻子尖，他们远远一嗅就知道了。

心香一瓣摘自《听来的故事》中华书局　图：小栗子

惊弓之鸟

@肖建国

我感觉到了，母亲今晚有些恐慌。

母亲说：“你大了，比你爸年轻时更强壮。”

母亲用手抚摸着我的头，椭圆的鼻孔里透露出不安的气息。我顺着母亲的目光，看到了绿洲中的那几间草寮。那里住着更的父亲，他以采药为生，身上常年散发着淡淡的花木香。

更父把自己掩藏在花草中，花草则供养了更父一家人。更父也把这里的动物当成一家人，从不伤害它们，除非发生意外。母亲说：“你要懂得报恩。”

我懂母亲的意思。我出生不久，家里突然闯进一条大狼狗，一口咬住了父亲的脖子。我那可怜的父亲，双眼流出血泪，来不及发出一声呼叫，就离我们而去。母亲紧紧护住我，拼命呼喊。狼狗不慌不忙，凶狠地盯住母亲。它知道，母亲为了我，是不会单独逃跑的。

也许我们母子命不该绝，在最紧要的关头，一支利箭射穿了狼狗的头颅。狼狗还没明白是怎么回事就訇然倒地。

是更和他的父亲救了我们。

母亲说：“明天我要出趟远门，这个家就由你看守了。记住，不要跑远。”

母亲气息均匀，手也不再颤抖。我知道，母亲已下定决心。

但我不相信她是要出趟远门。

待母亲睡熟，我悄悄溜到了更父的窗下。屋内，油灯如豆，把更父与更的脸照得忽明忽暗。

父子俩沉默很久，才开始说话。

更父说：“你怎么可以信口开河呢？”

更很小声地回答：“都是……都是酒后妄语，摊上祸事。”

更父说：“你是勇士，是有名的射手。既然答应了王，就应该践行你的承诺，明天就引弓虚发，看能不能射下鸟来。”

更扑通跪了下来：“父亲，我们赶紧跑吧。不然明天就是欺君之罪，我死了不打紧，关键是他们也不会放过你。”

6. 答案：可能会诱发菌群失调，引起腹泻、厌食等一系列的症状。

更父立起身，用艾条拨开灯花，屋内顿时明亮了许多。我看到更父一脸凝重，眉毛要把眼眶压弯。

“跑？能跑到哪里去？对于王来说，我们都是他土地上无法移动的草木。再说了，这也不是更家子孙应有的性格。睡吧，睡吧，就像这里的杂花野草，疯长有期限，生死归自然。你虽撕裂了自己，但也不枉来过这世间。”更父吹灭油灯，不一会儿便酣然入梦。

就在我渐渐咂摸出点儿端倪的时候，一股刺鼻的香味从身后飘来。我扭回头，看到母亲衔着一枝木香花站在我的身后。

我正想开口询问，但已陷入眩晕。蒙眬中，我感到母亲将我扶回了自家的小窝。

第二天醒来，母亲已不在身边。我跑到更父的草寮，同样人去屋空。我引吭长啼，展翅借力，直上云霄。

我要看看母亲飞去了哪里。

此时，我已大致想明白：更酒后答应王，他可以用一张空弓，射下天上的飞鸟。醉醺醺的王将信将疑。信的是，更是全国闻名的神箭手；疑的是，这……这也太神了吧。王一时兴起，与更击掌为誓。而我可怜的母亲，为了使这个誓言得以兑现，义无反顾地飞上了天空。

我看到了我的母亲，她正在向一个平台飞去。平台上站着更和他的王，台下密密麻麻地站满了人，他们仰脸望天，翘首以待。只有一个人低着头，他扎着头巾，穿着短葛衫，背着药篓。

在人们高亢的呼喊声中，更在平台上拉开了弓。此时，我的母亲已飞到了他们的头顶。此时的王，也紧张得呼吸不匀。

我能感受到更额头上渗出的细小的汗珠，更能感受到他在强压突突乱蹦的神经。更闭上眼，不知这拉满空弓的手，何时该放开。

母亲飞得低了一些，她高叫几声，一声比一声凄惨。只有我明白，她的叫声里滴着血，犹如我父亲双眼流出的血泪。

也许是太累了，也许是太紧张，在母亲最后一声悲鸣中，更松开了手，弓弦震耳欲聋。

母亲垂直地掉了下去。

众人炸窝般惊呼。他们不敢相信，今生能见到这样神奇的事情。我母亲正好掉在更父的药篓中。我看到更父慢慢取下药篓，把母亲抱在了怀中。

良久良久，更父和母亲一起倒在了地上。

林冬冬摘自《百花园》

引发一场大出血的原因竟然是……

@ 李鸿政

59 岁男性患者，因为喉咙不适，这几个月吞食物比较困难，加上还有点咳嗽，所以来了医院。一说自己吞咽困难，医生就警惕了，搞不好又是一个食管癌。尤其是听说患者平时爱喝茶，爱喝热茶，就更加考虑患者有食管癌了。

做个胃镜看看，还做了血常规，结果很快就出来了，中度贫血，搞不好还真的是食管癌出血或者胃溃疡出血等。胃镜所见，正如医生预想，但也超出了医生的预想。食管下段有肿块，管腔严重缩小了，而且有出血，检查那会儿都还有渗血，镜头稍微碰一碰肿块，就开始冒血。医生本想越过肿块去看看胃部的情况，但由于狭窄严重，而且容易出血，所以就没有强硬进去，而是暂停了胃镜检查。

看来真的是食管癌，而且很可能是中晚期的食管癌了。

先跟家属沟通清楚，这情况比预计的要严重多了。

也就在这时候，患者突然大口大口呕血了！立即组织抢救啊！而且要迅速止住血才行。患者食管下段有肿块，有出血，应该是那里出血，可是现在这个架势这个情况，胃镜下根本没办法止血，太凶猛了。

找外科医生，找ICU 医生，找输血科主任，找医务科领导！

还好胃镜检查前完善了血型检查，赶紧调血，大量快速补液，赶紧把血压弄上来，否则命不保矣。

消化内科主任来了，说从来没有见过食管癌出血这么剧烈的！

都是血，还在不停地呕血，这

肯定是动脉出血！跟瀑布一样，而且没有丝毫减弱的趋势。

心跳慢了！赶紧推肾上腺素！

外科医生也来了，说这样的情况也没办法上台啊。

内镜止不住血，外科又上不了台，药物更加止不住血，再加上突如其来的瀑布般的大出血，打蒙了所有人。

停了！心跳停了！赶紧按压！

从呕血到心跳停止，不到5分钟时间。经过近1个小时的努力，患者还是永远离开了人间。

家属也乱糟糟了，这都什么跟什么啊，不就做个胃镜嘛，怎么做着做着人就没了。

主任跟家属解释，这样的病例是非常凶险的，请你们家属节哀。

家属当然不接受啊。毕竟没诊断食管癌呢，早上还能好好说话走路的，这进了医院做了胃镜就成这样了，换了谁都受不了。

那就只能尸体解剖了，结果出来，出乎所有人意料！

患者没有食管癌，没有食管胃底静脉曲张破裂出血，没有胃溃疡大出血，而是在食管下段有一个1.5厘米长的鱼骨头直接刺入了食管壁全层，创面周围组织坏死并且有肉芽组织包裹，那个食管肿块其实就是这个坏死的组织和周围的炎症、肉芽组织包裹而形成的，部分组织机化（慢性炎症）。鱼骨头刺穿了食管和一根大动脉，导致食管穿孔、出血！

死者符合鱼骨头长期存留在食管壁导致食管穿孔、出血至大出血休克而死亡！

真相大白了。估计患者几个月前吃了鱼，有鱼骨头刺到了食管，当时可能不严重，一直留在食管内壁，所以有吞咽不舒服的表现。但患者没有告知医生这个情况，医生就一直没有考虑到这方面。

这算是个罕见情况。

鱼骨头误吞十分常见，我虽然是海边长大的孩子，每年也会有几次被鱼骨头刺伤咽喉的经历，过两天自己好了，或者自己吞到肚子里去了。其实吞馒头、米饭、醋等行为是不正确的，应该去五官科用夹子夹出来，但太麻烦了，所以每次都是存有侥幸心理让它自己消失，幸亏到现在为止都是幸运的。

但我们总不会一直这么幸运。

摘自微信公众号听李医生说

图：恒兰

独一无二破案般医学科普，听李医生说。

一幅名画背后的谋杀案

@张　玮

1793年7月13日，巴黎夏日炎炎。让－保尔·马拉正全身浸在浴缸中忙碌地工作。门外有位女子，是来报告有关吉伦特派的阴谋的。这引起了马拉的兴趣。

吉伦特派的女刺客

她叫夏绿蒂·科黛，从康恩赶来。康恩正是被放逐的吉伦特派的聚集地。马拉开始对眼前这个女子产生信任。科黛说：“支持吉伦特派的议员们正在密谋，他们四处煽动群众，准备造反。”马拉问：“这些准备造反的议员共有几个人？”科黛回答：“有18个人。”

她报出这18个人的名字，而马拉用笔在浴缸搁板的纸上记录，然后用一种轻松的口吻告诉这位姑娘：“请放心，这些人不久后都会出现在断头台上。”

但马拉并没有看到姑娘对他报以轻松的微笑，而是看到她从披肩下掏出一把刀。那一刻，马拉闻到了死亡的气息——这是我们熟悉的“马拉之死”的场景。

科黛1767年出生在法国诺曼底的一个没落贵族家庭，她和妹妹被父亲送到修道院。在修道院里，科黛读了很多书，包括伏尔泰和卢梭的著作，渐渐形成了自己的政治观和世界观。一次亲戚朋友的聚会

7. 答案：避免群集性感染、注意饮食卫生、定期餐具消毒。

中，大家提议为国王干一杯，只有科黛一人拒绝举杯，因为她认为路易十六是一位懦弱无能的国王，他没能让他的人民脱离不幸和苦难。

法国大革命爆发后，科黛充分阅读和了解了各个党派的主张和政策，认为诸多党派中，吉伦特派是最可信赖的，她相信他们能够拯救法国。所以，当雅各宾派上台执政，开始大肆逮捕和处决吉伦特派人的时候，科黛心中的怒火被点燃了，她认为自己可以做一件事：杀掉雅各宾派的主要发动机——马拉。

直到现在，依旧有很多人无法相信，这个当时才 26 岁的女子竟然如此果敢，拿定主意后就立刻只身一人前往巴黎，实施计划。

到了巴黎，科黛很快打听到马拉的住处。她待在旅馆里平静写完《致法律和和平之友的法国人书》，交代了自己要杀死马拉的动机。

7 月 13 日这天，科黛精心打扮，到刀具店买了一把刀，藏在披肩之下，来到马拉的住所门口。

为自己留下一幅肖像画

当马拉的眼中流露出一丝恐惧的时候，科黛的刀已经刺进他的胸膛。马拉发出的哀号响彻整间屋子，他转眼间死在了浴缸里。

科黛随即走到隔壁房间，静静地等待被捕。警察开始搜科黛的身，试图找出她和吉伦特派有关联的证据，但是只搜出旅行证、出生证、手表和一些钱款，以及一包针线。科黛怕逮捕后衣服被扯坏，所以准备带针线到牢房里去缝补衣服。

马拉被刺杀轰动了法国，无数人挤到了庭审现场，希望看一看那个“杀人不眨眼的女魔头”到底长什么模样。

出现在他们眼前的，却是一个看上去很瘦弱的女子，而且面对法官的询问，她显得相当平静。但法官的一个问题让科黛的声音陡然高亢起来。“你的杀人技术很高明，以前也干过同样的事情吧？”

“您太侮辱人了。您以为我是杀人犯吗？”接着，科黛在法庭上说出了自己最想说的一句话，“我是为了拯救 10 万人而杀死一个人，我是为了拯救无辜者而杀了大恶人，为了使我的国家安宁而杀了一头野兽，我无所畏惧。”

审判结束得很快，结局并没有悬念：死刑，立即执行，上断头台。听到宣判结果之后，科黛向法官提出一个小要求：希望有一位画家为自己留下一幅肖像画。

法官满足了她的这个要求。从

宣判到行刑，只有几个小时的时间。这几个小时里，科黛就静静地坐着，让画家画肖像。

画家接近完工的时候，一个名叫桑松的刽子手走进来，手里拿着一把剪刀和一件红色衣服。死刑犯必须要剪去长发，而红色代表犯人的罪行是杀人。

当科黛的一头金发被剪落后，她从地上拾起了一束递给画家："没有什么可以用来感谢您的东西，就请收下这束头发吧。"随后，她就跟着刽子手走出房间。

都被送上了断头台

前往断头台的道路两边，挤满了围观的法国老百姓，他们愤怒地斥骂杀人凶手，或者起哄嘲笑，而科黛始终面朝前方，面带微笑。

科黛问了桑松一个问题："马拉会被葬入先贤祠吗？"先贤祠是永久纪念法国历史名人的圣殿。

桑松无法回答，他能做的，只是在临近断头台时，取出一块黑布给科黛蒙上双眼。科黛拒绝了："我也是个有好奇心的人，难道我不能亲眼看看断头台的样子吗？"

说完，科黛就把头探了出去。当她看到那架著名的断头台时，脸上忽然失去血色，但很快又恢复了平静。科黛自己将头放到了断头台的平台上，一言不发，静静等候。

铡刀高高吊起，发出刺耳的声音，然后陡然落下。全场围观的观众发出兴奋的呼喊和口哨声。

马拉的心脏被雅各宾派放在俱乐部的墙上当作"美德的圣物"，进一步激发他们专政的决心和斗志；那些吉伦特派的灵魂人物，包括罗兰夫人在内，几个月后都被雅各宾派一一处决；马拉真的被葬入先贤祠，与之前在那里的伟人卢梭、伏尔泰等比肩。

失去马拉的雅各宾派并没有停止专制的步伐，却陷入内斗：领袖罗伯斯庇尔把另一个领袖丹东也送上了断头台。雅各宾派最终在"热月政变"中被推翻，把无数人送上断头台的罗伯斯庇尔自己也被送上了断头台。

雅各宾派一倒台，马拉的棺木就立刻被移出先贤祠。这一切，科黛都无法见证，能一一记录的，只有历史。

李金锋摘自《历史的温度4》中信出版社

图：豆薇

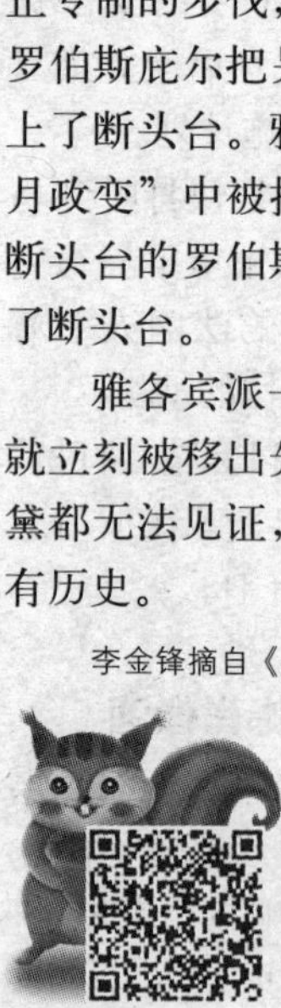

关于《马拉之死》，
你还想了解哪些内容？
扫描二维码，看看吧！

想生气？吃一颗糖吧

@ 林特特

发一次火吃一颗糖

一个周末的下午，阳光明媚，岁月静好。

来电打破了这一切。对方是位熟人，她的声音尖锐，语气不容置辩。她来质问的事儿听起来有些可笑——一个项目，我们曾共同竞争过；之后，我动了场小手术，自动退场；现在，项目进入第二季，甲方通知她不用继续跟进，她理所当然地认为是因为我的介入。

“你真卑鄙！”挂断电话前，她愤愤道。

等我反应过来，拨电话过去，她已经关机。我再发消息，显示我已被对方屏蔽。

委屈、愤懑、感觉莫名其妙。

一个美好的下午，就此报销。

看见茶几上有一罐糖，我大力拧开盖子，抓起其中的一颗，撕破糖纸，塞进嘴里，咬牙切齿地嚼，瞬间，平静了。

我忽然想起，这罐糖还是我过年时买的年货，今天才吃第一颗。

“好吧，以此纪念，新年以来，我第一次生气。”

“可我为什么要生气？为别人的过错买单？别人发神经，我就为此头昏脑涨、心悸、浪费时间？”

我看看糖罐的包装，八十颗，再看看日历，新年过了十八天。

我握着糖罐，暗暗发誓——“今年，我生气的配额就是八十次。发一次火吃一颗糖，发完就得忍耐；如果没用完配额，就自我奖励，立此存照。”

再想想刚才发生的事儿，我竟笑了——

“为一个莫名其妙的人，我已用掉一份配额，不是更莫名其妙？”

我决定，不生气了。

半夜吃糖不值得

那罐糖，被我放在房间最显眼的位置，一年。

说来奇怪，自从计数起，我便小心使用配额。

一个员工，入职十天，消失了。

几天后，他微信我：“觉得在老家做微商更有前途，不如一别两宽，各生欢喜。”

那是半夜，我被手机的提示音惊醒。我怒从心来：不靠谱的人怎么这么多？又感到惭愧：为什么面试时，我竟判断他是靠谱的？

黑暗里，我披衣起床，摸索糖罐，酝酿着严厉批评的措辞。

“为不靠谱的人大半夜吃颗糖，值得吗？”就要撕开糖纸，我却悬崖勒马，“该咋办咋办，明天再办，对我来说，这也是个教训。”

我竟单纯因为怕胖，节制了怒气和表达欲，第二天醒来，感觉好像并没有什么值得生气，除了继续招聘，无须烦恼其他事。

悬崖勒马的经历不止这一次。

一日，丈夫打游戏至凌晨，久唤无效，我打算好好发一场火。

糖纸已经撕开，拳头已经捏白，想想还是不值得——为任何人半夜吃颗糖都不值得，于是，我走过去，把糖挤进他的嘴里，也算是一种报复，而他惊恐莫名，完全对此摸不着头绪，吃完糖，就洗洗睡了。

以此类推，好几次，我想发火时，干脆向对面的人说：“先吃颗糖吧。”

对方反而先缓和下来。

还有好几次，我有足够的理由支撑怒火，烦躁得想横扫桌面，已经开始剥糖吃。

但当巧克力汁液“噗”地在舌尖流出，糖软了，人也不由得变软：“算了吧。”

令人愉悦的甜也在呼唤：“没那么糟糕。”“何苦呢？何必呢？”

8．答案：可以去医院，采用快速尿素酶试验、呼气试验或竞标尿素酶检测。

这些声音一再提醒我，拯救我。

于是——

凝视糖罐，复习每一颗糖的耗损，成了吾日三省吾身的方式。

年底结算，我的糖罐里还剩四十六颗糖，全年共计动怒、生气、不高兴三十四场，其中一些坏情绪，在吃糖的过程中，就决定算了，最终没爆发。

> 可我为什么要生气？为别人的过错买单？别人发神经，我就为此头昏脑涨、心悸、浪费时间？

随身携带一颗糖

新的一年前夕，我又去买年货。

我先估算了下，去年剩下的四十六颗糖相当于多少时间、精力，生理、心理的舒适度，亲密关系的免受损度；折算后，我买了一只价值相当的好包，送自己，做礼物。当然，我还买了一罐糖，我希望它不要被我吃完。

我把糖罐放在案头，还专门留了一颗藏在随身的皮夹里，以备不时之需。

一天，付账时，一个朋友看见了钱包里的糖，他问我："你有低血糖吗？要随身带糖？"

我解释了原委，他哈哈大笑，原来，他也有类似经历——

"每当我妻子为什么事儿不高兴，我就问她：'你打算生多少钱的气？'等她算清楚，就几乎不生气了。

"比如，她为从超市买了一根不怎么黏的胶棒不高兴，这不高兴值两块；她为我没从后面挤牙膏，而从前面挤不高兴，这不高兴值五块。

"到目前为止，她生过价格最高的气，是二百，因为迟到，我俩改签了火车的车次，可那也不值得和我大吵一架吧？实在要吵，我就发个红包给她。"

这次轮到我笑了。

"其实，当所有的负面情绪都能用价格、次数等方式量化，你就会尽可能降低它出现的频率，解决它，你就掌握了你的心情、你的生活。"

我合上皮夹，糖在其中，安然放了好几个月了。

田龙华摘自微信公众号特特么灵　图：小柯

【讨论区】有道是："世上万物般般有，哪能件件如我意。为了小事发脾气，回想起来又何必。"你有什么对抗无名之火的法宝吗？来与大家分享一下你的独门秘笈吧！

一个打错的电话

@阿　痴

闺密要来电话，我鼓足勇气告白

学校运动会，我抬眼看见一个很漂亮的侧脸，鼻子很高，眼睛深邃，眉毛又黑又浓。我喜欢上这个侧脸了。

日子过得飞快，转眼就到了大三，上一届的人都考上了研究生，他们还给我们做了考研经验分享汇报会。我喜欢的那个人，赫然在列。还有三个月，这帮人就要离开大学了，我再不说出来，这个人就要消失了。我下定决心，决定找人问问这个人到底是谁，得把我这个事情跟他说一下！

关键时刻，铁杆闺密只能出马了，她很快就要来了那个人的姓名和寝室电话，气定神闲地打过去，说，我有个朋友，喜欢你，她有点话想跟你说。闺密说完，就把话筒递给我。

我就像个残疾人似的，哆哆嗦嗦，一瘸一拐地走向话筒。太艰难了，我觉得事情的发展超出了我的预料，我只是想体验一下谈恋爱的感觉，并不是想体验上战场的感觉。

我沉了沉心气，就抱着一种壮烈的心态说，是，没错，我喜欢你，我在运动会的时候看到你，就喜欢你了。

话筒那头，对方沉默了一会儿，电流输送过来无数问号似的。他问得很迟疑，你确定？你喜欢我？你知道我长什么样子？你见过我？

我说，我见过呀。我也不想告诉你我是谁，我就想让你知道，我很喜欢你。然后我就噼里啪啦说了无数情话，把我自己能想到的最羞涩的柔情蜜意，沉思默想，全部告诉了对方。

他默默听完了，说，好的，谢谢你。不过我还是觉得很突然。

搞错了电话！我重新表白了正确的人

在那之后，闺密有一天来找我，说，搞错了！你喜欢的那个人叫另外一个名字，住另外一个寝室！这才是他的电话号码！赶紧给这个打电话吧，不要磨蹭了，时间宝贵。

我想到那个错误的电话对象，尴尬到恨不得消失在墙里。但是我想，错误还是得赶紧停止，不能给别人造成更深的误导了。我立刻拨通那个错误的电话，告诉他，对不起，我打错了电话，是朋友给的信息出现了问题，我的那些话，都不是对你说的。抱歉！抱歉！

电话那头是沉默。我心虚地没等他回复我，就匆匆挂断了电话。

然后我找到了正确的电话号码，找到了正确的人，我约他出来，和他聊天，对他倾诉衷肠。

他对我说了很多话，最后说到，我们是没有结果的，他要去大连读研究生，而我的未来，还不知道在哪里。我问他，没有结果的事情，就不能开始吗？就不能异地恋吗？他摇摇头，说，不行，他做不到。

被错误表白的人来电话表示感谢

六月的一个下午，我从东门走进学校，他在马路的那边，我在马路的这边。我想，不出意外的话，这应该是我和他最后一次偶遇了，以后，我们都不会再见面了。

那天晚上，临近十二点，我宿舍的电话突然响了起来。我毫无准备地接起来，声音有点陌生，他平淡地说出自己的名字，我才惊觉，他是之前我打错电话的那个人。我感觉到紧张和不好意思，还有一点内疚。我还没想好要跟他说什么，他就说："我等会儿就要离开校园了，去四川宜宾当老师。我来自农村，从小到大一直很平凡，从来没有人说过喜欢我，从来没有过。可是自从你那么不顾一切地对我说喜欢我的话以后，我就变了，我从来都没有体会过这么开心的感觉。我给你打这个电话就是想要谢谢你，虽然你打错了电话，但是你是我生命中第一个对我那么坚定地说喜欢我的人。谢谢你，再见。"

我怅然地把话筒放回座机。一切，好像有了别的解释，有了别的意义。我不仅是那个光的制造者，我也是那个光的受益者，只是当时我惘然其中，不解其味。我出于私心，刻意去创造爱，收获了无数的衡量，但也在最意外的地方，收获了真谛。

林一摘自《南方都市报》

图：豆薇

从男团练习生到朝九晚五普通人

选择了这条路，就要认清这个行业的残酷现实。

@ 邱滢诗

误入演艺圈

2017 年，纪白在北京一家奢侈品卖场当导购。一次，有个男人来店里买东西，临走前要走了他的联系方式。当天晚上，男人打来电话，说自己是经纪人。纪白有些难以置信，同时又蠢蠢欲动，他辞掉了奢侈品柜台的工作，瞒着父母去找经纪人签了约。

他没有经验，公司请了韩国的表演老师给他做简单培训，然后就带他去剧组试戏。试镜时，纪白获得了导演的赏识，做了男二号。

这部戏并没有给纪白带来明星光环，他又开始重新跑组，和新人们竞争。经纪人告诉他，大部分剧组的主角早已内定，试镜只是走个过场，但纪白依然乐此不疲。

2018 年，影视行业进入寒冬，国内《偶像练习生》《创造营》等选秀节目大热。纪白签约的经纪公司也输送了九名艺人去韩国受训，但是，其中一位年纪小的成员因为冲撞了韩国的老师，被公司开除，还赔了几十万违约金。

公司老板给纪白打电话，想让他去堵缺。面对老板“想不想做男团”的询问，纪白的第一反应就是

9. 答案：患者一个月内未服用抗生素、铋制剂，两周内未服用质子泵抑制剂等药物。

"不行"。他没有舞蹈天赋，做练习生几乎是条死路。况且自己的演员生涯刚开始，现在转做练习生，之前的努力将全部作废。

在收到公司的调度令后，纪白才突然发现，公司原来并不重视自己。但他赔不起违约金，最终只能妥协。视频面试时他的考核表现很差，舞蹈跳得东倒西歪，但还是通过了。2019 年 2 月，他乘上飞往韩国的航班。

赴韩练习生

韩国首尔东大门区冰雪未退，早晨 7 点半，纪白和队友们从宿舍坐一小时地铁到训练室。

排练时，纪白唱不了高音，全员合唱环节，他破音了。声乐老师用韩语对着他狂骂，他听不懂韩语，旁边的翻译就用中文重复一遍。被人当众指着鼻子骂，纪白心里很不好受，但韩国等级秩序严明，他不敢顶撞老师，只能忍下来。他很快学会了用假声弥补高音。

最让他崩溃的是下午 1 点开始的舞蹈课。身高超过一米八的纪白，四肢不协调，舞蹈练习屡屡不过关。舞蹈老师把他拎出来单独考核，只要有一个动作做错，就揪着他直到学会为止，他不断地站起、蹲下、手绕到头上，又打到腰间。练习从下午 1 点持续到晚上 7 点，休息连同喝水的时间只有十分钟，走出舞蹈室，他全身都是湿的，汗像水龙头没拧紧一样，顺着腿滑到鞋子里面。

来不及换衣服，纪白弄干裤子就去吃饭，因为 8 点，他还要赶回练歌房排练。直到 11 点，他一天的日常训练才算真正结束。

被老师当众批评的羞耻，让他对来训练的目的产生了动摇，但既然走上这条路，为了自己以后的事业，他不能中途放弃。

在韩国的宿舍是两房一厅的平房，没有空调，九个男生轮流洗漱好，已经深夜两三点了。老旧的洗衣机发出"砰砰砰——"的转动声，一整夜，他都睡得不深。清晨 5 点，闹钟一响，他就条件反射地弹起来进行两小时的厕所争夺战，投身到日复一日中。

回国前，他的膝盖痛得不行，每天早上，他都要先转身趴下，一点一点挪动腿，跪在地上缓缓起身。膝盖上的骨头就像木板和木板相碰，动一动就响。医生给他看 B 超影像，膝盖里面有 2.5 厘米的积水，因为长期重复一个动作，不断地摩擦胫骨关节，软骨都磨发炎了。

身体上的痛苦还能忍受，但纪

白最受不了的是精神层面的打压。留韩期间，除了受到长相上的夸赞外，他没有接受过任何表扬。巨大的精神压力让他对偶像出道这条路感到悲观。

重归普通人

> “被老师当众批评的羞耻，让他对来训练的目的产生了动摇，但既然走上这条路，他不能中途放弃。

2020 年初，纪白所在的男团结束在韩国的练习生涯。他们带着在韩国录好的歌回国筹备出道，结果等来的，是出道方案被腰斩的消息。

纪白私底下了解到，出道失败的原因是公司已经没有足够的资金来铺路。公司这些年步子迈得太大，老板立项草率，看到青春剧火，就拍青春剧，看到练习生火，就培养练习生。

这场投机闹剧，用他和团员们的几年青春做赌注，结果，资金耗尽一事无成。

“现在他们开始搞直播自救了，可我也不知道到底在播些什么。我们这群人，就像陪老板玩过家家。”

公司已经开始招募 00 后的新人。纪白知道，娱乐圈里，年轻就是资本。招进来的新人有时间试错，可他没有，23 岁在圈内已经是高龄，练习生这条路走不通了。

男团其他团员比纪白年长三四岁，达到解约标准，都选择了解约。这些怀揣男团梦的少年们，就像偶像娱乐浪潮中，被一阵大风从海里刮到岸边的几条鱼，能蹦跳着回到大海的，就继续乘风破浪，逐梦演艺圈。如果不能，就在岸边翻翻鱼白，沉寂在一片广阔的沙滩中。

纪白考虑了几天，也坐不住了。家人们朝九晚五地奔波，让与公司解约，赋闲在家的他有种说不清的焦虑感。

他开始频繁地刷国企招考信息，在招聘网站上投简历，但都泥牛入海，没有反馈。他不再等国企的通知，而是打电话给房地产公司，询问销售的兼职，很快就通过了面试。现在，他过上了普通人按时上下班的日子。

水云间摘自微信公众号真实故事计划

图：点点

“好像一袭华美的袍，内里爬满了虱子。”扫一扫二维码，看更多娱乐圈背后的真实。

这么好的酱啊，这么好的日子

@ 刘吴瑛

六楼，每天爬楼很辛苦，但也有乐趣，赶上饭点，几乎是在一路飘香中回到家的。

我最爱501家的那股子异香。为啥这么说呢？因为说穿了，那是一股臭酱味。但于我而言，这浓浓的酱香简直沁人心脾。此味一出，谁与争锋？

我馋了。

这股味道似曾相识。记得初到小城，有过一段窘迫的时光。当时租住在一位朝鲜族阿迈（奶奶）家，一住两年多。阿迈的饮食简单，就是米饭、酱汤、咸菜三部曲，酱汤是主旋律。开始我有点抗拒，只吃个小半碗，慢慢竟爱上这一口。许许多多个冬天的夜晚，顶着寒风回来，在厨房氤氲的水汽中，阿迈在灶前烧火，酱汤在小石锅里慢炖，诱人的酱香扑鼻而来。开饭了，摆一长方小桌，两人相对而坐，一人一份酱汤、米饭，两碟咸菜放中央。喝着热乎乎的酱汤，听阿迈一脸满足地感叹着：“这么好的酱啊，这么好的日子……”因寒冷而蜷缩的身体渐渐舒展开来，心中充盈着无边的幸福。

结婚以后，我也曾买大酱回来做，不知为什么，怎么也做不出那个味道。而且，家人都不喜欢这一口，久而久之，也就罢了。

501家的这股酱香扰得我心神迷醉，自然对他们家的女主人多些关注。她三十多岁，眉眼温柔，我们遇上了会点点头。有天下暴雪，两人聊了一会儿，说起冬储白菜的方法，我说腌了些酸菜，家人爱吃猪肉酸菜馅饺子。她感叹："从来没做过这个馅儿的饺子呢！"哎呀，我表现的机会来了，立时飞奔上楼，端来一盘早上煮好的饺子送给她。她双手捧着盘子，我第一次发现，她笑起来眼睛弯弯的，很是好看。

接下来，我的心中隐隐生出期待。我觉得，哪天，她一定会端一碗酱汤给我的。

一个休息天，如我所愿，她敲门了，喜洋洋地端着一个小盆，里面还冒着热气。我忙接过来，是土豆饺子，辣白菜馅的，很好吃，但不知怎地，我有点小小的失落。

后来，我送她一盘刺五加馅的包子，她送我一盘紫菜卷，哎呀呀，怎么才能get到那个点上呢？

冬天的一个夜晚，突然传来几声嘶吼，谁家的门"哐当"一声开了，一对男女在走廊推搡、争执……我推开门，是501，女主人一脸愤怒，倔强无比，和平日的她简直判若两人；那男人也不示弱，嘴里叨叨咕咕的。

我忙过去劝解，大喊着："别吵了，别吵了，吓着孩子……"她霎时哭了。我扶着她进屋，说些宽慰的话。男主人则坐在一旁的凳子上，沉默不语。

我打量一下四周，屋子里洋溢着酱香，只见柜子上的牛皮纸包着一块块柱状的东西，应该就是酱块了。我想着，4月份的时候就能下酱了，然后加盐，打耙，再过一个多月，就可以吃到新酱了。

我本来想说"这么好的日子"，结果说出口，竟是"这么好的酱啊"。天哪，我的心事简直昭然若揭。女主人不哭了，转头看着我，男主人亦是一脸惊诧。我连忙转移话题："你家孩子太可爱了……"那个五六岁的小女孩及时跑过来，扑入妈妈怀中，女主人轻抚她的头发，又恢复了温柔可人的模样，我总算舒了一口气。

两天后，女主人送来一小锅酱汤、一小碗酱，还喜滋滋告诉我，等发了新酱以后，再给我。说完，她一脸自豪地走了。我知道，这酱啊，属于古法发酵，年轻主妇会做的还真不多。

我慢慢品啜着酱汤，心中无限满足，兀自感叹着："这么好的酱啊，这么好的日子……"

心香一瓣摘自微信公众号心动了

图：豆薇

10. 答案：会造成假阴性的检查结果。

那位打败了朱棣的孤胆书生

@王汉周

公元1399年八月六日，朱棣起兵造了侄儿朱允炆的反。朱允炆的大将军李景隆一路败仗，最后丢下济南城不顾，往南逃跑。

原以为济南城指日可下的朱棣万万没想到，他在济南遇到了克星，整整三个月，也未能攻下济南。

这个朱棣的克星名叫铁铉，时任山东参政，负责为李景隆督运粮饷。李景隆跑了，铁铉这个文弱书生不但没跑，反而火速赶往济南。此时的济南城中只有都指挥盛庸所部的少量人马，他们决心要和铁铉一起“以卵击石”，死守济南。

一

铁铉，今河南邓州人。在太学读书时，因成绩好被选授礼部给事中，后调任都督府断事，工作期间解决了不少悬而未决的案件，深得朱元璋器重，获赐字“鼎石”。从履历上看，这是个货真价实的书生。

朱棣大概也觉得“百无一用是书生”，用不着打，吓也会把他吓跑。可是这个书生不但没被他的大军吓跑，还把溃败的士兵收拢起来，准备和他死磕，这不是笑话吗？朱棣不忍心看他的笑话，就给他写了一封劝降书。铁铉也给他回了一封《周公辅成王论》，意思是：亲爱的朱先生，你就别造什么反了，还是效法辅佐侄子治理天下的周公，老老实实辅佐你侄儿吧。

给你面子你不要，就别怪我手下无情了！劝降不成，朱棣下令攻城。没想到残兵败将在铁铉的领导下，居然爆发出了惊人的战斗力，比李景隆的六十万大军还难对付。

这太不科学了！

无计可施的朱棣决定玩阴的，他打算掘开黄河大堤，引水灌城。如果这招得逞，济南全城百姓都得遭殃，铁铉这才“服软”了。

算了，你别掘堤了，我们投降就是，反正打不过你，最后总归要投降，晚投不如早投。

为了显示投降的诚意，铁铉命人把城防设施全部撤掉，然后从百姓当中选了几位老大爷做使者，派他们到朱棣的大营跪伏请降。那些老大爷演技不错，按照铁铉的吩咐，一到朱棣大营就跪下了，声泪俱下。

他们对朱棣说：都怪朝中那些该死的奸臣，不然大王您也不会冒着生命危险做这种事情。您是高皇帝的亲生儿子，我们是高皇帝忠实的臣民，我们是一家人，既然是一家人，何必要搞得像两家人呢？我们都真心向您投降。再说城里大多是老百姓，手无缚鸡之力，也没打过仗，哪里有力量与您为敌呢？见了您的大军，我们都吓坏了，生怕自己死于非命，老百姓嘛，没别的追求，只希望保住这条小命。希望大王您能把大军退后十里，然后您单骑入城，我们一定恭迎您的大驾！

这才像话嘛。朱棣看着哆哆嗦嗦的几个老头，安慰了他们几句，让他们回去，并答应了他们的请求。

苦战几个月，朱棣和他的燕军也累了，不想打了，如果能不战而取济南，那是再好不过的。

待那几位老人走后，朱棣果然命令军队移营后退，他自己则骑着高头大马，大张黄罗伞盖，仅带了数骑护卫，大摇大摆地走过护城河桥，径自从西门入城受降去了。

二

来到城门前，果见城门大开，守城的士兵都聚集在城墙上往下看，像看稀奇之物一样。眼看就要把济南收入囊中，一脸笑意的朱棣朝城墙上的士兵挥了挥手，不料这时从门拱上突然落下千斤铁闸，把朱棣的马脑壳砸得稀烂。朱棣吓得摔下马来，这才明白中了计了，急忙换了一匹马，在众人的护送下落荒而逃，捡了一条命。

暴跳如雷的朱棣集中所有兵力攻城，铁铉不但不怕，还伏在城头大骂朱棣反贼，不得好死，要下十八层地狱。气急败坏的朱棣调来军中所有的大炮，朝城内猛轰。

就在城墙即将被攻破之时，急中生智的铁铉命人拿来朱元璋的画像高高挂在城头，又亲自动手，写了一大批朱元璋的神主灵牌，这个垛口放一个，那个垛口放一个。燕军见状，哪里敢开炮，只好住手。

济南城暂时得以保全，双方处于相持态势。

铁铉自知硬扛下去不是办法，必须另辟蹊径，于是把一些身强体壮的士兵组织起来，出其不意对燕军展开袭击，大破燕军，以至于“燕王愤甚，计无所出”。

这下怎么办？朱棣可怜巴巴地问军师姚广孝。

此时此刻，这个奇才也无计可施了，说：如今我们只好先回北平，然后再做打算。

朱棣长叹一声，下令撤军。

三

燕军撤了，铁铉却没想放过他们。他与大将军盛庸一起乘胜追击，收复了德州的几个郡县。朱允炆没想到这个书生如此了得，“遣官赐金慰劳济南守军”，铁铉官升一级，加兵部尚书衔。免于战火的济南百姓对铁铉感激涕零，称他为“城神”。

建文四年（1402），在北平缓过气来的燕军再次南下进攻山东，却不敢再碰济南，而是绕过了这块差点要了朱棣小命的硬骨头。他们很快便拿下了东阿、汶上、邹县、沛县、徐州等地，一路势如破竹，直到攻占京师南京。建文帝下落不明，朱棣自立为帝，是为明成祖，大明帝国从此进入了永乐时代。

这时候的济南成了一座“孤城”，称帝后的朱棣自然不会允许它的存在，终于挥师复攻济南。济南终因寡不敌众被攻破，逃到淮南的铁铉中计被俘，押到京师后被朱棣凌迟处死。

那一年，铁铉三十七岁。

枫林晚摘自微信公众号历史教师王汉周　图：小栗子

课本外的历史，在这里……

生活中的江湖智慧

@叶　眉

说起黑市经济，一般人首先想到的是违法犯罪行为。可是还有一类，每天在眼皮底下发生，就没引起那么多关注：无照经营的小商贩。

他们没有营业执照，没有卫生许可证，但是在我们每天的经济活动中扮演了不可缺少的角色。

我们学校门口有个卖烧饼的小摊儿，夫妻两口子，早饭时间和晚饭到晚自习之间拖着个小车在大学门口摆摊儿。他们的小车是定制的，外观是长方体，自带烤炉和铁皮案板。小车的一端擀饼子，另一端是炉膛开口，车顶乃货架，烤好的饼码在上面，学生从那路过一手交钱一手交货，全过程也就五秒。

这个摊儿肩负了不少学生的早饭和宵夜任务，所以时间长了，回头客挺多，大家还时不时聊两句。

因为他们无照经营，就要面临城管的驱赶。有几次我就亲眼看见城管把他们的饼车没收了。

后来我以他家为案例，调研地下经济。我就问老板："你们被城管抓一次，得罚多少钱？"

老板居然很得意地对我笑笑："看情况，不一定。"

老板细细道来："如果他一收走我就去赎车，那就得罚400块。我要是拖一段时间，他们就巴不得我来把车领走，才罚不到100块。城管又不卖饼，拿着我车也没用，那么大个车放那还占地方。"

我一听，笑了，这是博弈论啊！我们在课堂吭哧吭哧地学，人家路边摊的小贩无师自通，他们不直接

11. 答案：最好不要，这类药物退热效果较好，但对胃黏膜有较强的刺激作用。

和城管冲突，而是和城管博弈！

我又问："你重新打（做）这么一辆车要多少钱？"

"打一辆新的车，700块。我总共有三辆，轮着用。"

这样看来，还是被收车之后，过段时间把车赎回来比较划算。

小贩不仅做过成本核算，而且还给自己建立了一个应急储备库。

我又问："你考虑过到学校食堂租一个窗口吗？尽管成本更高，但是可以全天营业，营业额应该会更高，而且也没有执法风险。"

老板跟我说："学生进食堂得拐一下，所以食堂的人流量没校门口高，而且租金很贵，不划算。"

所以这个摊儿就这么无照无证地在校门口给我们提供口粮。

故事到这里还没有结束。

过了大概半个学期，小贩找到了自己的庇护体系：学校的保安。城管只管属于市政府的街道，校园内不是城管的辖区。小贩在门口混久了，开始贿赂保安。

我这里用"贿赂"这个词，你别以为他得拿出一大沓钱来给保安塞红包。人家就早上保安换班的时候，给保安两个饼吃。几个饼就笼络了保安的人心。

保安的心也是肉长的，觉得这夫妻俩不偷不抢的，就摆个摊儿，何必非要把他们赶来赶去呢？于是每次保安看到城管的车开近，就把学校门开大一点，让这夫妻俩把饼车拉到校园的地界里。一旦进了学校领地，就不归城管管了。城管走了，他们再把车拖出去。而且小贩非常守规矩，在学校地盘上不做生意，即使学生路过要求买饼，他们也会拒绝。这样不给保安惹麻烦。

城管的心也是肉长的，出来巡逻也是为了交差，确实没抓到违章的，还在学校大门栏杆外冲这夫妻俩挥挥手，就回去了。人家一天也就来逛一趟，才懒得严防死守呢。

小贩贿赂保安这种行为，我用"强关系，弱关系"来解释。小贩和保安之间明显是弱关系。弱关系恰好可以给他带来最高的利益。而且小贩也很明白人脉的经营方式，压根不需要砸钱。

而城管更符合马克思的异化理论。工作是工作，从业人员尽量将情感从工作中剥离。所以他们出来就是执行公务，不太在乎工作成果。

我们在学校寒窗苦读的那些干涩理论，就这样由小贩、保安、城管三方活灵活现地表演了出来。

姚梅芬摘自豆瓣网

图：小黑孩

18堆马粪引发的官司

@ 薛兆丰

这个案子发生在 1869 年 4 月 6 日。原告请了两名帮工，到马路上捡马粪。两名帮工从晚上 6 点干到 8 点，在马路旁共堆了 18 堆马粪。马粪堆起来以后，两名帮工就回去取车，准备第二天来拉，但他们并没有在这 18 堆马粪上做任何标记。

第二天早上，案中的被告看见了这些马粪，就问附近巡逻的人：“这些马粪有没有主人？有没有人要把马粪运走？”巡逻的人说：“不知道。”被告听了以后，觉得这些马粪没有标记，也没有主人，就把马粪运走，撒到了自家的田里。

这天中午，两名帮工带着车过来，发现马粪没了，一问之下，才知道原来是被告运走了。于是双方发生争执，最后闹到法庭上。

在法庭上，有这几种针锋相对的观点：

一是“溯源说”。有人主张，马粪真正的主人是马，也可以进一步说，马粪属于马的主人。

二是“位置说”。被告主张，马粪掉到马路上，就成为马路的一部分，而马路是公家的，所以谁见了马粪都可以拿走。原告只是改变了马粪所在的位置，并没有改变它的所有权。

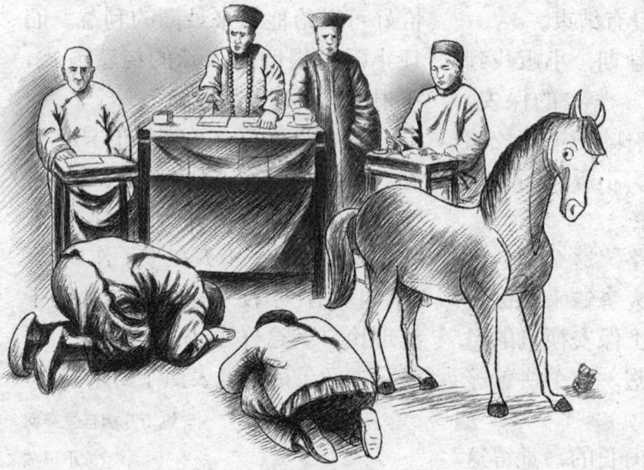

三是“标记说”。法庭上也有人主张，关键看原告有没有给马粪做

标记，如果没有做标记，那就不能怪别人把马粪运走了。

四是“劳动说”。原告坚持认为，是帮工花费了工夫，才把马粪堆积起来的，所以马粪应该归原告所有。

各方好像都有道理。但哪种观点更正当呢？如果你是法官，会把马粪判给谁？

事实上，一点儿马粪，判给谁都不重要，重要的是案件会对后代产生怎样的影响。设想一下，有两个村子，发生了同样的案子，唯一不同的是，第一个村子把马粪判给了原告；第二个村子把马粪判给了被告。

可以设想，在第一个村子里，由于把马粪判给了创造财富的人，那么村民就会有这样的预期：凡是经过人类劳动的成果，都是财富；凡是财富，就都有主人；有主人的财富是受到法律保护的。要尊重别人的财富，不能见到就拿走。只要有这样的共识，这一共识又变成传统，那么在这个村子里，人们就用不着花太多的工夫来保护自己的财富，他们因此也会更积极地去创造财富。这个村子会逐渐走向富足。

在另一个村子里，法官把马粪判给了被告，那么村民就会形成另外一种预期：只要是没人看管的东西，就可以随便拿走。于是，顺手牵羊的行为就会大增，有产者花在看管财富上的努力就会变大，大到足以抵消财富本身的价值。人们会丧失创造财富的积极性，这个村子会逐渐走向贫困。

当年的法官，就是根据这个思路把马粪判给原告的。这个判决意味深长。

尊重别人的财富是一种具有普遍性的公正观，但其背后，是对效率的考量——保护产权的努力是会消耗资源的，这种消耗越大，资源的净值就越低；社会的道德规范越是能够帮助减少这种消耗，社会财富的积累就越多。

晓晓竹摘自《薛兆丰经济学讲义》中信出版社

图：小栗子

【名师有话说】18 堆马粪之争，貌似荒唐小事，荒诞不经，实则严肃大事，有案可稽。西方俗称治国两大主体，一是做大蛋糕的生产者，二是分配蛋糕的治国者。前者作为经济学研究的逻辑起点和核心目标，现代企业产权制度最主要功能是降低交易费用，提高资源配置效率，“做大蛋糕”；后者正如裁判者分配蛋糕：为产权纠纷提供民主法治的救济和裁判，如故事结论来引导价值取向，昭示社会预期。所以，市场经济必须民主法治。

华东政法大学教授 王永杰

与"村霸"朝夕相处的日子

@真是脸叔

想占便宜

2017年的下半年，我刚上大三，与三十多名同学一起跟随老师到考古现场待了四个月。

我们租住在某村干部父亲（人称"老支书"）家的自留地上，老师宣布了一条严肃的纪律：除非上工，谁也不许离开这个院子。村里人际关系复杂，老师害怕同学们到处乱走，会和村民发生摩擦，带来麻烦，便干脆把我们关在这个院子里。

"老支书"经营着一家小卖部，我们不能出门，只能光顾"老支书"的店。但"老支书"做的是独门生意，东西定价比外面高出许多。

我们在遗址里取得的土壤样本，都要拿回驻地，用浮选仪冲洗土壤，取得其中的植物孢粉，进行分析。浮选仪要用大量水和电，而"老支书"家的鱼塘换水也需要电泵。对此，"老支书"的妻子十分不愉快，她开始喋喋不休地传我们的闲话，抱怨我们把外面买来的矿泉水、饮料和水果冻在她的冰柜里，却不买她的三无雪糕。

听到这些，也没有人当真。为了解决冲突，老师联系了一名村干部，把浮选仪搬到他家里。可是，"老支书"的妻子仍然不依不饶。

8月的一天，出纳买回了一个大冰柜，老师还许诺，以后采购食物的时候，班长可以坐车一起去镇上，给大家买零食。同学们欢呼雀跃，把存在"老支书"家冰柜里的

12. 答案：可选用物理降温和中成药退热。

饮料都拿走，装进了自己的冰柜。

第三天清晨，“老支书”带着妻子，出现在了食堂门口的监控下，一串熟练的脏话三字经脱口而出。

老师一边和“老支书”讲理，一边指挥围在一边的同学：“相机、手机都拿出来，录像！”

面对着摄像头，“老支书”撒泼放赖：“你们租了我的房子，可没租我的门，有本事都别走门了！”

“按您的意思，我们是不是要把这院子每块砖都租一遍？我没听说有这么租房子的。”有位同学急中生智，回敬了“老支书”一句。

“老支书”占不到便宜，恼羞成怒，扇了自己妻子两个耳光，又踢了她两脚，拉着她走了。

一场闹剧结束，我们照常上工。老师现场教学，他谈到发掘过程中，考古工作者经常会错误判断遗迹的叠压关系，导致出现失误。很多人撰写发掘报告的时候，会对自己的失误进行粉饰。老师总结的时候，借题发挥了一句：“唉，你们以后要是发现别人发掘过程有错误，批评的时候最好点到为止，否则……断人财路如杀人父母，人家会早晨7点钟来骂你的。”

大家想到早晨的那一幕，想笑又不敢笑。

斗智斗勇

之前，“老支书”推荐一个跛了一条腿的残疾人当更夫，负责晚上看守工地。可是，这位更夫经常在晚上值班之前喝酒，劝说几次无效后，负责管理民工的文管所干部刘叔按照规定开除了他。

中秋节过后，刘叔过生日，那天晚上，他和同学们喝着啤酒唱着歌，门外忽然传来骂声，指名道姓地造谣辱骂刘叔。

大家从食堂里出去，只见被开除的跛腿更夫直挺挺地倒在地上，大喊学生殴打残疾人。

我们恍然大悟，那天晚上，我们在活动板房里喝酒的同时，“老支书”也拉了残疾更夫在仓库里喝酒，是想要给我们找麻烦。

有人敢来考古工地讹诈，老师立即决定报警。附近的小镇离考古工地只有15分钟的车程，警察很快到了，把躺在地上的更夫拉了起来，双方一起去派出所做笔录。

更夫一上警车，他的妻子马上就跑到办公室里，一把鼻涕一把泪，怨天怨地，怨我们报警害得她家男人被抓走了。活动板房不隔音，办公室里的半夜哭声，隔壁寝室里的女同学听得清清楚楚。于是，两个疲倦却没法睡觉的同学互相搀扶着，下床来到了隔壁。其中一位坐到那女人旁边，也开始哭："阿姨，你别这样啊，我们，我们可都是小姑娘啊，我们害怕！"

以哭止哭确实有效，这老太太闹不下去了，只能起身回家。

遗憾的是，这件事，派出所的警察只能调解。对方不是随便来找麻烦，他们是有备而来的，摸清了摄像头的位置在食堂门口。同学们从食堂里走出来的时候，正好挡住摄像头，虽然跛腿更夫身上一点伤都没有，但仅凭录像，并不能证明他是讹诈。

"断人财路如杀人父母，人家会早晨7点钟来骂你的。

逃离套路

后来，派出所又打电话，让我们派人去签字结案。警察提到"老支书"就是个"村霸"老刺头，经常因为经济纠纷，和其他村民发生冲突。

我们租地的时候，也不知道水竟然有这么深。别人都说"城里套路深，我要回农村"，现在看来，村里的套路也不少。

到了2018年3月，班长告诉我们，跛腿更夫的家人找相关部门反映情况，诉求是一笔巨额赔偿，并要求开除当天在场的同学。

我们实在是没想到，他们居然敢如此狮子大开口，提出无理要求。

这种无理取闹的要求，无论是教育部门还是学校都不会答应，只是要求领队老师和班长写一份情况陈述，把那天的来龙去脉都说清楚。

班长希望大家能在课间尽快签字，不要耽误时间，因此，她把陈述书的照片发到了群里。

在不到一千字的陈述书中，班长原原本本地叙述了那天更夫来闹事的风波。

文字很短，我们却看了一遍又一遍，签下名字的那一刻，短暂而漫长的四个月实习经历，像电影一样在脑海中闪回。

从烈日炎炎的酷暑，到寒风呼啸的秋冬，我们在那个小小的院子和发掘现场之间，重复着两点一线的日常，而当时"老支书"的几次挑衅，回想起来，竟然显得颇有幽默气息，成了枯燥生活中为数不多的趣事。

朱权利摘自微信公众号真实故事计划

图：陈明贵

那些大学的“奇葩”课程

@升　龙

数学在街头格斗中的应用：麻省理工学院这门课程主要教学生如何运用数学分析在格斗中获得更大胜算。课堂上，学生们可通过建模和概率统计等方法，分析街头格斗中对手的出招情况和应对方法。

城市里的性感高跟鞋：英国南泰晤士学院这门课程旨在教授女孩如何穿高跟鞋走路，以及如何更优雅地背包等。上课的学生能够更好地适应工作后的商务生活。

垃圾乐趣学：圣克拉拉大学的“垃圾课”，让学生依照垃圾从产生到倾倒再到回收的流通过程，发现其中存在的社会问题，比如“垃圾填埋场为何经常位于贫困地区”等。同学们还需要实地考察垃圾场和垃圾填埋场，为垃圾处理问题开发可持续解决方案。

哈利·波特与科学：霜堡州立大学这门课由该校物理学教授开设，上课内容就是带领学生们去检验小说中出现的魔法事件，并试图通过物理学原理来解释。听起来就像进入神奇的哈利·波特世界的专业，不过简单来说就是探究哈利·波特魔法的物理课。

僵尸逃生课程：密歇根州立大学这门课的全名叫“未来僵尸灾难中的幸存启示录——疾病、灾难与人类行为”，名字就长得诡异。在这门课的宣传视频上，教授更是亲身上阵演了一段偶遇僵尸，而后相爱相杀的戏码。所以这门打僵尸课到底是学什么呢？难道真的拉一个僵尸过来教大家“防僵尸自卫术”吗？

当然不可能。简单来说，这是一门脑洞课。在课程中，学生们会在老师的带领下探讨在僵尸围城的大环境下该如何生存、如何保留人类文明以及人性的抉择。与传统美国个人主义不同，这门课告诉学生，活下来不是靠个人而是靠集体的力量。

指环王精灵语课：语言学家出身的托尔金创造了一种完整的语言：精灵语。讲师大卫·萨罗城是精灵语言的骨灰级玩家。作为语言学专家，大卫除了精通拉丁语和希腊语外，最大的爱好就是破解精灵语的内容。威斯康星大学的这门课就是带领大家一起学习这种神奇的语言。

如何策划革命：俄亥俄州立大学正忙于培养下一代叛乱者，开个玩笑，但学校确实开设了研究各种革命运动的课程，增进对革命的理解，解释为什么革命有的成功有的失败。

撩妹（汉子）：如同课程名，西雅图大学这门课教的是如何有效地撩妹或撩汉子！讲师凯特形容撩人是“消失的艺术”。她告诉学生们，撩人的目的并不仅仅是为了认识某个人或者和他约个会，而是如何与他人建立联系。

2011年，凯特开课的第一个学期后，她的两位学生看对了眼，并开启了浪漫之旅，其他的学生也纷纷在课外生活中找到了自己的伴侣，大部分学生也汇报说自己已经可以自如地与陌生人交谈。

生死学：广州大学“生死学”公共选修课，讲解的是对生命与死亡的理解。课上会讨论包括什么是生死、生命的品质和尊严、疾病、衰老、意外事故。自2000年开设以来，上过这门课程的学生多达3000余人。从最初的“冷门课”，发展为全校堪称火爆的公共选修课。

海盗研究：航海过程中遇到海盗该如何处理，确实是大连海事大学未来海员们的必备技能。

恋爱学理论与实践：据说，在天津大学，学以致用，找到伴侣，就能酌情满分。

秋水长天摘自《奥秘》

图：恒兰

大学不止有“奇葩”课程，还有更多“奇葩”趣事，扫描二维码，一起看一看。

13．答案：消炎止痛药常用于治疗疼痛性疾病，对胃黏膜有较强的刺激和损伤。

遭遇亚马孙军团蚁

@阿　俊

邂逅"遇谁灭谁"的军团蚁

1992年，动物学家苏义来到南美大陆法属圭亚那原始森林深处的生态研究站。经过十多天的行进，苏义与一位外国女研究人员和两名土著人远离他们的研究站"大本营"，来到一个雨林中相对宽阔的地带，这里的树木高大笔直，几乎没有分枝，所以大家能看到很远。

突然，走在最前面的一个土著人惊恐地叫了起来："不好，我们遇上军团蚁了！"大家用高倍望远镜清晰地看到，一支密密麻麻望不到尽头的蚂蚁大军横向摆开至少有一千米的宽度，浩浩荡荡向他们这个方向开来。

随着军团蚁的到来，雨林里乱成一团。树冠上的各种禽鸟纷纷振翅飞到空中，惊叫着向远处飞去；树枝上的猿猴等动物一只只慌张地从这棵树荡到那棵树上，急遁而去；地上的蛇虫猪豹，无不从各自的巢穴里逃窜出来，拼命散开逃命。

在一棵大树的树丫上，有一个用干树枝建造的鹰巢，巢里有两只尚不能飞翔的小鹰。许多军团蚁沿着树干爬向这个鹰巢。两只大鹰看来是小鹰的父母，见军团蚁侵来，未敢停留在树上，悲哀地在空中盘旋，眼睁睁地看着军团蚁蜇咬它们的孩子。只一会工夫，军团蚁便四散开来，那里只剩下两只小鹰的羽毛和骨架。

看到这一幕，苏义及同伴都非常恐惧，不约而同地大叫"快跑"，一齐回头朝着来路拼命跑。

在生死线上进行观察和研究

苏义和同伴们来到了一条长长的有数米宽的小溪前。过了小溪，苏义却不想“逃”了。他有了一个出人意料的想法：这小溪水深且水流较急，是阻止军团蚁前进的天然屏障，何不对它们进行近距离的观察研究？苏义太想抓住这次机会了，几位同伴尽管心里害怕，但还是答应一块留下来。

军团蚁大军终于到了小溪对岸，大家没料到的是，军团蚁停止了行动，看样子要在对岸扎下营来。对苏义他们来说，这小溪就成了一条生死线。

通过观察，苏义及同伴认定，军团蚁大军中个头最小，但数量最多的是工蚁，全都是不能生育的雌性，平时四处扩张侵略、打仗主要靠它们。而其中个头较大，有一定数量的是兵蚁，它们应该是军团蚁在大军中维持秩序的“宪兵”。还有极少数长有翅膀，这些应该是专门用来跟蚁王亦即蚁后交配的雄蚁了，只不过它们一旦跟蚁王交配后，会很快死去。

可是，蚁王在哪里呢？苏义他们很快就见到了独特的一幕：在一棵巨大的古树上，许多的工蚁开始用肢体互相勾搭，一只连着一只，一直搭到地上，搭成了无数的蚁链，在蚁链的顶部，那些雄蚁和兵蚁正围着一只特大的蚁结团。这只特大蚁就是这支军团蚁大军的蚁王。很快，无数的兵团蚁沿着那些蚁链爬上去，围着蚁王结成了一个巨大的、悬挂在树上的蚁巢，然后各自找到了自己住宿的位置。别的军团蚁则在别的树上或山石上搭成了无数的蚁链，形成了无数独特的蚁巢，这样，开到哪里就建在哪里的临时巢，跟别的蚂蚁那种固定的巢穴可谓截然不同。看来，这些天应该是军团蚁的“休整期”。

第二天早上，苏义及同伴们看到，那些兵蚁似乎得到了蚁王的指令，纷纷跟住在各处的工蚁用触角进行交流、传令。很快，大批的工蚁完成了集结，开始向四周出击。只要让它们遇上了，无论是野猪还是蚂蚁，甚至是别的蚁种，都被它们一网打尽。苏义及同伴们观察到，一棵枯树根部里的数量至少有好几万的白蚁，都惨遭军团蚁的大屠杀，无一幸存。在军团蚁的工蚁跟敌人作战时，军团蚁的兵蚁会组织进攻，或在一边督战。如果敌人实力强大，兵蚁也会加入战斗，用它们相比之下更为强大的大颚和尾上的毒刺去帮助工蚁解决问题。或许是因为并非在行军途中，军团蚁消灭了别的动物后，也并不完全会把它们的血肉吃光，而是把它们分解，然后搬运回去。

随后的几天里，苏义及同伴们得出了结论：军团蚁蚁王有着至高无上的权威，它每天只吃工蚁们从腹部挤压出来“孝敬”它的蜜露。

“终极杀手”也值得尊敬

十天之后，小溪对岸的军团蚁大军看来是过完了“休整期”，又要开始它们的远征了。

只见许多的军团蚁相互抱在了一起，迅速抱成了一个大蚁球，别的军团蚁则在后面推着，把大蚁球推到了岸边，接着推进了小溪。

大蚁球落到小溪里后，浮在水面上随着水流不停地翻滚，想向对岸滚去，但湍急的流水没有让它们如愿。相反，这大蚁球被水冲得越来越小，最后，完全被冲散，不见踪影。军团蚁不甘心失败，又抱成了很多的大蚁团，纷纷滚到了小溪里，你追我赶，全力向对岸滚来。但流水无情，它们最终还是被一一冲散，冲走了。军团蚁见此法行不通，便不再强渡，全部退回到树林里，苏义及同伴们都暂且松了一口气。不料，没过多久，让他们目瞪口呆的情形出现了：只见一片片宽大的干树叶，居然会移动了，都缓慢地向小溪移来，仔细一看，原来是军团蚁在下面托着这些干树叶行进。干树叶被托运到岸边后，很多军团蚁爬到了上面。接着，另外的军团蚁把这些“坐”满了军团蚁的干树叶推到了小溪中。

一些“树叶船”被流水冲翻了，上面的军团蚁落水了，但不少的“树叶船”却成功地把军团蚁送到了这边岸上。一只军团蚁动作很快，一下子爬到一人脚上，蜇了他一下，他痛得发出了一声尖叫。众人无不心惊肉跳，连忙撤退。

跑远了之后，苏义及同伴们惊魂未定，用望远镜观察军团蚁们，只见它们已经过来了许多，苏义相信军团蚁用“树叶船”这个法子来运兵，可以把大部分的军团蚁都运过来，即使损失了一部分，它们也能通过蚁王产卵孵化，很快又可增加几十万只军团蚁大军新成员。

众人如果这样任凭军团蚁“追杀”，仅是心里的恐惧感就足以让大家承受不起。于是，大家决定呼唤直升机前来救援，通过雷达发射器联系，两架小型直升机终于及时赶来，让他们“胜利大逃亡”了。

林冬冬摘自《科学之友》 图：黄煜博

一位短跑运动员的孤独

@[日本]渡边浩二 著 曾妍泽 译

我仅仅是为了短跑而诞生的一位男子而已。从我诞生之日起，我的短跑命运就已经决定了，这一点千真万确、毋庸置疑。

我的父母曾是奥运会百米短跑冠军。可是，我从来就没见过他们。父亲是我出生很久以前那个时代的运动员。可是，他创造的世界纪录至今仍未被打破。母亲是我出生数年前，在体坛上非常活跃的一位运动员。据说，她刚过全盛时期就不幸死于非命。不过，科学家成功地从母亲体内取出了仍存活的卵子，并作为政府的财产存入“卵子银行”。不久，遗传基因电脑管理系统发出了“可以结合”的信息，即“具备了十分匹配的精子和卵子”。

也就是说：计算机把一直冷冻保存的父亲的精子，和前不久登记的母亲的卵子的遗传基因数据计算后，得出了如下结论：能够孕育出一个具有百米跑最佳素质的婴儿。

为了能创造出百米的最好成绩，计算机就理想的人体条件进行了数万个数据的模拟试验。如：最佳足长、肩宽、肌肉的成分与结构、动态视力等，最后查明了究竟什么样的人种的遗传基因特性才能满足上述条件。这种理想的遗传基因组合在资料情报中心终于凑齐了。在符合《运动遗传基因保护法》的前提下，政府决定进行人工授精，然后由指定的女子来孕育、生产。

从那之后，我就在国家的设施中长大。至今，我摄取营养、排泄等一切都在计算机的控制之下进行。我是根据国家的体育政策而诞生的超级运动员，在短跑方面是完美无缺的。我体能的高峰期与下次奥运会的举办时间正好相符。

14．答案：常见的有消炎痛、布洛芬、芬必得、消炎喜康等。

当然，像前文所述的那样诞生长大的人并不仅仅我一人，本次奥运会就有许多这样的选手参加。如：身高三米的篮球运动员、体重三百公斤的无差别级摔跤运动员，或者脚像鱼鳍那样巨大而扁平的游泳运动员等。他们都像我一样，是通过遗传基因计算而培育出的试管婴儿。在奥运村，常常会因与形态怪异的人相遇而大吃一惊。奥运会眼看就要变成超人大会了。

然而，在这类运动员当中，有一个人却格外引人注目。他的打扮很怪异：全身裹着黑披巾，头上也蒙着头巾，只露出两只眼睛。他经常与一个教练似的人在一起，从不到食堂与大家共同进餐，或是开开玩笑聊聊天什么的。我不时能见到他，但令人不解的是：他总是扶住教练的肩膀，摇摇晃晃地走路。

据说他是东亚一个小国的短跑运动员，可奇怪的是，他从未到过训练场。我想：难道他得了连路都不能走的重病吗？那为什么不去医院，而是悠闲地待在奥运村里呢？

有一次，我终于忍不住问他：“您的腿是不是有什么病？”

“不是……”他的教练微笑着答道，“请您别太在意。他是克隆人，所以身体的形态有点变化。”

他自己什么也没说，只是用那黑头巾下闪光的眼睛瞥了我一眼。

身体的形态？确实，克隆人中有由于遗传基因的组合不同而身体发生异常变化的人，并且能在比赛中大显身手。比如：有的游泳运动员在水中能够像鱼儿一样自由自在，上了陆地却不能站直。

他和我一样是短跑运动员，可为什么是这副怪样子？仿佛连走路的功能都要失去的身体，能跑得快吗？他还把全身都遮掩起来……他究竟是什么种族的后代呢？

解开疑团的机会终于来了。那是百米跑预选赛。我和他被编在同一组，并且跑道紧挨着。他与往常一样，被教练搀扶着摇摇晃晃地来到起跑线，摆好了起跑姿势。发令枪响了，观众们顿时沸腾起来。我竭尽全力地奔跑，尚不知道沸腾的原因。可是不久，他的身影突然出现在我的斜前方。多么惊人的速度！一眨眼，我就被远远地甩在后面。

咦？他正像动物似的手足并用地奔跑着！我简直不敢相信自己的眼睛，大脑也仿佛麻木了。这时，我突然发现他的运动裤后面有什么东西露了出来。

是条尾巴！

夕梦若林摘自《译林》 图：恒兰

人生很好玩，但有时也很丧

@[俄罗斯]安东·谷迪姆 绘　杨静怡 译

小祺摘自《人生很好玩，但有时也很丧》湖南文艺出版社 浦睿文化出品

上午抢茅台，下午抢豪宅，回家粘破鞋

@丹萍

抢茅台，放弃！

我定了一个闹钟，到了十点钟，打开手机去电商平台抢茅台。

我既不知道茅台平时多少钱，也不知道茅台的股票涨了多少，我是一个连喝广州的菠萝啤都上头的人。不但我这样，我们全家人都这样，酒精不耐受。

以前过年，我们一大家子人就买两瓶啤酒，每人倒一点，还碰杯碰得叮咣响。

嫂子我敬你，今年你辛苦了。

姐夫我敬你，上回多亏你了。

一顿觥筹交错。最后大家往往豪迈地说，把杯里的酒都干了！大家一仰脖，把杯子里分到的那点啤酒一口气喝了——就这样，还会有好几个人脸红红地说，有点上头，得歇一会儿。

但听说大家都在抢茅台，我就觉得也要参与一下。而且李默说，你抢吧，你抢到了我加1000元收购。1400的茅台，卖给他2400，利润率71%。这是暴利啊？

我看很多人在网上问，抢到了怎么变现。和普通网友相比，我已经有了变现渠道，说明我的抢购行为并不盲目，抢起来啊。

抢购不那么容易，首先你要是会员，其次你要下载App，再次你要先预约。即使这些在71%的利润驱动下我都做了，十点钟打开手机，还是都没看到茅台一眼，就被抢光了。我试了一下，换沈阳老妈家的

15．答案：患胃病而又必须服用该药时，可饭后半小时，或与胃黏膜保护剂同服。

地址也不行。换了一个张祺家北京的地址也不行。

放弃。

抢豪宅，晚了！

下午经纪人爆料说，我喜欢的小区，有业主急售一套房子，比市场价低100万。

我没在意，说得膨胀一点，看房子时间长了，对100万都不敏感了……

经纪人说，要算啊，你赚100万有多难。我拿好抢茅台的手机出门。

房子在出租，租客只预留了一个小时的时间给大家看。

说起买房的经历，真是一言难尽。在卖房的平台上，眼看着业主一天50万一天50万地加价。优质物业，是卖方市场。路上经纪人和我说，这套房子业主要求全款。知道我没有能力付全款，所以让我有个心理准备，一定要拼下来啊，春节过后，绝对再涨10%。

他远远地指着我喜欢的小区说，你知道吗？十年前，很多人是刷爆所有信用卡交了首期，你看看人家现在（再看看你）！

我看看我，就是永远比想要的房子少10%的首付。以前少5万，后来少50万。反正永远够不到。

说好了三点钟看房，三点钟我们到了小区大门外，已经有七八个经纪人，带着七八组买家在等。到了四点钟，人群才一阵喧嚣，说租客已经开门了。大家依次而入。

轮到我进去时，上楼遇到清洁工，清洁工站定，认真地说，你好。

啧啧，洋气。

我和租客聊了一会儿，是一个好看的小姑娘，她说工作特别忙，根本不想从公司跑回来开门。经纪人都叫她李总。

李总把房间打理得很漂亮，地上铺那种长长白毛毛的地毯，沙发是那种特别宽的，像半个床，我这种小短腿坐上去，小腿根本耷拉不下来，只能悬在那里。

因为家里有一些直播灯，我估计她是从事和直播有关的行业。她多少是有些不耐烦的，毕竟我们这些看房的，也打扰了人家的生活。

可能和这个房子用于直播有关系，特别吸引人。我感觉一起看房的几组人都很心动。经纪人也催我，要定下来啊，要立刻交诚意金啊。

看了房，本来约了人谈点工作，但一点心思都没有，一直拿着手机，在四处筹钱，买房的钱是准备了，但全款没准备。人一下子处于一个特别亢奋的状态，一举到位，我要全款买豪宅了，恨不得把这个消息通过电波传遍世界各地。

想到自己要因此背上巨额债务，一会儿很慌，一会儿又觉得很励志。我的退休生活结束了，我得重回职场啊。

盘算了一个多小时，心里一轮轮春夏秋冬，阴晴圆缺。终于给经纪人打电话，气壮山河地说，买。

经纪人说，不行啊，姐，人家看完房就打了业主电话，现在已经去签约了。

粘破鞋，好了！

回家的路上有点沮丧，我估计老了会和人吹牛：本来想一举买下豪宅，结果被人抢走了。如果我买了，哼哼。

想到这个场景有点心酸，为什么要考虑一个小时，应该先不顾一切把房子拿下来，也许能改变命运。

我像追球的狗一样左冲右突。

一方面我庆幸自己没有因为冲动，背上巨额债务。一方面也觉得自己还是太穷了。看到了有钱人的生活，很不平衡。

那10%的差距，努力到退休，还跳不上去。

回到家看到娃在用强力胶水粘他的手办。

没来头火大，我说：你想好了将来做什么工作吗？

他说：没想啊。

娃把碰坏的手办粘好了，微型神奇宝贝又站在了虚拟的水帘洞里面了，根本看不出来有裂痕。他围着他的手办又唱又跳，一点没感受到我抢房失败引发的情绪变化。

再说下去，肯定是两败俱伤。

需要冷静。我找出开了胶也没舍得丢掉的运动鞋，把娃剩下的强力胶注入开裂的地方。开始怎么也粘不住。鞋底一点点挣脱胶水的束缚，扯出一条条白丝。

娃说，妈妈你要压紧啊。

两双鞋，三只抹了胶，两只手，我怎么压紧啊。

我把两双鞋都穿在了一个实木椅子的脚上，椅子很重，稳稳压着。我坐在上面刷了一会儿手机，看到今天下午我没抢到的豪宅，真的下架了。而我预约明天的茅台，已经也有几十万人同时预约了，估计还是抢不到。

放下手机，搬开椅子，鞋开裂的地方已经牢牢弥合，又可以穿了。

不管怎样，抢救了两双鞋。省了今年买鞋补鞋的钱，心情好多了。

大彬摘自《北京青年报》

图：小黑孩

对一只狐狸怀柔

@ 陈彦斌

不速之客

几天前，王永浩告诉过我，说他看见一只火红色的狐狸在鸡舍附近转悠，要我当心点。当时我并没有太在意。没想到它到底还是来了，而且还一下咬死十几只小鸡雏儿。我当然不能眼睁睁地看着我辛辛苦苦养大的鸡变成狐狸的盘中餐。第二天早晨起来，我买回了十几米铁丝筛网，把所有气窗全部钉上，又和了一些泥，把墙根所有的窟窿全部堵死。谁知道没过两天，狐狸再次偷袭了鸡舍。

我勃然大怒，既然你不仁，就别怪我不义了！我买了一些鼠药制成毒饵下在鸡舍的外面，布下了天罗地网，只要狐狸再敢来偷鸡，定叫它有来无回。说来也是怪了，从我暗布杀机以后，连着几天狐狸都没有来。就在我忘乎所以，暗暗得意之时，狐狸再次偷袭成功，又有几只小鸡雏死于非命。我当然不能听任狐狸这样咬死我的小鸡雏而无动于衷，更不能善罢甘休！听说农场的第十生产队有位下夹子的高手，不仅夹子下得十分诡秘，而且放在夹子上的诱饵是用奇特的祖传秘方炮制的，别管什么食肉动物，只要闻到诱饵的香味儿，没有不踩在夹子上的。我风尘仆仆地赶到第十生产队，许以重金把那位高手请来帮我下夹子。

从下了夹子以后，连着好几天狐狸都没来。我心里暗暗地想：只要你敢再来，何患捉你不住呢！一天早晨，我从后窗往外一看：有一只夹子真的翻了。可令人奇怪的是，夹子竟没有夹住狐狸。我忙跑出去想看个究竟。

到了夹子跟前，差点没把我的

鼻子气歪了。那盘夹子是翻了，当诱饵的死鸡也被狐狸拖走了，可夹子上竟连根狐狸毛都没夹住。知道事情不好，当天晚上我睡觉格外觉醒，一直支棱耳朵听着外面的动静。半夜时分，果然又传来鸡雏的惨叫声。等我跑过去，狐狸早已溜掉了，只发现一只刚刚被咬死还没有来得及拖走的死鸡。

怀柔政策

我一时沮丧到了极点，王永浩见我难受，出主意说："咱们不能再这样和狐狸对着干下去了。俗话说，吃人家嘴短，拿人家手软。咱们也不妨搞点'怀柔政策'，喂喂它，说不定它吃了咱们的东西，再不来偷鸡呢。"

我已经把能想的办法都想到了，也实在没有别的招数了，也只能按照王永浩的办法试试看了。

第二天，我买回来一块牛肉，割下来一小块扔到鸡舍外面的草地上。当天晚上狐狸没动那块牛肉，可也没有到鸡舍去偷鸡。连着几天，那块牛肉一直还在那儿放着，狐狸一直没有碰它。直到第六天早晨，那块牛肉才没了。

还真别说，从我给狐狸放食以后，再没有发生过丢鸡的事情，看来王永浩这个"怀柔政策"还真好使。从那以后，我时常给狐狸放些食物，却从来没有见过它，也不知道那只狐狸到底长得什么样？

一天傍晚，我一个人在鸡舍后面的草地上散步，忽然听到草丛中传过来一阵细碎的脚步声，那只我一直没见过的狐狸终于出现了。它从一丛乱草窠子里钻出来，在离我十多米的地方站住了，歪着脑袋打量着我，踌躇不前。我也仔细地看着那只狐狸：尖尖的下颏儿，白面颊，黑黑的圆眼睛，披一身金黄色的毛。长得确实很漂亮，十分招人喜爱。我赶紧回到屋里，拿块肉扔给它。它看了一眼我扔过去的肉，并没马上过去，仍旧歪头打量着我。我们这样对视了好一会儿，见我确实没有一点

16. 答案：尽量不要，它会诱发或加剧胃溃疡，甚至引起出血或穿孔。

恶意，它突然几步蹿到那块肉前，张嘴叼起来，然后迅速地消失在了草丛中。看着它那慌慌张张的背影，我笑着骂了句："胆小鬼！"

这样过了一段时间，那只火狐狸不再怕我了，它时常到鸡舍来瞪着眼睛看着我，朝我要东西吃。当我把肉扔给它时，也不像原来那样叼起来就跑。每次都是当着我的面把食物吃干净，然后舔舔嘴巴才慢慢地离开。

再逢老友

这一年，它最后一次出现在鸡舍，已经是隆冬季节了。我把养的最后一茬鸡卖掉，准备和家里人一起过年。可是每当闲暇的时候，我自然地又会想起那只狐狸，也不知道在这个数九隆冬的季节里，它到哪儿去寻找吃的东西呢？为此妻子笑着问我说："你是不是被那只漂亮的狐狸给迷住了？"

我对妻子说："你不知道它长得有多么可爱！要是看见它，保准你也会喜欢它的。"

听我这么说，妻子还真来了好奇心，非要陪我到养鸡场去看看那只狐狸。可我们去了几次也没见到，只是从雪地上留下的脚印知道，它确实曾到我的养鸡场来过。

过完年，天气一天比一天暖和了，我又一个人回到养鸡场养鸡，也希望能再看见那只久违了的火狐狸。可不知道是什么原因，那只狐狸却一直不肯光顾我的"寒舍"了。转眼间，一个多月过去了，我养的头一茬鸡也长到两斤来重了。这天我正在鸡舍里喂鸡，听到外面的王永浩在和什么人说话："你来了？"

我以为是有人来预订肉鸡的，忙迎了出去，没想到外面来的竟是几个月没见到的老朋友——那只火狐狸。不过这次它不是自己来的，还领了四只前蹿后跳的小狐狸。看到老朋友领着它的孩子来了，我赶紧让王永浩给它们弄点吃的，好好招待它们。那只狐狸还真像我们邀请来的贵客，彬彬有礼地领着四只小狐狸把头凑近喂食的盆子里，边吃边抬头看着我们，直到把盆里的东西吃完，才领着它的孩子恋恋不舍地钻进枯草丛中。

那次它们走了以后，再也没到养鸡场来过。过后我时常这么想，那只狐狸可能是领它的孩子们来认认地方，好等它们长大以后，不要到这里来偷鸡吃吧？

狐亦情矣！

心香一瓣摘自《青少年科技博览（中学版）》

图：陈明贵

穿越回古代就能三妻四妾？结个婚都难！

@ 看鉴君

（文中设置了十处差错，你能找出来吗？答案见文末）

古人并不提倡早婚

与当今社会女性奉行晚婚晚育不同，古代女性似乎普遍结婚早，生孩子早。

在一般人印象中，古代女性大多十三四岁就结婚生子。其实，这只是一个笼统的说法，历朝历代的法定结婚年龄并不完全一至。

周朝人认为，男人应该在三十而立之时娶亲，女人应该在二十岁发育成熟时出嫁。几乎跟现代文明社会的规定完全一至。

到了春秋战国时期，烽火连年不息，各国都需要兵源，纷纷提倡早婚早育，婚姻制度自然也不再那么温情脉脉了。

首先对结婚年龄进行干预的便是春秋五霸之首的齐桓公。齐桓公为了富国强兵，增强综合实力，将齐国的婚龄调整为“男子三十成家，女子十五出嫁”。男性的婚龄没变，只是女性的婚龄下调了五岁。当然，这个时期虽然各国普遍降低了男女结婚的年龄，但是还没有太过份的强迫性质。

而真正强制干预结婚年龄的人，其实是越王勾践。勾践为了向吴国复仇，需要大量兵力，原本的男子二十岁、女子十五岁只是法定的最低结婚年龄，勾践直接把男子二十岁、女子十七岁定为最迟结婚年龄。也就是说，男女到了这个年龄，如果不结婚，就要向他们的父母问罪。简言之，勾践就是要把越国内一切适龄男女变成生育机器，为他生产奴隶，最终变成他的战争机器，战胜吴国，成全他的野心。

勾践的行为，为后世朝廷强力干预婚龄提供了样本。尤其是战乱时期或大乱初定，皇帝都会采取强制措施干预婚龄。

万年老光棍首倡单身税

汉初，因很多人死于秦末战乱，汉高祖刘邦为了恢复社会人口，强制早婚早育，规定到了一定年龄还没结婚就要罚款。

记住，单身税自古有之，始做俑者就是刘邦！但是，刘邦本人可是晚婚晚育的典型，谁让人家后来当上了皇帝！

其子汉惠帝刘盈时期，这种政策更是变本加历，“女子年十五以上至三十不嫁，五算”。十五到三十之间的女子，如果没有结婚，直接罚以五倍的赋税。

呵呵，不结婚？等着破产吧！

晋武帝司马炎果然不愧是玩出“羊车驾幸”的风流公子哥儿，规定“女年十七，父母不嫁者，使长吏配之”。老光棍们有福了，朝廷免费发老婆了。至于被官府官吏强行拉郎配的女子，只能默默认命了。

南北朝时宋武帝刘裕规定，“女子十五不嫁，家人坐之”，女子到了十五岁还不结婚，全家人一起蹲号子吧。

唐太宗时，“男二十岁，女十五岁以上无夫家者，州县以礼聘娶”，到了岁数不结婚，地方官府出面安排结婚对象。

“剩女”“剩男”古已有之

有早婚的，自然就有晚婚的。

中国历史上最有名的大龄“剩女”应该是女皇武曌的老妈杨氏了。

这位杨氏，出身很是不凡，其父是隋朝宰相杨达，伯父是大名顶顶的观王杨雄。只是，不知为何，这位典型的白富美，一直待家未婚。直到四十四岁那年，唐高祖李渊体帖功臣，才把这位大龄“剩女”嫁给了五十多岁的老鳏夫武士彟。

不过，隋唐提倡早婚，女子平均婚龄不满十八岁，杨氏这样高龄未婚的贵族女性毕竟是极少数，真正大龄“剩女”盛行的时代其实是宋朝，那时的女子真的是只有更晚，没有最晚。

宋代社会之所以出现女性奉行晚婚的状况，挑剔只是其中一部分原因，更重要的原因是当时的“厚嫁”风俗。

宋代女性如果没有一笔丰厚的嫁妆，一般是结不起婚的。

宋代的“厚嫁”究竟有多厚呢？

范仲淹在《义庄规矩》规定：“娶妇支钱二十贯，嫁女支钱三十贯，再嫁二十贯。”三十贯钱，在当时足够买几十亩地了。这样的嫁妆，不可谓不丰厚。

卖国贼秦桧结婚时，据说老婆王氏携带的嫁妆是二十万贯，这在今天堪比各种世记婚礼了。

在宋代女性普遍晚婚的同时，男人同样也不想早娶。所以说，宋代社会不但盛产“剩女”，还制造了很多“剩男”。

宋代男性不愿意早娶，则是因为当时的科举制度。

宋代的科举制度是“包分配”，只要考上了直接授于官职，完全就是“一考定终身”。如此好事，自然引得无数人趋之若鹜，“寒窗苦读数十载”，就为一朝中选，哪怕须发皆白，也绝不放弃。

于是，“榜下捉婿”的情况就出现了。每当放榜时，许多达官贵人和士绅富商争相拉着中举学子，想让他做自家女婿。由于竞争太过激烈，宋朝出现了罕见的“倒追”现象。为了钓住金龟婿，女方便大砸嫁妆，增强自身的竞争优势。

因此，“立业”便成了很多男人的第一选择。在他们看来，“先立业、后成家”才是最佳选择。只要中举,不仅能“翻身农奴把歌唱”，还能完美解决终生大事。

由此可见，“剩女”“剩男”古已有之，完全没必要大惊小怪。如果运气够好，成为武曌她妈杨氏那样的“黄金剩斗士”也不是没有可能。

扬灵摘自微信公众号看鉴

图：小栗子

《穿越回古代就能三妻四妾？结个婚都难！》参考答案

1. 茏统——笼统
2. 一至——一致
3. 过份——过分
4. 始做俑者——始作俑者
5. 变本加历——变本加厉
6. 大名顶顶——大名鼎鼎
7. 体帖——体贴
8. 世记——世纪
9. 授于——授予
10. 终生大事——终身大事

17. 答案：常见的有强的松、可的松、去炎松、地塞米松等。

你不当个健身教练简直亏了

@ 亲要一杯狗血吗

A 的宠物医院收到了一只被遗弃的猫。小猫咪其实还行，就是胖，三岁前减肥减下来，腿部关节压力不会那么大，不影响后续生活。

A 自己有生意，没办法照顾。而且胖猫丝毫不像别的猫那样胆小怕事，每天该吃吃该喝喝，也不想妈妈，反而让 A 更难过。想来想去，只能给一朋友打电话。这个朋友家境不错，有好几只猫；治好过猫瘟，控制住了好几只传腹的猫，财力精力经验都很丰富。果然，朋友欣然答应接受那只胖猫。

胖猫被接走后，就像一块肉垫子一样，融入了多猫家庭，而且它肉眼可见地瘦了，会跑来跑去跟别的小猫咪追逐打闹了。

之前可不这样，胖猫能躺着就不站着，能趴着就不坐着！

十个月后，胖猫瘦了四斤，它之前可是 20 斤的胖子！

A 请朋友吃饭，问怎么做到的。

朋友：饮食控制加运动。

A 大惊：那个胖猫根本不动的。

朋友：我自有办法。

原来，朋友家有一只收养的流浪猫，特别调皮，每天在家上高爬低，不是爬墙就是拆窗帘，一刻不闲着。别看流浪猫才 12 斤，它一身腱子肉，变成人一定是健身房常年撸铁的那种“肌霸”。流浪猫还有个特点，不光自己运动，甚至也要求别的猫跟它一起运动。最后朋友受不了，就把流浪猫关了单间，买了一堆器械玩具，自己嗨去吧。

所以，就像你想的，胖猫被送进了单间。

每天，通过监控看。

一大早，胖猫还在睡，流浪猫就已经嗨起来，不是跑大轮子，就是爬猫爬架，休息的时候就去摸胖猫屁股，骚扰得胖猫到处跑。

按理说，换了别的猫，早就烦死或者应激了，可胖猫，心宽体胖，就是觉得烦，也不生气，流浪猫扒拉它，它就换个地方。别看运动量就这么点，一天下来，被迫运动根本没闲着。

胖猫瘦了后，也加入了战斗大部队，每天早上开始，就跟着流浪猫嗨起来……

A 听完这个骚操作，忽然感觉吧……这流浪猫不变成人当个健身教练简直亏了。

摘自作者新浪微博

“普通以下”的爱情故事

@ 温血动物

缆车上的情人节

我和老胡第一次见面是在情人节。

不知道谁出的馊主意，二月的联谊活动竟然是爬山。爬到山上时发现人都下去了，只剩我们俩了。为了省钱，我们同坐一辆缆车。

我至今无法忘记，一百多米的高空，零下七摄氏度的空气，一望无际的石景山风光，还有冻得像两只虾球的我俩。在这辆“高冷”的缆车上，“高冷”的我和“高冷”的老胡互相不说话。我二十岁的情人节，就这样和一个素不相识的小白脸在缆车上度过。在封闭的二人空间里，气氛有些暧昧，但我们谁都没有和对方搭讪。

下车之后，我跟他一路并排往山下走。老胡忽然低头看我，我抬头看他，四目对视，我满脸通红，恰似一朵油菜花不胜凉风的娇羞，然后老胡转过头去，一阵恶心。

之后老胡的脸色惨白。

我内心一惊，难道我已经丑到男人看了都要吐的程度了吗？

老胡蹲着问我：“有纸吗？我恐高。”

后来我就和老胡在一起了。

没有钱的情人节

我们的第二个情人节，老胡说带我去南锣鼓巷玩。

老胡一带我出去玩，我就替他操心，因为我知道他兜里没几个钱，他从小的愿望，就是在肯德基光吃鸡翅能吃到饱。校门口那家黄焖鸡米饭的老板娘，一见我们就如临大敌，白眼能翻到天上去。因为我们经常两人点一小份黄焖鸡，我负责吃肉，老胡负责吃汤泡饭，一碗汤泡五碗饭。后来这家店没撑到我们大学毕业就倒闭了。

我和老胡在南锣鼓巷逛来逛去，饿着肚子，牵着手，觉得我们超然物外，不染凡尘。老胡指着四合院里晾衣服的大婶，说："以后咱们就过这种普通人的生活，斯是陋室，惟吾独馨，养花种草，我们就这样平平淡淡地过下去。"

我说："你看看那牌子上写的什么？"

老胡说："房屋出售，价格……天哪，四千万？"

我说："是四个亿。"

老胡沉默了，那一年的情人节之后，老胡往图书馆跑的次数也变多了。

毕业那年情人节，我和老胡去北戴河看海。

从沙滩回来的时候，我们满腿是泥，附近找不到水龙头。老胡说让我等一会儿，然后他一溜烟儿跑了。回来的时候拎着一瓶矿泉水，蹲下来为我冲脚。

老胡平时舍不得喝饮料，也从来不买矿泉水。每次都拎着保温瓶回宿舍，在图书馆打一瓶开水，因为图书馆的开水不要钱。

我急了，说："矿泉水拿来洗脚？家里有矿了啊？"

老胡一脸认真地说："会有的。"

我有点感动。想到毕业之后前途未卜，不知道跟老胡究竟能走到哪一步，就有些惶恐。但握着老胡的空矿泉水瓶，我心里又一阵踏实。我想，两个人真心相爱，有什么能把他们分开呢？这世上有什么不可能的事情呢？这瓶里面不就装着一片海吗？

普通人的情人节

工作后第一个情人节，我决定给老胡一个惊喜，偷偷买了从北京到上海的火车票。上车之前，我给老胡打了个电话。

我说："今天一个人在家？"

老胡说："还能有谁，你又不在我边上，你呢？"

我说："我还能去哪儿啊？反正我又见不到你。"

沉默了五秒钟之后，老胡突然灵光一现，在电话那头大吼一声，说："我的姑奶奶，你快退票！"

我说："啊，你怎么知道我在车站？我不退，我要见你！"

老胡说："我的老天爷！我在北京！我在北京！"

结婚后第二个情人节，我和老胡已经在老家定居了。我经营一家花店，老胡创业做培训机构，我们在老城区租房，天台上种满了各种植物，下了班老胡回家洗衣做饭，我在阳台上浇水。

我们就这样熬过来了，其中经历的波折不必赘述，这一切都顺理成章。

> 爱情的本质从来都不是索取，而是付出。

情人节晚上，我们的餐桌上有蜡烛，阳台上晾着衣服，天气有些清冷，空气里是洗衣粉的味道。我说："老公，咱们终于过上普通人的生活了！"

老胡一脸感慨，说："是啊，以前都是普通以下。"

我说："以后就是普通的一家三口了。"

话音刚落，老胡的小白脸一下子涨得通红，他抱住我的肩膀，问："你再说一遍？"

我说："咱们家价值四亿的南池子四合院后继有人了。"

老胡试图紧紧地抱着我，又怕抱得太紧，最后握着我的手哭了。

以往这种重要场合，老胡都是哭着哭着就笑了，他总是乐天派，这一次，老胡笑着笑着就哭了。

正儿八经的情人节

2019年的情人节，我特意把儿子送到婆婆那里去了，想跟老胡过一个清静的情人节。

结果老胡加班，定好的看电影计划泡汤了。

我们从来没有正儿八经地过过一次情人节，由于我正儿八经地爱着他，他正儿八经地爱着我，我们不会因为一些细枝末节的仪式感而闹矛盾，甚至很少争吵。因为我们时时刻刻都站在对方的角度去爱。

凭什么情人节只能男生送花呢？想到这里我就不平衡了，我一个开花店的，满大街小情侣手里的玫瑰花都是在我这里纳过税的，想到这里，我捧了一束最大的玫瑰，骑着电动车去公司找老胡。

我想，等一下也要给他一个惊喜，站在楼下跟他表白，告诉他每天都是情人节，最后还要送他一束我亲手扎的玫瑰花。

刘振摘自微信公众号温血动物

图：豆薇

18. 答案：它是一种复杂症状，不是一种疾病，主要是指排便次数减少等症状。

冬夜的爱情

@张佳玮

两年前，回以前在上海的旧居附近见朋友，在一个馆子里等。两位服务生一男一女讲外地口音，坐在门口聊天。

男："你桌上几个菜了？"

女："六个，等汤呢。你几个？"

男："我上齐了。昨天晚上给你打电话没接呢？"

女："我跟同乡老妹喝酒去了。"

男："喝那么久呢？"

女："我酒量好！喝了十瓶。"

男："我酒量就不好。"

女："这说呢，人哪有十全十美的！"

男："这不我看你一眼就醉了。"

女的笑了一声，起身拍了男生脑门一下，拍拍自己的围裙："我去上菜！"

男生坐着抬头看了女生一会儿，歪了歪头，垂下眼笑了笑。

八年前，那时我还住在长宁附近。冬夜回家，看到路边一位老先生在卖棉花糖。我，一半馋糖了，一半因为上海冬夜的阴湿，难受得想象力丰富起来，生了恻隐之心，于是问那位老先生：

"您还有多少糖？给我做个大的！"

想着这样一来，他就能收摊回去了。

之后的情况超乎我想象。他老人家谢了我，一面真做了一个巨大的棉花糖，大到我得用举火炬的姿势举着——低手怕掉了，平端贴脸，平举胳膊太累了，只好举着。

这么大的棉花糖，当然没法在冬夜路上吃——我总觉得吃一口，脸都要陷进去。那只好拿回家了。

话说，这玩意大到什么程度呢？那会儿我街区的通宵便利店，到了晚间，两扇门只开一扇，当然还能容一人走进去，然而这宽度，棉花糖就进不去了。

只好去门脸朝街的水果店，买点水果，兼带着一点花生（我们那里，水果店还卖点小零食）。在店里挑水果时，自然也只能单手举着棉花糖。店里另两位顾客目瞪口呆地看着我。店主小伙子在收银台后面圆睁双目，柜台边一个姑娘看着吃吃地笑。

我挑好一只柚子去结账时，店主一边算账，一边时不时抬头看看。

我掏钱不易，右手举着棉花糖，左手掏兜拿钱包费劲，姑娘就接过去了，我谢了一声，掏钱；姑娘跟店主嘀咕了几句。

店主跟我搭话：

“这个……拿着，不太方便吧？”

“是，我也没想到会这么大。”

“吃得下吗？挺黏的吧？”

“估计吃不下，估计得吃一半扔掉。”

“我女朋友很喜欢这个，要不，你把这个给我，水果不要钱了。”

“行，谢谢了。”

于是店主接过棉花糖给女朋友：“你等我关门辛苦了。”我终于轻松了，拿了柚子回家。

转天去街角吃麻辣烫时，麻辣烫店的老赵还跟我说呢：前几天晚上，哎哟喂水果店的那一对拿了个大得不得了的棉花糖，吃一口麻辣烫，就一口棉花糖，哎哟喂搞得大家都看他们两个……

水云间摘自《新民周刊》

图：小柯

我成功地完成了一次追及题

@ 王小柔

我小学时候最怵头做那种追及题，一看条件脑袋就开始发蒙，多少道题都被我空在人生边上，数学能凑合及格真不容易。大概是因为对时间和追赶的概念太缺失，以至于成年之后想掐点儿干什么非常难，我现在开始后悔了。

因为是提前买了往返的机票，所以看着航空公司发来的短信，我认为已经把起飞时间记住了，不过是把晚上十点零五记成了十点五十五。热情好客的姐们儿忽然拎了二十只活螃蟹来，让我一定带走。于是，一大家子人还有围观的邻居开始指手画脚地设计这些活物该怎么上飞机。有人拿了一塑料袋冰块和泡沫箱子，把螃蟹装进去之后，好心的姐们儿怕螃蟹憋死，就给泡沫箱子来了一拳，生生砸出个坑。她家没有胶带，用最质朴的红绳子一圈一圈开始缠箱子，到最后一圈的时候，那一地的水啊，谁打这儿过都能滑一个跟头。冰全化了，姐们儿家的厨房已经变澡堂子了，到处都是水。

为了保证同飞机其他行李的安全，我妈发话了，必须换泡沫盒，必须用矿泉水瓶子装冰，必须用胶带。“三个必须”出台之后，人少了一半，到处踅摸这些东西去了，好不容易凑齐了，又开始给螃蟹换豪宅。我则撅着屁股在地上砸冰，然后抓起一把往瓶口里塞。

当我们蹚着水直起腰，姐们儿的父亲拿着汽车钥匙非常焦灼地看着我们，不得不一次一次催促“赶紧出发吧”。他坐在车前排很沉默，车开得飞快，我不得不燕语莺声地提醒："不着急。"那姐们儿大概实在憋不住了，问我几点了，我说："才八点半。"她一手拽着侧面的扶手，扭半拉脖子到后面问："你十点零五的飞机，现在都八点半了，有你这么掐点的吗？到机场怎么也得开一个半小时。咱就到那看看吧，飞机要不等你，再把你们拉回家。"我赶紧看了一眼航空公司发的短信，确实不是十点五十五起飞。

我妈数学比我好多了，立刻就尖叫着说："哎呀，也就是说现在到机场都开始办登机手续了，咱到机场正好能赶上这趟班机上天！"我在心里默默地给她的数学题打了个对勾，自言自语："那现在能怎么办呢？"姐们儿说："你问问你坐的那个航班能不能晚点吧？"说得跟要劫机似的。

可你说怎么就那么寸，就在大家焦灼不安的时候，短信还真来了，说由于航空管制您坐的那趟航班已经没起飞的点儿了。面对这样一个柳暗花明的信息，大家心里更没谱了。我想的是，不按时起飞我那些螃蟹怎么办，新盒子没给来一拳，不透气啊！我在黑暗里说："要不起飞，咱卷袖子打架去吧，问问他们凭什么说不飞就不飞了！"一车人没一个理我。

终于到了机场，办完托运，问地勤人什么时候能起飞，姑娘说："等短信吧！我们也不知道。"这也是个不会做追及题的姑娘。排队过安检的时候，我妈忽然发现还拎着中午吃剩的一盒水果沙拉，非让我当众吃了，我一看那稀汤寡水的沙拉酱就犯恶心，但我妈态度坚决，自己开始吃起来了。很快，她就住手了，我很纳闷，她把盒子举到我面前问："为什么水果沙拉里还放松花？"我一看，是碎的龟苓膏。赶紧说："大概大师傅觉得都是凉菜，拿松花提味儿。"我妈立刻穿过人群把手里的东西扔了。

飞机为了安慰我这个没时间观念的人，居然晚点三个小时，所有店铺都关门了，我又怕睡死过去让飞机走了，为了醒盹，我把羽毛球拍抽出来，在空旷的登机口前开始打球。路过的人觉得奇怪，"这也不是体育场，你们在登机口打球太潇洒了，您介意我们拍张照片吗？发微博用。"我兴高采烈地说，不介意，随后把每个发球动作都尽量做得标准优雅，照顾到身边好多镜头。

我成功地完成了一次追及题！

彼岸花开摘自《世界那么大，纯属撑的》

上海人民出版社　图：小黑孩

19. 答案：长期服用泻药会造成肠胃功能紊乱、影响肠道对营养物质的吸收。

远古人类小时候在做什么

@ 叶晴晴

70 万年前蹦跳的小大人

2018 年，考古学家在非洲埃塞俄比亚的一个山谷中发现了一串脚印，这些脚印上覆盖着火山灰，而这层火山灰的年代可追溯到 70 万年前。在距离脚印不远处是一个水塘的遗址，水塘边也发现了一些同年代的人类脚印和其他动物的脚印。考古学家推测，脚印可能是已经灭绝了的海德堡人留下的，他们也许是在狩猎。

对水塘附近的那串脚印进行分析后，考古学家惊讶地发现，这些脚印居然是两三个年龄可能不超过 3 岁的孩子留下的。从脚印上看，这些孩子当时可能是一蹦一跳走了一段路，然后停下来在原地跳或者踏步，似乎玩得很开心。

考古学家之所以惊讶，是因为从这些发现来看，古人类的成年人外出狩猎时可能带着幼儿，而在狩猎和宰杀猎物时，他们的孩子可能也没有大人看管。这意味着，当时的孩子可能时刻处于危险之中。在跟随成年人狩猎的过程中，这些孩子可能还需要通过观看、模仿来学习如何制作和使用工具、如何狩猎。

尽管由于生存压力，远古时代的孩子会更早自立，但是两三岁就要跟随成年人外出打猎，这样的发现还是极少的。相比之下，生活在现代社会的孩子们就幸福多了。

8 万年前在海滩上玩耍的孩子

2019 年，考古学家在法国勒罗泽尔发掘出了 257 个脚印化石，这也是迄今为止发现的最大的人类化石足迹群。这个遗址已经有 8 万年的历史了。从遗址来分析，当时一群人正一起走在沙滩上。

那么，在沙滩上漫步的是什

么人呢？考古学家对脚印进行了研究，他们发现，留下这些脚印的人的脚底比我们的要平，这符合尼安德特人的脚型特点，因此认定这些脚印是尼安德特人留下的。而这些脚印中有 88 个是完整的，长度在 11.4 到 28.7 厘米之间。通过脚长，考古学家估算出这群人的身高在 74 厘米到 185 厘米之间。考古学家推测，这群人中有两三岁到十来岁的少年儿童，也有成年人，其中大部分是少年儿童。

根据先前的研究，尼安德特人的群体应该是大部分为成年人，少数是未成年人。这让人感到困惑，为什么这个在海边漫步的群体中未成年人的数量占了多数？目前这个问题还没有答案，考古学家提出了一个温馨的观点。他们认为，这群人中的孩子可能是在海滩上玩耍，他们可能在捕捉被冲上岸来的动物，也可能在玩沙子，而那一两个成年人只是过来喊他们回家或者恰巧路过。看来，8 万年前尼安德特人的孩子的童年还是很愉快的。

2.6 万年前的探险少年

法国的肖维岩洞内保存着一些世界上最古老的岩画。2016 年，考古学家在洞内发现了岩画之外的东西——脚印和木炭痕迹。

通过对脚印的研究，考古学家发现，留下脚印的是一个年龄在 8 到 10 岁、身高约 1.4 米的孩子，他／她走入洞内，并在洞内四五十米深的地方停下了脚步。而这个孩子走入洞内的时间大约是在 2.6 万年前。令人惊讶的是，那个孩子的脚印旁边还有一串动物的脚印，那是狼或者狗的脚印！在延伸的脚印边，考古学家发现了两处木炭的痕迹，而在木炭痕迹边的脚印显示，那个孩子滑了一跤。或许正是因为滑倒，孩子手中的火把掉在地上才留下了木炭的痕迹。看来，那个孩子可能是带着照明工具和自己的动物伙伴一起到洞内探险。

在我们的印象中，化石主要是骨骼、贝壳或者古生物遗体等，这些化石向我们诉说着远古的历史。而脚印化石很难保存下来，即使保存下来，脚印的痕迹也很难反映留下脚印的生物的完整信息。但是脚印化石却能告诉我们一些“活动”的信息，比如留下脚印的人正从哪里走向哪里，他可能是去做什么，他在路上遇到了什么事等。正如上文中，我们从脚印看到了远古人类的童年缩影。

秦笑贤摘自《大科技·科学之谜》 图：恒兰

挽留

@刘心武

因为小健期中考试成绩提高不多，他妈妈决定辞掉来做家教的大学生王郦。那天下午是王郦来进行最后一次辅导——分析期中考试的各科试卷。

小健和妈妈去了趟附近的商厦，回家时刚好和王郦相遇在街角。他们相互打招呼时，街角那儿有个突发事件——一辆运送果品的带斗汽车在拐弯时，因为上面纸箱没有固定好，最高处的一只纸箱跌落了下来，并且立即裂开，滚出了许多猕猴桃来。开车的司机并没有发现，车子飞快地驶远了。这时就有一些路人去捡拾那些猕猴桃，有个骑自行车的男子，捡了不少抱在胸前，摇晃着身子，往自行车前面的铁筐里装，那自行车就停在小健身旁的马路边。小健驻足观望，妈妈拽着他的胳膊拉他回家。母子俩和王郦一起进了家门。

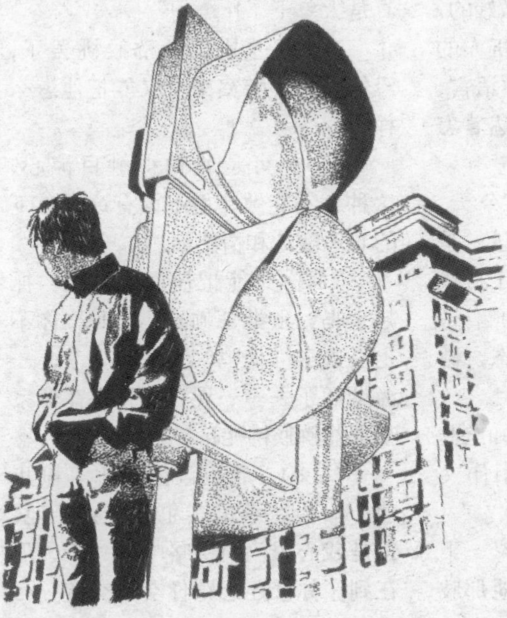

王郦和小健在那边屋里，小健妈在厨房里准备晚饭。这是最后一课，事前已经在电话里跟王郦挑明。小健妈跟出差在外的小健爸通话时，他对她说："现在愿意做家教的大学生有的是，物美价廉，任咱们挑选，王郦既然没能让小健提高几分，好说好散就是。"是呀，散是散定了，一会儿怎么说好，且打打腹稿。

小健妈到厅里餐桌旁坐下择菜，耳朵里捕捉着那边屋里的声息。

王郦正在给小健分析语文试卷。

只听小健说："……你跟我说这个干什么？卷子上又没有……"

是不是因为反正就要撤退了，王郦在胡乱敷衍？小健妈把身子侧得更厉害些，择菜的动作仿佛电影里的慢镜头。

王郦在说："刚才楼下，街角那儿，那个捡猕猴桃的人，离咱们好近，是吧？你注意到他的肢体语言了吗？肩膀左右晃悠，头也一扭一扭的……要知道，人的修养、品格，不仅体现在语言上，也不仅体现在面部表情上，有时候会更多地体现在肢体语言上，那是很微妙的，你从小就应该懂得观察、分析人的肢体语言……你说，他那肢体语言，加上那脸上的表情，是在传达着怎样的意思？……"

"我知道，他是在说：今天，真捞着了呀！他高兴得不得了！是呀，买彩票得大奖，总还掏了点钱呀，他那些猕猴桃可是白来的啊！"

"你对他的这种精神状态，做怎样的评价？"

"嘿，他不对呗，这谁不知道？怎么，要我就这件事写篇小作文吗？考都考完了，还模拟什么？"

"……我只是想跟你交流一下内心的感受。你知道我看见他那肢体语言，很受刺激。过去上语文课，老师也给我们解释过这些词语：卑微、卑下、卑贱……那个人也许并不是非常糟糕，社会上一些人比他更污糟，不是还有刑事犯罪的吗？我是想，我们这样家庭的学生一般对刑事犯罪是深恶痛绝的，但是对人格的自我把握，有时候就不那么自觉，比如看到这样一个捡猕猴桃的人呈现出那样一种'呀，今天可让我捞着了'这样的肢体语言，如果只是觉得有趣，或者竟然麻木不仁，那就不好了……我觉得我们应该从心底里发出一种鄙夷，那个人真是太卑下了！……"

"他不过是捡了猕猴桃罢了，没偷没抢，警察来了又能把他怎么样？"

"……可是我觉得触目惊心。这种事不能做，更不该有这样卑下的心理活动和情感表达……"

"那你又能把他怎么样呢？抓起来吗？狠批一顿吗？当时，你不也没去干涉他吗？人家骑上车，一溜烟远了去……现在，肯定在他家吃那些猕猴桃呢！"

"是的，我也没能站出来制止他……为这事确实犯不上去抓他，但是我心里当时'咯噔'一下，现在到了你家还想跟你交流交流……

20. 答案：大黄、何首乌、番泻叶、决明子等，它们含恩醌类成分，长期服用会造成黄疸。

我知道自己很渺小，连这样一个家教的事也不能取得明显的好效果，但是我已经决定，一旦走上社会，我不仅要干预卑鄙的行为，更要努力去教化卑下的灵魂，那是20世纪初，鲁迅先生就开始努力去做的事情……而且，我也相信，在这个过程里，自己的灵魂也会得到净化……唉，对不起，我说这些你听着吃力吧？”

“我听不大懂，可是很好听……”

“你愿意听我很高兴。其实怎样才能提高作文水平？对生活，对人，像今天的事情，那样的肢体语言，能在心里头引出比较多也比较深的、动感情的思考，是第一位的，写作技巧当然也重要，但那只是个技术性问题……”

小健先把目光移向门边，王郦随之也扭头望去。是小健妈系着围裙，一手抓着门框，一手下垂，眼里有湿润的光。

那回没成为最后一课。王郦走后小健妈跟小健爸通电话时说：“我挽留了她。你回来我跟你详谈。”

彼岸花开摘自《微型小说选刊》

图：黄煜博

熊猫减肥记

@漫画无聊的冰块

摘自微信公众号漫画无聊的冰块

红邮戳

首发

@马金章

【作者寄语】微型小说是一门渴望发芽的艺术，语言的养分将故事的嫩芽抽成青翠的藤蔓。藤蔓在情节的棚架上攀附，盘桓成一架供人心灵小憩的绿荫。

木森上了门前的酒红色宝马轿车。

轿车像夜幕上的一颗流星，悄然迅疾地向前滑行。

木森左手摩挲着放在双膝上的红木小盒，右手打开手机，屏幕上跳出一枚等腰三角形红邮戳。邮戳盖在牛皮纸信封的右上角。

倪虹知道他看什么，说：木总，我还没摸清这枚红邮戳背后的故事。她语气里含着一丝自责。

木总赞许：你发现了红邮戳，已令我刮目相看。

圈子里的人都说，市长杨岭岩是一头油盐不进的石羊，目前，还没人找到能把他煮熟的那把火。木森不信，最好的火是投其所好。知其所好，煮熟可待。那天，倪虹去杨市长办公室送项目投资意向书，他办公室墙上挂的玻璃镜框里镶的一个盖着三角形红邮戳的信封引起了她的注意。事后，她通过渠道知晓杨市长家中客厅的墙上，也挂着一方类似的镜框。他和倪虹据此认为，他们找到了煮熟石羊的那把火。

进了杨市长家，木森看到了客厅正面墙上挂着三方镜框：左边镜框里，镶一盖着红邮戳的牛皮纸信封，收信人是其父亲杨崇德，而他办公室那方镜框里镶的信封上的收信人是他妻子池清漪；中间镜框里，镶嵌着市长父亲的照片；右镜框里镶的信封右上角，是一枚盖着圆形黑邮戳的鬼脸币邮票。

木森将红木盒子里的古钱币邮票册捧给市长。市长脸上洋溢着惊喜：这套邮票，是1936年为纪念中华邮政成立40周年发行的，共40张，张张都是不同朝代的古币。整套邮票存世奇缺，邮市价格不菲。

木森点头：送您做个纪念吧。

21. 答案：合理膳食，适当多吃粗粮、果蔬；每天喝1.5—2升水；适当运动，放松心情。

市长没接话，起身去了里间，回来左手拿个纸盒子。他从纸盒子一端取出一枚鬼脸币。

鬼脸币在市长手里变幻着青黄绿黑的光芒。表面镇静的木森，心里陡生不安：市长连真实的鬼脸古币都有，能看上我苦心找到的这套邮票吗？

市长从纸盒子里拿出一个厚墩墩的集邮册一样的本子，里面夹着一幅幅邮票大小的黑白古币拓件。市长一边翻动本子一边介绍：这本古币传拓，汇集了东周到金朝长达1800年不同时期的我国古币拓件。市长抬起头，将目光移向木森的邮册：你这套邮票的币种，这本子里都有。

木森心里一惊。

但你这套珍贵的稀世邮票，我没有。

木森心中暗喜：如能给您添补邮册，木某十分荣幸。

市长不置可否，平心静气讲了一个故事：那年，家父在家院打红薯窖，挖出一口大瓮。瓮中装满不同朝代的古钱币400多公斤。父亲认为，地下文物归国家所有。他就将这些古币全部交给了市文物局。为表彰父亲的献宝行为，组织上给他开了奖励大会，还让他选十枚古币留作纪念，他仅选了一枚楚国鬼脸币。事后，文物部门赠送给家父这套古币传拓。

后来，我国又重新发行一套中华古币邮票，第一枚便是鬼脸币。从此，我邮寄信件，用的都是这种鬼脸币邮票。那年，我收到父亲邮寄的一封挂号信，打开一看，里面装的竟是我十多天前邮给父亲和妻子信件的两个信封。我很纳闷，仔细一看，信封上没贴邮票，右上角盖的是三角形红邮戳。原来，连部通信员送信到团部收发室，我给他的邮票忘了带，他顺手盖上了三角形红邮戳。三角形邮戳，是义务兵免费投递信件的凭证。而我是连长，按规定是不能享受这个待遇的。父亲邮来这两个红邮戳信封，是对我的严厉批评啊！转业到地方后，我将这两枚红邮戳信封分别镶嵌进了镜框，一方挂在办公室，一方挂在家中。以此告诫自己：不贪不占，防微杜渐。

市长将茶几上的古币邮票红木盒子往木森面前一推：这套邮票，我不敢收，不能收，不会收。但请你相信，我会公正处理项目事宜。

深受感动的木森看着墙上挂着的市长父亲的照片，起身向老人深深鞠了一躬。然后，又给市长鞠了一躬。

首发

同一个瞬间

@马金章

周末，连队到团部大礼堂看电影，炊事班王奇要求留下值班。他军体训练中单杠不过关，想值班时给自己开小灶。

王奇将肉架子上的几个挂肉钩往一头拢拢，一耸身抓住了架子上横着的钢管。引体向上，曲腿，空翻……正练到兴头上，眼前霍地一亮，随之，他什么都不知道了。

王奇做单杠的时候，营区不远处的小村里，一个名叫石头的十多岁孩子去山泉担水。他担了水走到村头一棵大槐树下休息。石头坐了一会儿，起身将勾担挂在头顶的树枝上，他把勾担当成攀杆往上拔起来。他先用双手往上攀了两次，然后，独臂单手变换着花样噌噌往上攀。天骤然黑下来了，接着满世界陡然一亮，勾担两头的铁链子哗啦一阵狂抖，石头便随着响声飞出去了。

王奇看到那刺眼的闪亮后，紧跟着而来的是一声撕天裂地的雷鸣。这声音到来之前，闪电的巨手将王奇甩了出去。他被甩到墙角的一口大铁锅上，锅沿儿切进他的臀部。血，突突从伤口涌出来。

被甩出好远的石头醒来后，他最担心的是自己的头伤了没有，抬手一摸，没感到头的存在。他慌了，疯了般往村中跑，一边跑一边惊恐地喊：我没头了！没头了！

石头跑到村口被两个汉子拦住。其中一个对他猛一声喝：没头你咋胡球喊？

他听了一愣怔，接着咕咚一声栽倒在地。

在师医院，失血过多的王奇昏迷着。

献血室的外厅，站着两排争着献血的战友。

苏醒过来的王奇面对陌生的环境，不知到了哪里。当他看到输液架上的血浆瓶、输液瓶和医生白大褂领口露出的红领章时，他的眼里一下子噙满了泪水。

石头被送到附近的师医院。

民防小知识 1. 列车发生追尾事故时，第一时间保护头颈。

赶到医院的娘，看到儿子醒来后，哭着说：儿呀，娘不该让你去担水，不该让你去担水呀。

石头偎在娘散发着汗腥味儿的怀里说：儿该担，该担哩。

石头出院回家后，娘的心里才真正沉重起来：儿子被老天爷打了，这绝不是好兆头。

为给儿子驱邪避灾，石头娘来到村头大槐树旁的土地庙，祈祷尊神保佑儿子平安无事。

王奇康复归队后，不少战友说：命大撞得天鼓响。王奇是个大命人哩。

王奇听到这话，心里泛起诗意的波纹：天幕是鼓面，命运是鼓槌，雷鸣就是天鼓爆出的响声呢。

他心想：要说我命大，是大。我脉管里，流着好几个战友的血哩。这样想着，王奇干起工作来，身上总有使不完的劲。后来，他在抗洪救灾前线入了党，接着考入军校，毕业后被任命为副连长。

石头遭过雷击之后，村中人见了他就像躲恶魔一样闪开了。平常，村里谁恨谁了，就会发毒咒：总有一天让雷劈了你。谁蒙受了冤屈，为洗刷自己就发毒誓：我要那样，天打五雷轰。小村有史以来，石头是遭受天打雷击的第一人。尽管村人知道石头此前不是坏孩子，恐怕老天爷掌握他的运数，知道他今后不是好人，在提前教训他吧？要不，就是石头上辈子作了孽，这辈子上苍在惩罚他呢。

村人怕见石头，石头更怕见村人。他感到人们的眼神比闪电还可怕。他还特别怕打雷，甚至听到鞭炮声，都疑心是雷响，吓得他浑身瑟瑟发抖。

若干年后，转业到地方已小有名气的作家王奇，接受原部队邀请参加一个纪念活动。会余，步行来到他被雷击过的营地。望着这处营地，王奇想起了当年同遭雷击、同在师医院接受救治的石头。他步出营门，向营区不远处的小村走去。

在村头，他向一个老汉打听石头。老汉先是一脸茫然，然后，猛然想起说：你是找雷疯子？他死了好几年了。

王奇心里一咯噔：怎么死的？

疯死的。他死在一间破房里。村人发现他时，老鼠把他啃得只剩下一副骨头架子啦。

图：黄煜博

【作者简介】马金章，河南省浚县人。发表、出版文学作品200余万字。多篇作品被《小说选刊》《小说月报》《微型小说选刊》《小小说选刊》等转载，并被选入年选本和高中语文试卷。

双线叙事，凸显奇效

@ 徐习军

马金章的《红邮戳》和《同一个瞬间》两篇微型小说运用了如同电影中平行蒙太奇的手法来表现人物命运和故事主题。一般说来，由于微型文本其特征本身的局限，在微型小说写作中使用双线叙事结构是需要一定技巧的。读这两篇小说，可以看得出作者熟稔于此道，小说叙事结构的把握非常到位，凸显作者对双线结构的驾驭能力超常。

在《红邮戳》中，木森为了项目企图向市长“行贿”，“发现了红邮戳”，于是据此认为，他找到了煮熟石羊的那把火——市长“所好”是集藏。通过投其所好企图将市长“拿下”，这是商人惯用的伎俩，木森是否能把市长“拿下”呢，这成了一条故事线；市长办公室墙上、家里客厅都挂着盖着三角形红邮戳的信封，市长的老爸、妻子作为收件人的信封各有“红邮戳”，并且客厅镜框里还有珍贵的“鬼脸币”邮票，这个红邮戳的来历及背后的故事到底是什么，又构成了另外一条故事线。这两个故事线都能抓住人心，令读者期待着这两个故事揭晓。“两条故事线索”展开，正是小说的“双线结构”叙事。

在《同一个瞬间》中，军人王奇练单杠时，村上担水的少年石头也将勾担挂在头顶的树枝上做锻炼，这本是一根线索，然一声震天的雷鸣电闪，将这一根线索“劈”成两半：王奇遭雷击后的命运，石头遭雷击后的命运，两个人的不同命运走向构成了让读者可期待的两个故事，作者描写这两个故事进展是采取“花开两朵各表一枝”的模式，这是典型的“一写二”式的双线叙事结构。

《红邮戳》中那两条线索似乎还存在明暗两线，明线——木森判断找到了把市长煮熟的那把“火”，并付诸操作。小说叙述道：木森将红木盒子里的古钱币邮票册捧给市长。市长脸上洋溢着惊喜：这套邮票，是1936年为纪念中华邮政成立40周年发行的，共40张，张张都是不同朝代的古币。整套邮票存世奇缺，邮市价格不菲。读到这里，读者还是担心市长会不会被“拿下”。在叙事到此，另一条线索——暗线开始发挥作用了：市长没接话，起身去了里间，取出一枚“鬼脸

民防小知识 2. 要远离门窗，趴下，低头，下巴紧贴胸前，以防颈部受伤，抓住牢固物体。

币”！随着市长展示集邮册，并讲述了自己父亲挖出文物交给国家以及自己在部队违纪用三角红邮戳寄信遭到父亲批评教育的故事。最后两条线索通过“红邮戳”又联系在了一起，不仅实现了两线叙事的融合性，也将一个正直无私老父亲的形象衬托出来。也向读者揭谜，市长的“红邮戳”并非集藏而是警示！

市长断然说：这套邮票，我不敢收，不能收，不会收。但请你相信，我会公正处理项目事宜。深受感动的木森看着墙上挂着的市长父亲的照片，起身向老人深深鞠了一躬。然后，又给市长鞠了一躬。

这种双线叙事打破传统单一的叙事模式，从而构成更完整、客观的真实，多角度、多层次地展现人物复杂而丰富的性格。明暗两条线巧妙编织，或显或隐，若断若续，显隐结合，摇曳多姿，使文章主旨的表达耐人回味。

《同一个瞬间》中，军人王奇和村童石头遭雷击后都在部队医院医治，王奇出院后记住自己的脉管里，流着好几个战友的血，这样想着，王奇干起工作来，身上总有使不完的劲，入党、考入军校、毕业后当上了副连长。

石头出院回家后，“儿子被老天爷打了，这绝不是好兆头”，一直笼罩着他娘和村民。驱邪避灾、土地庙、祈祷尊神保佑，都没能奏效，“村中人见了他就像躲恶魔一样闪开”，石头成为雷疯子，死了。

两条线索叙事，两种不同结局，于内容上通过对比，彰显愚昧落后文化的害人，作者在行文中注意将两条线索、两个高度相关的故事同步描述、齐头并进，才达到了两个故事相辅相成，浑然一体，形成完整严谨的故事结构。

通过双线叙事，使得小说凸显奇效。小说的双线结构，或明暗相照，或主次携行，或平行发展，若断如续，时有时无，显隐互见，如草蛇灰线，复脉千里。

两条线索叙事，既能给读者留下一种悬念，又能将读者更好地带进这个故事结局的期待之中，也给观众一些心理上的带动，同时对小说主题也是一种升华。

作者系江苏海洋大学教授，《江苏海洋大学学报》（人文社会科学版）副主编，微型小说研究学者。

古代干饭人指南

@黑　逗

刘彧

宋明帝刘彧是南朝宋的第七位皇帝。

没有登上帝位的时候，他就因身体肥胖又能吃而被前废帝刘子业侮辱性地称为“猪王”，还曾被关在猪圈里，受尽屈辱。

之后，刘彧派亲信结交刘子业的侍卫，找了个机会把刘子业杀死，并在泰始元年（465）称帝。

称帝之后，刘彧开始放飞自我，纵情干饭，而且天上飞的水里游的，想吃什么吃什么，没有人敢劝阻。

据《南齐书·虞愿传》记载，刘彧最喜欢吃的一道菜是“蜜渍逐夷（河豚，一说鱼肠）”，用银钵装着，一顿要吃上好几钵。不仅如此，还曾创下一口气吃200块烤猪肉的纪录。作为高脂肪高热量食品，烤猪肉可比米饭抗饿得多，刘彧的干饭能力由此可见一斑。

然而，刘彧长期暴饮暴食，身体终于出了问题，时常感到胸腹痞胀，喘不上气。头几次发作的时候，喝些醋酒还能缓解，后来喝醋酒也不顶用了。

刘彧最终因暴饮暴食导致的疾病去世，年仅34岁。

看来，干饭也要有个限度呀！

张齐贤

张齐贤是北宋太宗、真宗两朝的丞相。

欧阳修《归田录》称张齐贤“体质丰大，饮啖过人，尤嗜肥猪肉，每食数斤”。宋代的一斤约等于现在的680克。张齐贤一口气能吃掉好几斤肥猪肉，真是干饭小能手。

宋太宗淳化年间，张齐贤到湖北安陆州当知州，有一个好事的厨师想探探张齐贤的底，搞清楚他饭量到底有多大。

张齐贤请客人吃饭时，厨师专门提来一个大空桶，站在一旁观察。张齐贤吃什么，厨师就照样往桶里倒一份。张齐贤喝一杯酒，厨师也向桶里倒一杯酒。

宴会结束的时候，桶里的酒菜已经满得溢出来了。

更令人惊讶的是，张齐贤不仅饭量大，吃药的时候，药量也大。

当时汴梁城内有座寺院，常制作一种丸药“黑神丸”，有祛风活血、

民防小知识3．可以用安全锤等尖锐物品，敲击玻璃的四个角。

疏通经络的功效。一般人吃小小一丸，已经足够见效，但张齐贤一次却要吃五到七两（一两约合现代40克），并用烧饼夹着下肚。

这种吃药的方法，还是头一次见到。

同样是超级干饭人，张齐贤的寿命却比刘彧长得多，享年72岁。

赵雄与兵马监押

无独有偶，南宋也出现了一位特别能干饭的丞相——赵雄。

宋孝宗久闻赵雄能干饭，便在一座便殿召见赵雄，命内侍端上酒来，用能容纳三升（约合今2000毫升）的玉海装着，赵雄一饮而尽，连喝了六七海。

孝宗又让内侍用银盘端上100个蒸饼，示意赵雄继续吃。

赵雄最开始还想谦虚一下，只吃了50个。

孝宗笑着说："你把剩下的都吃了也没关系。"赵雄这才放心大胆，把剩下的50个蒸饼也干掉了。

但即使能干饭如赵雄，也有碰上对手的时候。

一次，赵雄到闽南主理政事，闲暇时间和本州的一个兵马监押一起吃饭。两个人从清晨吃到日暮，都喝了三斗酒，都吃了五斤猪肉五斤羊肉，外加50碗稠粥。

此时，赵雄的战斗力已经达到极限，摸着肚子表示吃不下了，兵马监押却还像没事人一样，又喝了一斗多的酒，才算把这顿饭吃完。

两人告别时，赵雄突然听见兵马监押的腰间发出"嘣"的一声，心想："一定是他吃得太多，把肚子撑裂了！完了完了，我约他一起吃饭本来是出于好意，没想到他会因此丧命！"

为此，赵雄一晚上没睡好觉，天刚亮的时候就急着让手下去探问兵马监押的情况。

没想到，兵马监押已经好好地站在门口，等着拜见赵雄了。见了赵雄，他只是很淡定地说："我不幸得了饿病，俸禄又少，一年难得吃一回饱饭。昨天承蒙您宴请，一下吃得太多，腰带绷断了，所以有声响。"

一顿吃五斤肉或50个鸡蛋这种事，即使在现代，也难以想象。或许，正是因为这类特别能吃的人从古至今都比较罕见，才会让人啧啧称奇，在史书中为他们留下一笔。

然而，占人口绝大多数的普通人，胃容量有限，吃得适量、健康，才是对自己负责任的选择。

一米阳光摘自微信公众号博物馆｜看展览

【《完美的蓝天》续写】完美的晴空粉饰太平，被遗忘的病毒将会如何？请看精彩续写。

首发

沁人的碧水

@ 陈亨成

扫描二维码，看《完美的蓝天》原文

最先进的基因工程在与一种叫“肺炎”的病毒较量中迂回辗转，时进时退，显示出颓势。气象控制站的病源，在潮湿的环境里进一步发生变异，向人类大举反攻。

杰克才出院一个礼拜，就重新被送入医院。电视里不断播报着各种数据，变异的病毒俨然成了魔兽，无情地噬咬着人类。

气象控制站里那个脸色红润的女人，也感染了病毒，气象失控，如猛兽到处肆虐。她仰天长叹：“天气，怎么可以人为控制呢？原来，文明是如此幼稚。”

杰克在透明的塑料箱一样的病房里躺了一个多礼拜，渐渐感觉医生看病都有气无力，护士打针的次数越来越少。原来是医护人员也大多感染了病毒。他躺在病床上，疲惫地闭上了眼睛，仿佛一叶小艇随着波浪任意颠簸，被冲进海里，孤单地漂流。

天无绝人之路，突然一座小岛映入眼帘。

杰克恍惚中睁开眼，只听得虫鸟鸣叫，他已不在病房之中，窗外桑竹交错，绿意盎然，处处显露出自然之美，还有人在欢快地跳舞唱歌。病床边，一个穿红衣服的姑娘正高兴地看着他。杰克感觉她有点眼熟，但一时又想不起来。他下意识地摆摆手说：“别靠近，我身上有病毒。”

“你被送来岛上休养已一个多月了，我们轮流喂你吃饭，能不靠近吗？”姑娘一副乐哈哈的样子，转身出门，“我叫珍妮，有事找我。”

杰克百思不得其解，一摸额头，奇怪，没烧了。

珍妮带他来到一间小屋，墙上

民防小知识 4. 如果路轨通着电流，要等工作人员宣告已经截断电源才能下车。

挂着一张图片。图片里一个女人正在给人打针。啊，她不正是气象控制站里那个脸色红润的女人吗？

珍妮手指图片说："这是我姐姐，正在给人注射疫苗。"

"她为什么不控制天气了？"

"人的力量有限啊！"

杰克愣住了，忙问："不是有句名言叫'人定胜天'吗？"

珍妮笑了笑，又指着另一张图片问："看看这是什么地方？"

图片上是一片灰蒙蒙的天空，到处工厂林立，建筑密集。杰克摇摇头。

珍妮说："这是岛上二十年前的景象。原来这里也是大搞开发，无序发展，结果山洪暴发，一切尽毁，这里的人才明白顺天应人的道理。你看现在这里多美！"

"啊，原来如此！"杰克恍然大悟，"那么，你是如何来到这里的？"

珍妮很调皮地笑一笑，说："我自愿的。"说完把手伸出口袋，不经意间带出一个红本子，"啪"的一声掉在地上，本子上写着"世界卫生组织志愿者"。

杰克不禁钦佩地重新打量珍妮，她有点腼腆地说："这是我姐姐介绍我加入的，她主动参加了国际联合部队，进入病毒泄漏的源发地，找到了原始毒株和研究资料，这才研制出广谱疫苗，拯救了全人类。这个小岛环境如此自然，就是我们最好的康复医院。"

杰克抬头看着蔚蓝的大海，倏忽间眼前似乎浮现出那座气象控制站，正在被海水渐渐侵蚀、淹没；和风细雨的天空下，他和朋友丹尼尔手拉手，在沁人的碧水中欢快地戏耍。

第二天一早，杰克就向大家告辞，珍妮问他去哪里，杰克斩钉截铁地说："我要赶快去当一名世界卫生组织志愿者，像你，像大家一样，帮助那些有需要的人！"

【读者说】@ CS.Qiang：看到你最后拉着老人的手这段，我仿佛看到了你最初的仁心，再次泪花滚动。愿你仁心永存！

@秦学中：不管出于什么目的，医者仁心你当之无愧，希望不要丢掉这份初心，为你点赞。

@温丹红：悬壶济世，救死扶伤，医者仁心令人肃然起敬！维克多·雨果曾经说过："善良是精神世界的太阳。"初出茅庐的年轻医生用善良、爱心、耐心、坚韧不拔和专注敬业的精神化身人间天使为患者送来温暖、光明和希望；让他在天色幽幽的黯淡之中看到了一草一千秋、一花一世界的绚丽多姿的唯美世界。老子说："天下难事，必作于易；天下大事，必作于细。""三折肱为良医。""术业有专攻。"善心大爱才是创造医学奇迹的最精准良方！

@农痴：用心治好病人，尔后成就自己。

扫码看《十年之前，十年之后》

【编者说】每逢节日倍思亲，又是一年清明来，这个特殊的日子勾起了许多人的回忆，有太多的不舍，太多的眷恋。本期《故事会》蓝版"主题故事"，让我们走近"生命"与"亲情"。本是素不相识的两个人，却成了"父子"，只为延续一段生命，成就一段亲情。小时，哥哥为你遮风挡雨，如今，你可能温暖哥哥的心？一次"流调"，一位父亲、一名丈夫的过去水落石出，他能为那位少年活下去吗？最后，让我们搭上那辆末班车，挥别过去，带着怀念，开往生机盎然的春天。

本期责任编辑　胡捷

民防小知识 5. 车停稳后，要先观察周围环境，然后自救。（上海市民防办供稿）

卷首

相信预言，还是爱？

@ 蔡美凤

侦探肖恩无意间救下一位正要跳桥轻生的女孩。对于肖恩的劝导，女孩却说，你救我解决不了问题。

原来，女孩名叫珍·瑞德，自幼和富豪父亲相依为命。父亲出差的前夜，女仆突然对珍说：“您父亲别乘周一的飞机返航，有人预言那架航班会出事。”珍没把预言当回事，然而，返程的飞机真的失事了，父亲下落不明……

珍千方百计找到那位传说中的先知，先知神神秘秘地说：“飞机上的人都死了，但你会再见到你父亲的。”果然，父亲平安归来……一个又一个预言纷纷应验，这下父亲也越来越信赖先知，还把巨额财富押在先知身上，直到最后一个预言成为压垮他的一根稻草——

先知预言珍的父亲将丧身狮子之口！

究竟是谋财还是害命？父亲能不能逃过这一劫？珍决心和肖恩一起拯救已经神志崩溃的父亲。

是相信神奇的预言，还是爱的力量？不翻到黑色悬疑大师康奈尔·伍里奇这部预言神作《夜有千双眼》的最后一页，你永远不会知道真正的结局。

没有走过这漫长的人生路，你也永远不会明白，亲人之间的爱会如何千回百转，不计回报。不管是疯狂的奶奶，还是有网瘾的公公，抑或“凡尔赛”的妈妈，他们都在与时间赛跑，追赶着儿女的步伐，全力以赴，充满希望。欢迎翻开本期杂志，邂逅更多的精彩……

扫码看《夜有千双眼》精彩内容

81 CONTENTS

故事会®
—STORIES—

2021
STORIES DIGEST
5月号文摘版

社长、主编：夏一鸣
副社长：张凯
副主编：高健
本期责任编辑：蔡美凤
发稿编辑：高健 胡捷
吴艳 杨怡君
美术编辑：孙娌
电话：021-64668742
021-54561119
邮编：200020
地址：上海市绍兴路74号
主管：上海文艺出版总社
主办：上海文艺出版总社
出版单位：《故事会》编辑部
发行范围：公开

出版、发行电话：021-64313938

发行业务：021-64313938
发行经理：钮颖
媒介合作：021-64338113
广告业务：021-64334376
新媒体广告：021-64450660

国外发行：中国图书贸易总公司
印刷：上海四维数字图文有限公司
发行：上海邮政报刊发行局
邮发代号：4-900
国外代号：MO9178
定价：6.00元

卷首

相信预言，还是爱？/ 蔡美凤 01

趣事

丸子的朋友圈 04
牛大姐家乐事多 06
我怀疑学校针对我们这一届 / 在下不才 26
南方人去了北方澡堂 / Miss Ming 36
问路 / 许保金 48
德国人的偏执 / 几时 56
在留学行李箱中，你最后悔带去的东西是什么 / 小竹等 66
如何优雅地吃干脆面 / 蓝祭祀 77
堵车 / [俄罗斯] 亚历山大·布留哈诺夫 李冬梅编译 87

主题故事

疯狂的八十岁 / 解瑞明 08
他们追的不是时代，是儿女 / 金陵小岱 11
我妈来自“凡尔赛” / 慕小溪 13

画中事

愚公移山等三则 / 奶油 siwei 16
告白失败的感觉 / 林帝浣 92

议事

爱父母，就是允许他们用我们“看不上”的方式生活 / 吴迪 19

身边事

都市孤岛求生记 / 刘言 21
暗恋的另外一种圆满 / 琴台 28
制造八卦赚流量的日子 / 张太阳 58

心事

死谏 / [新加坡] 尤今 24
1991年的爱情往事 / 叶倾城 43

故事会公众号　故事会 App 下载二维码

从前事

爱干净不是病，犯了洁癖真要命 / 巫婆的葱 31
这些成语竟然偷偷换了主角 / 字媒体 74

名家叙事

单脚麻雀 / [日本] 椋鸠十　谭卓波译 33
我和老龙的过期友谊 / 安勇 50
光头王有才 / 安勇 52
别具一格写丰厚 / 陈振昌 54
白雪猪头 / 苏童 89

知 事

超人类奇迹 / 莫小米 39
如果吃一小勺黑洞会怎么样 / Mandelbrot 62
发病时我像被扔进了高速运转的洗衣机 / 永远不可能结束打工的宅家 lady 69

天下事

毒枭养的河马，成了南美一霸 / 小伟 40
网际空间的决斗 / [美国] 下村勉　庞启帆编译 84

红色故事

过命兄弟 / 颜士富 46

奇异事

杠精 / 马伯庸 64
真相只有一个 / 陆春祥 72

品牌故事

茶醉 / 汤其光 80
茶魂 / 袁良才 82

校园故事

足球 / 孙棋洲 93

编读说事

读者说 & 编者说 94

故事会 文摘版欢迎投稿

稿件要求：来自最新的报刊、图书或网络，故事性强，文字明快，主题健康，视野开放，纪实或虚构均可，体现“新、知、情、巧、趣、智”的特点，同时欢迎第一手的翻译作品。推荐作品须注明原文出处、原作者姓名，确保转载不存在侵害版权的行为，并请留下推荐者真实姓名及通信地址。作品一经采用，即致推荐者 50 至 200 元推荐费，并向作品著作权人支付稿酬。

故事会文摘版 投稿信箱
wenzhaiban@126.com
故事中国网：www.storychina.cn

丸子的朋友圈

王大脸真的不是女汉子

现在的父母为了增加孩子记忆力，会买蓝莓、深海鱼、菠萝、全麦面包、燕麦……各种好吃的给孩子吃，想想就要流口水。

快递员小马：以前可没这么麻烦，爸妈只需要给两巴掌，我们就会永远记得了。

丸子

我让我爸给打生活费，我爸说今天下午三点钟你去取，三点我准时去取钱。发现银行卡里居然没钱，于是乎我打电话给我爸，结果我爸说忘记这事了，我急了，说："爸，你这不是坑爹吗？"然后就没有然后了。

金融小王子刘思聪：最怕空气突然安静。

哲学系二师兄

我有一个玩石头剪刀布的秘诀，稳赢不输！

丸子：这还有秘诀？
哲学系二师兄：嗯，经过多年研究，我发现出剪刀几乎必胜！
丸子：为什么呢？
哲学系二师兄：我研究了几千张照片，发现出剪刀的人都笑得很开心！
金融小王子刘思聪：真的是很有开拓性的研究呢！

丸子

昨天剪了短发，因为平胸，同学说我像个男人，555……

快递员小马：怎么了？怎么哭得跟个娘们似的？

金融小王子刘思聪

大家都长大了，逢年过节回家也该帮爸妈干点家务活。

哲学系二师兄：那你都干了什么？
金融小王子刘思聪：我经常帮我爸妈洗碗啊，时间久了多少有一点心得，跟大家分享一下：1. 先将碗和锅浸泡在溶有洗洁精的水里；2. 不急着洗，继续浸泡，让油脂慢慢分离出来；3. 去看会儿电视，让碗继续浸泡；4. 等下回到厨房你会发现，它们全部都已经洗干净又整齐地摆放在碗柜里！
丸子：好神奇呀！

郭美眉

自从去年疫情以来，我就辞职在家休息，最近正在写简历准备复出。

@大老板张富贵　富贵，你给我提点儿宝贵意见呗。

大老板张富贵：我其实也不太懂，就是感觉你的简历太一般，不够高大上。
郭美眉：懂了，我这就把年薪要求改成一百万……

快递员小马

我和一个女孩相亲，在外面散步的时候，突然下雨了，我就问她冷不冷，想把帽子给她戴。她只是低下头笑笑没说话，我有点担心。

丸子：小马这么细心啊，加油，你可以的！
快递员小马：我又问了她一句："你能戴上吗？会不会把我帽子撑大呀？"
王大脸真的不是女汉子：小马！！！

大老板张富贵

孩子问我："爸爸，小动物死了之后会去哪里？"

我只能说："那要看情况。"

丸子：童话故事吗？看它们表现好不好？
大老板张富贵：不是，是要看味道好不好。

牛大姐家乐事多

主要人物：牛大姐（妈妈） 牛大哥（爸爸） 牛小美（女儿） 牛小宝（儿子） 钱多多（牛小美的男朋友） 刘姥姥（牛小美的外婆）

※ 周末，牛大姐听见牛小宝问牛小美："姐姐，大款的款怎么写？"

牛小美拿了一张纸给他示范，牛小宝看了一会儿开始在另外一张白纸上认真写起来。

牛大姐有点好奇他在写什么，走过去偷看，牛小宝正在写这么几个字："妈妈，大款。"

牛大姐感叹，虽然这词儿不算好听，但牛小宝正面肯定了妈妈是家里经济实力最强的人。作为一个老母亲，真的很欣慰。

然后她在热泪盈眶中看着牛小宝继续写道："爸爸，中款。姐姐，小款。答：妈妈最胖。"

※ 牛小美和钱多多回忆恋爱史。当时牛小美在奶茶店打工，钱多多上前搭讪，问："奶茶可以加布丁吗？"

牛小美一副服务员打扮，微笑着点头："可以啊。"

钱多多："可以加珍珠吗？"

牛小美："可以啊。"

钱多多："什么都能加吗？"

牛小美："对。"

钱多多："那……加个微信吧。"

※ 牛大哥下班回家，还没来得及换鞋，牛大姐就问："你今天发奖金了？"

牛大哥一惊："没有啊！"

牛大姐冷笑道："还敢撒谎？快点把藏在鞋里的钱给我掏出来！"

1. 答案：冠心病、脑梗死、糖尿病、脂肪肝等。

顿时，牛大哥的冷汗就流下来了：“你……你咋知道的？”

牛大姐扬扬自得地说：“跟你结婚这么久了，你个子多高，我还能不知道？”

※ 牛小美和钱多多在一个饭馆里吵架：“你到底要不要跟我结婚？”钱多多沉默不语，牛小美大声威胁道，“不要以为我没人要，信不信我现在就在饭馆找个人嫁了？”

只听一旁的服务员插话说：“不好意思，小姐你消消火，稍微小声点，你这样会把本店的男顾客都吓走的。”

※ 牛小宝：“妈妈，菜是你做的吗？”

牛大姐：“不是，你爸做的。”

牛小宝：“妈妈，饭是你做的吗？”

牛大姐：“不是，你爸做的。”

牛小宝：“妈妈，饭是你盛的吗？”

牛大姐：“对，我盛的。”

牛小宝：“妈妈，你盛的饭真好吃！”

牛大哥：“……”

※ 牛小宝不会用“一边……一边……”造句。

刘姥姥教他这么造句：“我爸爸一边卖力地干活，一边唱着劳动号子。”

牛大姐笑着说：“妈，那样太土了。小宝可以写：‘我一边写作业，一边偷偷瞄一眼电视里的动画片。’”

牛小美说：“也可以这么造句啊：‘我妈妈一边看电视，一边嗑瓜子。’”

牛小宝嘟囔着说：“你们说得都不对，我同桌是这么造句的：‘我爸爸一边开车，一边玩手机；我妈妈一边走路，一边玩手机；我一边做作业，一边玩手机。’”

※ 牛大姐领牛小宝去市场买东西时，碰见钱多多在买樱桃，钱多多让牛小宝抓一把樱桃，牛小宝犹豫了一下，没有动手。

“你不爱吃樱桃吗？”钱多多问。

“爱吃。”牛小宝答道。

于是，钱多多抓了一把樱桃塞进牛小宝的衣兜里。

回家的路上，牛大姐问牛小宝：“刚才你多多哥让你拿樱桃时，你为什么不拿？”

“因为，”牛小宝答道，“他的手比我的手大。”

疯狂的八十岁

@解瑞明

谁欺负她，就是欺负我

奶奶今年八十岁，虽然年纪大了，但是脾气依然火爆乃至疯狂。

这天奶奶来到我家，恰逢我父母吵架，只见我母亲一个人在那流泪，父亲还在叨叨个不停。奶奶好声劝了父亲一会儿，父亲还是不依不饶的，见父亲仍然没有停下来的打算，奶奶二话没说拿起门口的锄头就要去打父亲。

母亲见状，赶紧过来拉住奶奶说："妈，我们没事。你别拿锄头打他。我没事。"

奶奶对着父亲说："我还没死呢，你敢在我活着的时候欺负你媳妇，我就宰了你。"

父亲笑脸相陪地说："有你在，我哪敢动她啊。我们只不过动嘴吵架而已。你说说你，都八十岁了，脾气咋还这么暴躁。"

"那她咋哭了呢，你平时不在家，都是你媳妇照顾我的，在我这里，谁欺负她，就是欺负我。我们老史家从没有出过老公打老婆的事，你要是敢，我绝不饶你。我不光暴躁，你把我惹毛了，我还能发疯。"奶奶瞪着父亲狠狠地说。

被奶奶这么一说，本来还在哭的母亲立马笑了，赶紧过来扶奶奶进屋坐下。父亲见状不妙，撒腿就跑出去了。

奶奶对我母亲说："你就是太

软弱了。也就是嫁到我家里了，我罩着你。要是嫁到别家，早被婆家欺负了。以后别怕他，再欺负你，你在门口一喊，我就过来。在咱家，没有男人敢欺负女人。你把那个锄头给我一直放在门口，说不上哪天就用上了。”

为了不惹奶奶生气，父亲不敢再惹我母亲，自此后，我父母的关系也得到了很好的缓和。我的母亲对待奶奶更是像亲生母亲一样，吃的喝的用的都把奶奶伺候好。

敢偷我的狗，我弄死他

奶奶自己住在我家隔壁的一个院子，在门口养了一条狗。这天晚上，奶奶半夜听到门口有狗叫的声音，但是叫了两声就不叫了。她感觉狗叫的声音明显跟往常不一样，便起床打开门，正好看见一个偷狗贼拖着狗要走。偷狗贼威胁奶奶说：“我只是要条狗而已，我看你年纪也大了，还是别出声的好。”

奶奶看着自己养了十年的狗被偷狗贼套住了脖子，在那垂死挣扎，她抄起门口的锄头就要去打。偷狗贼被奶奶吓得有点蒙，撒手就跑，奶奶一个人扛着锄头就去追。这时狗叫声吵醒了住在隔壁的父亲，父亲赶紧起床，看到奶奶的大门开着，害怕出了什么事，就大声喊奶奶，只听到奶奶在不远处喊：“有人偷我的狗，我一定要抓他回来。”

父亲循着声音找到奶奶，见奶奶仍然扛着锄头在胡同里追赶那个人，父亲说：“别追了，肯定跑远了，咱快回家去。”

等奶奶回家后，父亲才看到，奶奶竟然跑掉了一只鞋子。

父亲责怪奶奶：“狗丢了是小事，你伤着了可是大事。”

奶奶说：“在我这里，我伤着是小事，狗丢了是大事，这狗我养了十来年，比你还亲，敢偷我的狗，我弄死他。”

后来，父亲怕奶奶再遇到事情还是不会冷静处理，就打通了两个院子中间的墙，以方便有急事时能及时跑过去。

变相的招亲大会

前段时间，我小腿骨折在家养了一个多月时间。这天奶奶来到家里对我说：“今天是大集，我骑三轮车带你出去溜达溜达吧。”

“奶奶，你知道我有多重吗？你还骑车带我。”

“你别小瞧我了。我连二百斤的粮食都能带到集上卖，更别说你了。我非带你去逛大集不可。”奶奶坚决地说。

没办法，我就上了奶奶的三轮车。这一路上，遇到亲戚邻居，奶奶就停下车说：“我带我大孙子逛大集去，这都快三十岁了，还没找到对象呢。带他出去溜达溜达，说不定有大姑娘能看中他。”

我一听，这疯狂的老太太原来在套路我。奶奶聊完就蹬车走，我跟奶奶说：“你让我下来吧，要不我真怕邻居骂我不孝。”

“你还知道不孝啊，你的不孝不是让我骑车带你，而是三十岁了还不给我生个重孙子。”

我无言以对。在路上，恰巧遇到父亲，他一看奶奶骑车带着我，就开口骂我：“你这兔崽子，竟然敢让你奶奶骑车带你，你多重了你自己没数啊。”

我想抓紧下车，但是奶奶的脚却更加疯狂地蹬起来：“别听你爸瞎叨叨，我这体格我自己清楚，咱抓紧走，他赶不上来。”

于是，在父亲惊讶的注视下，奶奶骑车带着我去了大集。

奶奶逢人就说：“看，这是我大孙子，三十了，不瘸哈，就是骨折了，过段时间就好了，家里有合适的姑娘给介绍下。”

每当奶奶这么介绍我时，我都想找个被子盖住自己的脸，这简直就是变相的招亲大会啊。

为了能早点回家，我骗奶奶说：“我饿了，咱早点回去吧。”

“咱在大集上，饿了咱买吃的啊。”奶奶说。

于是集上有了一道靓丽的风景：一个满头白发的老人骑三轮车带着一个腿瘸的、三十岁的大小伙子逛集，大小伙子啃着奶奶给买的油条。

回到家后，父亲又把我骂了一顿，奶奶狠狠地跟他说：“我带我孙子逛集，关你什么事？你别惹我，惹急了，我还打你。”

父亲只好微笑着说：“我这是担心你累着啊。”

“老太太我身体好着呢。”

看着父亲不再说话，我给奶奶竖了大拇指：“奶奶就是奶奶，这个疯狂劲我喜欢。”

这时奶奶一巴掌拍过来：“我是你奶奶，敢说我疯我也打你。”

奶奶今年八十岁了，正是因为她这“疯狂”的脾气，家里人都被她教育得挺好的。作为晚辈，我们现在能做的就是尽量宠着她，不惹她生气。因为在家里，奶奶就是王者。

林一摘自《党员生活·中》

图：陈明贵

2. 答案：冠状动脉粥样硬化导致管腔狭窄，冠状动脉供血不足，引起心肌缺血、缺氧。

他们追的不是时代，是儿女

@ 金陵小岱

我公公是一个不苟言笑的退伍军人，谁都没想到有一天他居然成了“网瘾老人”。

起初我公公只是注册了微信，方便跟我们联系。他给自己取名为“都统”，每当有事，他都会用自己毕生所学的文言文给我留言。比如本来只是想告诉我婆婆回她娘家了，他偏要写道：贤媳，汝婆母已归家。

玩了一阵子微信后，我公公学会了网购，尤其偏爱“并夕夕”。于是我经常收到群发链接砍一刀。砍一刀也就算了，某天我一觉醒来，发现我公公在凌晨四点给我发了一条微信：“亲爱的，就差这么一点点了……”

我尴尬之余，作为老人家的“贤媳”还是帮忙砍了一刀，但很快，我妈也给我打电话了：“你公公最近怎么了啊？天天给我发微信，天天‘并夕夕’！昨天竟然对我说‘小可爱，求求你，帮帮我’……我以为他手机被偷了！”我跟我妈解释说我公公在分享链接的时候，也不知道系统会生成什么样的文案，就当没看见吧！

我公公并不知道发生了什么，继续坚持让人帮他砍一刀，而他每次来我们家“查房”都要带上一堆网购战利品。我倒不心疼他的退休工资，只是觉得这么大岁数了，拎这么多东西，千万别累着。

又过了一阵子，我公公不知道从哪里发现了我的公众号，这一下他可兴奋了，天天转发我的文章给他的老同事，附上一句话："我贤媳写的，你们学习一下。"他还不忘给我打赏，只要我一更新，必定会给我打赏20块，有时还要留言："勿忘初心，方得始终！"

疫情期间，不管去哪里，我公公都能精确地找出他的健康码，常常晃着他的手机屏幕，高傲地伸出手，让人测量体温，举手投足间都是自信。遇到不会的，向来高冷且不爱与人多言的公公又会转身耐心地教人家怎么搜，最后在别人感激的目光中离去，深藏功与名。

前些日子回去，发现我公公还学会了下载各个平台的App，尤其是疫情期间买菜，切换自如，还迅速学会了如何在各个电商平台上比价，如何薅羊毛。这比大清早排队买特价鸡蛋的老人家高端多了！本"贤媳"很是自豪。

按理说，我公公使用智能手机的水平已经到了这个地步了，我们小辈不用操心了吧？事实上并不是这样，只要我们有一阵子没回去了，我公公就打电话给我们："我的这个手机出现了一个问题，你们回来帮我看看啊！"而通常，我们回去后，发现手机根本没有什么问题，公公也不像电话里那么焦虑了。他会眯着眼睛，语气里都是掩盖不住的敷衍："哎！你们看看！这个屏幕如何解锁啊？你们看看！电信有没有多扣我钱？"

后来我懂了，公公的手机没出问题，他是想我们了。对于他来说，智能手机拉近了他与社会的距离，但有时太智能也不好，因为我们能看到他的动态，反而很少去主动问候，这倒成了他内心最大的一个BUG。

前几天，我婆婆还问我先生大学时的一台笔记本电脑开机密码是多少，我问她要这个做什么，她说她想学会用电脑，这样就能知道我们在网上都说了些什么。我虽然跟婆婆开玩笑说开机密码可能是我先生前女友的生日，但心里却有点说不上来的滋味。

智能手机方便了我们的生活，但在它的后面，还有一群正与它赛跑的年迈父母，他们那样地充满期待，像年轻时那样全力以赴地奔跑。他们并没有在追赶时代，而是在追赶儿女。

孤山夜雨摘自《北京青年报》

图：豆薇

我妈来自"凡尔赛"

@ 慕小溪

"

我妈，这位普通的农家妇女，已深得"凡尔赛文学"的精髓。

不懂谦虚

弟弟出生后，亲朋好友过来看望。我妈却"遗憾"地说："生了这个小家伙，要拼命挣钱盖房子娶媳妇，一辈子翻不了身喽。哪比得上只有女孩的，想吃吃想穿穿。"当时五六岁的我，敏感地注意到，有两个女儿的李婶瞬间变了脸。

家里的日子过得很清苦，平日买菜，我妈都是在快散集时去买，还专挑小一点的，因为便宜许多。比如说莲藕，小的比大的便宜。偏偏她还会自欺欺人，明明买的是很小的藕，切的时候斜着刀切，说是这样显得片大。冬天的火炉上面烤着干瘪的花生，炉灰下埋着小号的土豆、地瓜，飘出的香味半点儿不打折扣，让人直流口水。家里偶尔买点鱼肉排骨什么的改善生活，几条街的人都知道。

农闲时，大娘大婶们坐在一起闲聊，说的无非是地里的庄稼，养的鸡鸭鹅，还有家里的娃。别人被夸时总要谦虚一下，我妈不用别人

夸，自己就把自己夸成一朵花：她养的母鸡能下双黄蛋，公鸡都是公鸡中的战斗机，儿子聪明活泼，女儿美若天仙，连住的那几间旧屋，仿佛也是金不换的洋房。在她的筐里，就没有半棵烂菜。

有一次，上二年级的弟弟因为写错了一个字，考了九十九分。我妈数落弟弟粗心大意，弟弟委屈得眼看眼泪要掉下来了。刚好李婶来串门，见弟弟红着眼睛，便问了一句。我妈说："考了九十九分，在班上排第二名，觉得还能考得更好，我们正在给他宽心呢。"李婶的孩子学习并不好，她的神情很尴尬，估计打我妈的心都有。

我和弟弟飞快对视一眼，都觉得丢人。于是，小小的我们有了个愿望——好好读书，考出去，逃离这个家。

不怕受气

我和弟弟如愿考上了大学，在城里找了工作。

我为老妈买了一个苹果手机，她逢人就炫耀："闺女要给我买个苹果，我骂了她一顿。苹果咱们村果园里不有的是，还用得着她买？结果拿回这么个小玩意儿，好家伙，价格够咱们吃一辈子苹果……"

弟弟为爸妈各买了一支电动牙刷，我妈又开始炫耀："城里人得懒成什么样儿，刷个牙都用自动的，往嘴里一放，震得我牙花子疼。现在的孩子真是不会过日子，那个词叫什么来着，败家……"

弟弟第一次领着女朋友上门，我们的小村都轰动了。那女孩一句话不用说，光站那就如诗如画。做饭时，女孩自告奋勇要帮忙，没想到，人家在家估计不沾阳春水，以至于把青菜剥得只剩丁点菜心，别的全扔了，把我妈心疼得直哆嗦。晚上，女孩要洗澡，简陋的家里，根本没有条件淋浴，我妈只得动手烧水，让她凑合着用大盆洗。我分明看见，灶膛前的她，眼泪吧嗒吧嗒地往下掉。

我妈瞅了个空儿，把弟弟悄悄拉到一边："这姑娘，手白得跟葱白似的，能洗衣服做饭吗？腰细得风一吹就倒，能生娃吗？那么能花钱，能好好过日子吗？"面对老妈的夺命三连问，弟弟低着头不作声，摆明了要和我妈死扛到底。我妈还是妥协了："儿大不由娘，日子是你们自己过，苦是你自找的，不管了，爱咋咋吧。"

等送走弟弟和他女朋友，我妈与别人说的却是："我们家祖坟冒

3. 答案：高血脂会造成血液中脂质堆积，血液循环受阻，心肌缺血，从而引发冠心病。

青烟啦，能有这么俊的闺女看上。唉，这样的媳妇，娶回家就是摆着看的，不指望她去地里干活啦。”连我爸都说，我妈是死要面子活受罪。

我妈知道弟弟的女朋友怕冷，便为家里装上了暖气，又安上了太阳能，让她来时能痛痛快快地洗个热水澡。我笑我妈媳妇还没过门，就这样为她着想，将来过了门，是个受气的婆婆命。我妈挺硬气地回我：“我就是要拼命对媳妇好，受气也不怕。哼，气死你！”

不提不催

结婚就要买房子。首付款大多是弟媳家拿的，我们只出了个零头。经济基础决定上层建筑，一头扎进温柔乡的弟弟，任劳任怨家务全包，还一脸享受。

弟媳生孩子时，我妈去照顾坐月子。弟媳是个挺讲究的人，对卫生不达标的饭菜难以下咽。两天下来，婆媳间的关系变得有些微妙。

弟媳迅速找了月嫂，我妈就只能靠边站。她老脸挂不住，说家里老爸腰疼病犯了，要回家。弟媳让弟弟带着我妈回去，还给我妈全身上下里外的衣服都换了新的，吃的用的装满了后备厢。我妈回到村里，屁股都没坐稳，就穿着新衣服出去了，炫弟弟家的房子，炫刚出生的孙子。对弟媳的脸色，则是半句不提。

临近春节，弟弟一家三口回家过年。邻家婆媳因为小事吵了起来，弟媳听到邻家婆婆骂儿媳的那些尖刻的话，大约意识到我妈这个婆婆的可贵之处，叫我妈的那声“妈”里明显亲昵了许多。

弟弟孩子都有了，我同学的孩子都能打酱油了，可我的婚事还是八字没有一撇。有人问我妈我有没有男朋友，我竟有点幸灾乐祸，心想：“戳到痛点了吧，这次看你怎么编。”我妈不紧不慢地说：“要我说，结婚不看早晚，找对了人，能正儿八经过日子，那才是正事。你看，我结婚也晚，可找了个好人家，老头对我知冷知热，孩子也孝顺，多好啊。”还可以这样操作？我硬生生被塞了一把狗粮。不知为什么，我有些感动，为我妈对我的理解与维护。

林一摘自《家庭百事通》

图：黄煜博

【编者说】疯狂的奶奶，有网瘾的公公，“凡尔赛”的妈妈，他们有个共同的名字叫作爱。这一世，有缘成为家人，让我们彼此尊重，互相包容，理解万岁！

愚公移山等三则

@ 奶油 siwei

愚公移山

不领情

孙悟空你好大的胆子竟然还敢来我这里送死！
我其实是有件事想提醒你一下！
黄风怪
少来这一套！你以为我会中你的奸计吗？
我再让你尝尝我的绝招风沙漫天的威力！接招！
不好意思打扰一下！
我们怀疑最近的沙尘天气和你有直接的关系！请和我走一趟！
兵
好心想跟你说一声，你还不听我说，真是自作孽不可活呀！
兵

报名

小祺摘自作者新浪微博

4. 答案：血液中胆固醇增高会引起动脉硬化，造成动脉腔狭窄，发生在脑血管就会引起脑梗死。

爱父母，就是允许他们用我们"看不上"的方式生活

@吴　迪

我老妈退休时是高级工程师，我老爸退休前是上海某三甲医院的眼科主任，是拿国务院津贴的名医，退休至今在上海一家民营眼科医院任院长。

我的父母算是高知精英吧？然而，我老妈的生活方式跟我童年印象里的低保户差不多。举个例子吧，我坐月子的时候，印象最深刻的是我妈给我买了二十几个碎壳鸡蛋（超市买的便宜货），叫我老公马上都煎成荷包蛋，几天内吃完。

我居住的小区附近物价高，我老妈会在她家小区附近的菜场买20斤便宜的青菜，坐公交车吭哧吭哧送到我家来。我家阿姨苦闷地一直嘀咕：这菜叶都黄了，得扔掉一半啊。除了青菜，还有高庄馒头、已经过期了的熟食、假冒伪劣蓝罐曲奇……

我妈退休以后，每天去超市两次，那里是她的乐园，因为可以买各种便宜货，拿各种小样，还顺塑料袋。一开始，我还跟我妈讲道理，试图让她明白，她年纪大了，拎很重的东西到我家，容易闪到腰；带她去酒店是为了犒劳她老人家，偷偷从自助餐厅拿鸡蛋被服务员发现也蛮丢人的……动之以情，晓之以理，没用，每次都说得不愉快，老妈不开心的时候还会抱怨好心没好报，说我一点都不孝顺。

天地良心啊！我和我弟给他们买的衣服，都完好地躺在樟木箱里、大衣橱里，连包装都没有拆开过。每次问他们为嘛不穿啊，回答都是：

旧的还可以穿。我曾悄悄地把我妈的一双破皮鞋扔到垃圾箱，换一双新鞋给她，她发现后大发雷霆，骂我是个败家子，马上就去垃圾箱捡回来了。过去二十年，这样的“孝顺还挨骂”的事情很多，最严重的一次，我妈给我写了一篇3000字的文章，要跟我断绝母女关系。

我相信中国的70后、80后乃至90后，都有和我类似的跟父母的战争，试图改变他们“不上档次”的、我们鄙视的生活方式，而且我们也常常会对他们说一句话——我是为你好啊，你为什么不领情？（咦，好熟悉呀！小时候父母经常对我们讲的话。）

一直到几年前的某天，我同一个男性朋友无意中聊到我老妈，他说我不明智。

他说：“我们对父母最大的孝顺，就是允许他们用他们喜欢的舒服的习惯的方式（哪怕是我们看不上的方式）生活，而不是强要他们接受我们的那一套！你想要你妈快乐，如果去超市买便宜货就是她最快乐的事，你为什么不允许呢？她也没干涉你买一堆涂脸的骗人玩意儿呀（你花钱还比人家多）。”

一语惊醒梦中人，振聋发聩啊！后来我就彻底放下了，再也不试图改变父母了，就这样吧，他们高兴就好。年龄一大把，没准哪天连你叫什么都不知道了，趁着他们还清醒，让他们开心点，不好吗？

中国的老年父母经历过物资最匮乏的年代，养成了深挖洞广积粮的顽固习惯，轻易改变不了。我老妈病倒之后，我趁着她不清醒，对家里来了一次大扫除，我一共扔出去二十几蛇皮袋的破烂，这里面包括一捆捆的破零碎布头，扎东西用的粉红塑料绳子线头，盖了二十年发硬的棉被，生了小黑虫的一袋袋面粉……无比心酸。

这些其实是爸妈一代的安全感来源，想想自己又不跟老人一起过日子，连他们屈指可数的安全感来源，我们还要剥夺吗？就算一起过，我们小时候在屋子里贴一堆难看的明星海报、买丑八怪公仔，他们不也忍了？本着互相尊重的家庭和睦原则，大家彼此包容吧。

换个角度想，天天熬夜上网薅羊毛的我们，没准儿到老的时候，还要去人家超市蹭100G免费流量呢？

林一摘自《女友》 图：陈明贵

【讨论区】不求最好，只求最便宜。你是不是也有这样一位老妈，怎么说都不听？互相嫌弃，不如彼此尊重，一起来聊聊吧！

都市孤岛求生记

@刘　言

在北京工作的成都姑娘王薇（化名）今年响应号召“就地过年”，这还是她25年的人生中第一次不在家乡过春节。

她匆匆关掉和母亲的视频通话，给手机充上电、放到床上，走进卫生间，随手带上了门。

半个小时后，洗漱完、敷着面膜的王薇伸手去转卫生间门把手。

门没有开。

被困

这是她第一次认认真真观察这扇门。卫生间的门上竖直镶嵌着一块细长的磨砂玻璃。门外球形把手上插着钥匙，但王薇搬来后从没动过。

她试着左右扭了五六下门把手，又用力地拧了拧，门锁毫无反应。

“小 Case。”她想，目光在卫生间逡巡，落在了一把修眉刀上。王薇试着将刀片顶进锁舌和门框之间，却感受不到任何弹力，她意识到不好，“门锁可能坏了。”

这个不到三平方米的卫生间没有窗户，显得狭小而逼仄，此时充满了水汽。王薇的目光锁定门上的那块玻璃。她拆下花洒，想把玻璃砸开，试试从外面开门。

“想了很久我要敲什么位置，力度要多大，怕不能一击成功，又怕敲得太碎。”王薇侧着身子，把手臂伸在身前，举着花洒砸在玻璃的正中央。力气太小，玻璃没反应。她铆足劲砸了第二下，两道裂纹出现了。怕玻璃掉下砸到门外的猫咪，她小心翼翼地敲开玻璃的下半部分，取了下来。

这个小洞足以让她把手臂伸出门外，用力拧动插在另一侧锁孔上的钥匙，钥匙只动了一点，门依然没什么反应。好消息是，随着空气的流动，卫生间里没有那么闷了。

> “人最重要的就是产生连接，而什么能产生连接？

求救

王薇大声喊了救命。但四周静悄悄的，没有任何回应。

“Siri，Siri，报警！”王薇试着唤醒手机的语音助手，但卧室距离太远，手机智能系统的女声没有响起。

她又想到了能执行语音指令的智能音箱“天猫精灵”，就朝着外面大喊“天猫精灵报警”，隐约能听到些声音。“把音量调到100。”她连忙发出指令，“现在几点？”

“现在是凌晨3点。”清晰的声音传来，这是被困以来，她第一次知道准确的时间。

但智能音箱没有拨号报警功能，她又大声地喊了几次“救命”，只能暂时放弃。

住在14楼的宋阳（化名）此时已经睡着。这也是宋阳第一次在外地过年。除夕夜零点一过，他就上床睡觉，但这一晚他睡得并不踏实。事后他回想，可能是隐约听到了什么动静。

随着时间流逝，疲倦渐渐战胜了恐惧。王薇坐在马桶上，靠着墙睡了过去。

早上7点，王薇又开始呼救。光喊救命，她怕别人以为是谁家播放电影、电视剧，不会来管；考虑体力，声音也不可能一直保持在高昂状态。她选择性地频繁用高音喊“救命”“救救我”，中间夹杂着高低起伏的“我住在15××户”“我被困在卫生间，谁来帮帮我”。

挣扎

大年初一早晨的求救声很快引来两位女士，她们隔着大门问她情况。王薇请求她们报警。两位女士追问，“一个人洗澡为什么锁门”“洗

5. 答案：减少脂肪摄入、限制胆固醇的摄入量、减少碳水化合物的摄入量、多吃蔬菜水果等。

澡为什么不带手机”“被困那么长时间，怎么声音还这么大”。

“越着急越解释，人家越质疑，我当时都有点哭腔了，因为不想她们走。”王薇回忆，“最后绝望了，因为她们走了。”

希望还没有完全破灭。

智能音箱告诉王薇，有一单快递即将在当天派送。她开始寄希望于快递员上门时能够听到她的呼喊。

结果，那份东西被投放在快递柜，快递员没有上门。

十几个小时没有进食，她打开水龙头喝自来水，嘴里铁锈的味道让她想起电影《铁线虫入侵》。

她开始有意识地节省体力，让智能音箱每隔一小时提醒自己呼救。前一晚视频时，她曾告诉母亲，大年初一自己要去雍和宫烧香，可能没空联系。如此，家里人也许无法及时发现自己失联。

她开始盘算最坏的情况，“没有食物只有水的条件下人能坚持7天”，如果能坚持到初七上班旷工，也许单位会找来。

她打起精神，除了一小时一次的呼救，王薇还反复摁马桶冲水按钮，用花洒有节奏地敲击上下水管道，以“拓宽获救的可能性”。

获救

宋阳就是这样找来的。大年初二早上7点多，他被“当当当”的金属敲击声吵醒，还隐约听见“有人在嚎”。

“叫得蛮惨的，我猜想有可能是谁家吵架。”宋阳把耳朵靠在墙上，听了足足20分钟。“直到听到她喊天猫精灵，我就知道那是真的出事了，因为家里肯定是彻底没人。”宋阳决定根据喊话里的信息，上楼看看。

“你怎么了，敲水管的是不是你？”王薇清楚地记得，听到这句话时，她无比激动。宋阳打了报警电话，派出所民警建议找开锁师傅，师傅很快就到了，不到10分钟，就将球形锁整体卸下，打开了卫生间的门。

为了表示感谢，王薇请宋阳吃了一顿饭。宋阳一度调侃她怎么就把自己锁起来了，但听她详细讲完求生经过，宋阳觉得，自己不会比她做得更好。

王世全摘自《中国青年报》

图：恒兰

人来人往、钢筋水泥的都市森林缘何成为一座座孤岛？看新闻背后揭露人性的复杂。

死谏

@［新加坡］尤 今

阿峰年幼时，父母于车祸中双亡，他由婆婆抚养成人。婆婆百般骄宠，使他误以为自己就是天和地。他以一双拳头啤睨天下，旷课逃学、瓯打老师，被学校开除。自此，游荡街头，陷落毒海。

每回婆婆一劝他戒毒，他便绝情地亮出拳头。有一回，出手过重，把婆婆左边的脸颊打得浮肿起来，上面有大片紫色的瘀血。他用一块布裹了冰块一下一下地敷在婆婆的脸上，婆婆居然还强颜欢笑地说："哎呀，挺舒服的嘛！"他转过身子，偷偷抹掉眼眶里的泪。婆婆看到了，伸手搂住他扁得像一片叶子的身体，频频地说："傻孩子，别哭，别哭，婆婆没事啊！"

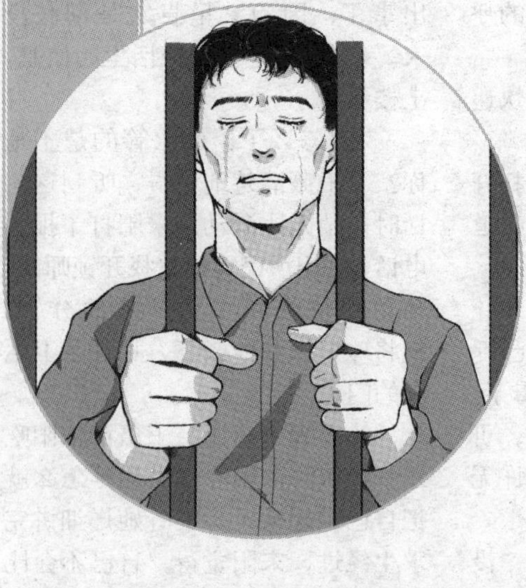

（文中设置了十处差错，你能找出来吗？答案见文末）

第一次被抓进戒毒所，他被关在一间狭小的房间里。毒瘾发作时，仿佛有亿万只蚂蚁在他瘦瘦的血管里嚅动，发狂地咬噬他。他全身每一寸肌肉都痒，连微弱跳动着的心脏都痒不可当。他使劲地抓，发狂地搔，抓出了满身的血痕，但痒却像蚂蟥一样死死地粘着，根本甩不掉。没想到，就在他痛苦得难以自仰时，整个人却又出其不意地陷落于冰窖里。那种冷是没有底的，浩浩荡荡的，灼心的痛；雪上加霜的是五脏六腑又被烈火烧炙，连内在的灵魂也几乎被烤焦了。他想逃，可是，铁门紧锁，他拼命地用身体撞门，用头颅撞墙，一次比一次更狠地撞击，却一丁点儿也减轻不了他如堕十八层地狱的痛苦。他把自己的头发一根一根硬生生地扯下来，在频临崩溃的边缘时，他听到自己从喉咙里挤出那含着浓重血腥味的嘶喊："婆婆，救我，救我！"

年过七旬的婆婆来了，手里提着淘钵，里面盛着炖得很浓很香的鸡汤。坐在会客室里，在婆婆关切的注视下，他低着头，把淘钵里的鸡汤喝得点滴不剩。抬起头来时，他看到了婆婆眼中的泪。然后，婆婆收拾了餐具，离开。那天风大，婆婆凌乱的发丝在空中飞扬，好像一根一根银亮的钢针插在他心上，他放声大哭，下了决心要戒毒。

离开戒毒所不久，他固态复萌。此后多次，进进出出，把戒毒所当作第二个家。

有一回，从戒毒所释放出来，回家之后，倒头便睡。半夜醒来，听到客厅里传来细细碎碎的声音，有人在说话。他拉开房门，朝外一看，如遭雷击。

年迈的婆婆背向着他，跪在他父亲和母亲的遗像前，叩头如捣蒜，诚心诚意地恳求他们帮助他戒毒。一个人如果不是走到了绝境，又怎么会向自己已经死去了的儿和媳下跪、祈求呢？

他用被子蒙着头，哭得几乎岔气。那一夜，他下了决心要戒毒。然而，毒海里的那只魔掌，再度攫住了意志薄弱的他，他又进了戒毒所。那一天，他清清楚楚地记得，在戒毒所接受冻火鸡法治疗时，有人来向他抱信："你婆婆走了。"他茫然地问："走了？走去哪里？"那人泠泠地说："死了，你婆婆死了。"

这一回，他戒毒了，永远地戒了。他说："这是婆婆给我进行的最后一次死谏。"

田龙华摘自微信公众号东方头条

图：小柯

《死谏》参考答案

1. 骄宠——娇宠
2. 啤睨——睥睨
3. 瓯打——殴打
4. 嚅动——蠕动
5. 难以自仰——难以自抑
6. 频临——濒临
7. 淘钵——陶钵
8. 固态复萌——故态复萌
9. 抱信——报信
10. 泠泠——冷冷

我怀疑学校针对我们这一届

@在下不才

我怀疑学校针对我们这一届已经不是一天两天的事了。

首先，我们这一届被老师针对。不论是小学还是高中，我们都是老师“教过最差的一届”，但是我们却又自我感觉良好。

除了老师，我觉得学校领导也是针对我们这一届的。我们二中有一个保留节目，每年高三毕业生离校，累赘的行李不可能全带走，于是这些行李作为垃圾被留在了宿舍里。打扫宿舍楼这么大的工程当然是让我们这些还没升到毕业班的同学来干的啊。

早在我还是高一新生的时候，我们就已经打扫过一次宿舍楼了，那垃圾从学校的垃圾池里一路堆到了学校的校道上，一路绵延将近 30 米而且还在不断增加中。我们以为只在高一时打扫过一次就好了，但是天真的我们显然是想多了。

到了高二时，越接近高考我们越兴奋，连带看高一学生的眼神也带上了几分怜爱，是时候让这些高一学生体验一下二中的保留节目了。

但是我们高兴得过早了，我们是谁？我们可是被学校针对的一届啊！

6. 答案：高血脂并不是胖人的专利，瘦人也会出现高血脂。

通知下来说让高二去打扫，理由是：去年高一的已经打扫过了，今年轮到高二的了。看到的时候我整个人都傻了。

好不容易熬到了高三，终于是媳妇熬成婆了，这回我们没有再被叫去打扫宿舍楼，但是我们在吃饭这方面遭到了针对。

学校人多，于是校领导采取了错峰放学，这本没什么，但是把我们高三安排在最后放学就是你们的不对了！这还不是针对是什么？我们虽然推迟了放学的时间，但是回教室的时间并没有延长，于是我们在吃不好饭的情况下还要和时间赛跑。

不仅被老师领导针对，就连学校的设施也针对我们这一届。小学的时候，操场破旧，没有像样的运动器材，教室桌椅破旧，黑板坑坑洼洼的。谁知道当我们毕业后，学校就来了一个大整改，要不是我小学毕业之后回校接放学的弟弟，我都不敢相信这是我待过的小学，不仅操场翻新了，就连教室饭堂都焕然一新，甚至还用上了多媒体教学设备，当初我们在的时候用的可破烂了。

初中毕业后，学校给宿舍和教室都安装上了空调，就连饭堂的饭菜都丰富了菜品。据说新招的饭堂阿姨都是温温柔柔的，打菜的时候手都不带抖的，我表示非常不满。

高中的时候，我终于享受到了教室和宿舍都有空调的生活。虽然饭堂菜品单一，阿姨凶狠而且手抖，但是没关系，我相信全国的饭堂阿姨都是这样的，温柔且不手抖的阿姨一定是我弟弟骗我的。但是谁知道，高中毕业后，学校竟然开放了图书阅览室，而且还在校园内设置了小卖部！凭什么啊？我们这一届在读的时候图书阅览室不开放，高一才入学没多久小卖部就关门大吉，为什么我们一走就都不一样了？

高一时，校方说负责元旦晚会的老师出去进修了，今年就随便一点儿，大家以班为单位进行大合唱好了。

在期盼中我们即将迎来高二的元旦晚会，但是到元旦前夕都没有看到学校表态，最后我们没有等来元旦晚会，却等来了“元旦智科竞赛”。

升到高三的我们已经绝望了，只要多放一天假也满足啊！但是学校连这小小的愿望也不给我们实现，我们只在元旦当天有半天的休假。

后来听学姐们说，以前也是会有元旦晚会的，高三元旦假期也给足一天的，只是不知道为什么到我们这届会变成这样子。当然是因为我们这一届是被学校针对的一届啊！

秋水长天摘自《中学生博览》 图：小黑孩

暗恋的另外一种圆满

@琴　台

失落的自白

有晖是我在“邪典电影小众聚会”捞回的型男，我找了个借口同他一起吃饭，他表现得很配合，谁知，饭至中途，我不过去了一趟洗手间，再回来，有晖已经地遁了。

唯一让人找回点颜面的是，酒店前台的小姐告诉我，有晖已经结过账了。

妾有情，郎无意，人生就是这样的无常。

正纠结郁闷，小八那丫头的夺命连环电话已经追了过来，小妮子在电话里色眯眯地调笑：怎么样，有晖还算正点吧。

昨夜，小八组织了一个什么劳什子的“邪典电影小众聚会”，她笑嘻嘻附到我耳边：小众男人，个个都是型男。

我随便套了条玫瑰红的短裙去了。黑漆漆的房间里，放映的是一部怪异的片子《上班一条虫》，我左看右看，看不出个所以然，于是转身去了阳台看星星。

却没想到，一个男人正侧身在那里讲电话。暗淡的星光下，有晖的侧脸，顿时让我有种触电感。不过几个回合，我就同有晖偷偷溜壁角走掉了。我本想着饭局后面还有精彩剧目，没想到，他根本没给我机会。

因为恨他，我从此记住了这个男人。

理性的留白

当我在公司的欢迎宴会上，远远看见有晖春风满面地举着酒杯走过来时，差点跌到桌子底下去。

他竟然成了我的新上司。

与有晖同一个部门，这事实在太考验我的心理承受力。我主动去找了物流部的猪头男安义，希望可以通过他的努力，调剂去物流部。

安义乐得简直找不着北了。这家伙一直在公司上上下下、明目张胆地表白，我是他这辈子的真命天女。这时，听到风声的有晖，在下班的时候截住了我。

他请我去看电影《唐山大地震》。我鬼使神差地接受了。

看电影的间隙，有晖一直游说我继续留在业务部。可我根本就听不清他说了些什么，那震撼的镜头、煽情的剧情，早就让我哭得稀里哗啦了。

当有晖的手温柔地袭上我的腰时，我却一下子清醒过来。我的拒绝，让有晖眼中染上了浓重的失落。看着他落拓而去的背影，我甚至有想要扯住他的冲动。但是，关键时刻，理性战胜了寂寞。

绝望的独白

小八酸唧唧地怂恿我：抓牢这个男人吧，据说这家伙很有几分来历呢。只可惜，我已经被他打了预防针。

那段时间，公司里上上下下都流传着有晖暗恋我的流言。这样的流言，给我带来了两个烦恼。一是所有的女同事，都将我当成了假想敌；二是安义，他追求得更加疯狂和卖力。

那天，临近午夜从公司赶回来，黑漆漆的夜色中，安义突然跳出来，大半夜的，也不知道他在哪里搞到的玫瑰和小笼包，迫不及待地递到我面前。

我告诉安义，自己已经有了心上人，请他退出。

安义不信，我顺手翻出手机里的那些照片，唉唉，这都是我没事的时候偷拍的有晖侧影，今天却想不到，有了另外的用场：喏，他才是我的最爱。

我怅然地在星光下立了好久，现在，安义是彻底死心了，但是，刚才我喊出的那句话，却刀子一样扎在了自己的心上。我爱有晖，却只能在他听不到的角落偷偷独白，这是多么让人绝望的真相。

浪漫的告白

之后，我休假去了。经过一段

时间的打理，我以为，自己可以冲破情感的樊笼了。

小八来接我，车子没有直接回家，而是转了方向盘，去了一个小型放映厅。

晕，又是邪典电影的小众聚会，我几乎要落荒而逃了。但是，小八拉住了我。

> 通过对暗恋对象的最终成全来为自己画一个句号，我觉得，这是最浪漫的圆满。

黑漆漆的房间中，灯光骤然大亮，在一干人等的尖叫声中，有晖，英俊的有晖，从狭长走道的另一端，手执玫瑰和钻戒，徐徐向我走来。

踉踉跄跄跌入他怀抱的一瞬，我清晰看见，安义的手，轻轻放到老式唱片机上。

老天，他放的是《婚礼进行曲》。

我没想到，拒绝安义那天，这家伙竟然打开了手机的录音功能。他其实想将“我爱你”三个字设置成彩铃，却没想到，真正录下的，是我对另一个男人的深情。我更没想到，求爱不成的安义，并没有恼羞成怒，而是在反复辗转后，将那段录音传给了有晖。

半个月后，我和有晖的订婚宴上，我大力拥抱了安义。在他幸福得晕头转向的瞬间，小八佯怒地分开了我们两个：老姐，安义是我的人啦，你不要这么贪心好不好。

我笑着嘘这个丫头。其实，有晖已经告诉我，最早相识的那一次，是小八急急地诳他有事才走掉；之后，他追着小八要我电话，又被诓骗说，我根本不想同他继续接触。好姐妹做奸细，按说是件可恨的事，可是，看她同安义共同策划了这场盛大而浪漫的告白场面，我还是一直装傻下去好了。

心香一瓣摘自《分忧》

图：豆薇

7. 答案：先采用非药物疗法，包括控制饮食、增加运动、戒烟戒酒等，数周后，会有明显效果。

爱干净不是病，犯了洁癖真要命

@ 巫婆的葱

你名字干净，那就做我女婿吧

话说米芾的女儿到了适婚年龄，上门提亲的人都被他拒绝了。最后一个叫段拂的小伙子被他相中，只因他名拂，字去尘，名字上都透着干净。

由于爱干净，米芾就连自己的心爱之物也可以毫不犹豫地丢弃。某天，他得了一方好砚，作为鉴定家，自然看出这是好东西，称其为“天地秘藏”，邀好友周仁熟共赏。周仁熟对这块砚石赞不绝口：“如此神品，不知磨墨效果如何？”米芾便命人取水。但周仁熟心急，竟用唾沫磨起墨来。米芾瞬间怒了：“砚石脏了，不能再用了，你拿走吧！”后来周仁熟好几次想将砚石送回，都被米芾拒绝了。

米芾曾负责太庙的祭祀礼乐，这是宗法社会中最为盛大隆重的仪式，须搭配专门的祭祀礼服。据说宋朝开国皇帝赵匡胤自认是火德星君临凡，祭服上的火焰纹样，便是赵宋王权的象征。米芾嫌祭服被人穿过，便拿回家不停地洗，结果用力过猛，把衣服上装饰的火焰纹样洗掉了。亏得徽宗素知米芾性情，没有大加责罚，只将他罢官了事。

就算坐牢，我也只吃干净的饭

元朝书画家倪瓒有间专用厕所，用香木搭建而成，坑内是细腻的鹅毛，秽物落下便被鹅毛覆盖，丝毫闻不见臭气；仆人挑来的泉水，他只用其身前那一桶泡茶，因为他认为仆人身后的那桶水已经被他的屁污染了；他院里的梧桐树早晚都要冲洗，后来将树洗死了……

有朋友借宿，半夜里咳嗽了一声，倪瓒直到天亮都没睡着。客人一走，他就叫仆人寻找那口痰在哪里。仆人找了半天也没找到，又怕不好交差，就拿了一片树叶，假装包着痰送到他面前。倪瓒见状让仆人赶紧把树叶送到三四里外丢掉。

倪瓒晚年得罪了朱元璋，被投入了大狱。狱卒给他送饭时，他坚持要狱卒将托盘举过头顶。狱卒问他为什么，他说："怕你的唾沫喷到饭菜里！"狱卒大怒，故意将他锁在恭桶边，以此来恶心他。

出狱后不久，倪瓒就患上了痢疾，死前秽物沾满全身。这个干净了一辈子的人，却死得很脏。

一次内急引发的死亡事件

春秋时期有很多国家，除了闻名天下的春秋五霸，还有一些小国在夹缝中求生存，位于今山东一带的邾国便是其中之一。

那是鲁定公二年（公元前555年）的一个冬天，邾庄公在自己的王宫里举办夜宴，晋国使臣夷射姑也在列。酒过三巡，夷射姑有些内急，便仓促起身去找厕所。刚走到门口，一名侍卫因为天气太冷（也可能因为嘴馋），向夷射姑讨肉吃。

按照当时的规定，侍卫是可以向客人要食物的。但夷射姑实在憋不住了，不给侍卫食物也就罢了，还拿着木棍敲了几下侍卫的头，便扬长而去。到了第二天，邾庄公在花园里散步，看到一名侍卫在自己的宫殿前洒水，邾庄公一声暴喝，赶忙喊停——他有洁癖，不仅平时穿的衣服一尘不染，就算是宫殿，也只允许宫人用湿抹布擦干净，而不能洒水。侍卫立马解释道："昨天晚上夷射姑可能尿急，刚到宫殿门口就开始方便。我用抹布擦了好久，味道还是散不去，所以洒水试试能不能去味。"邾庄公一听这话勃然大怒，命令侍卫立即捉拿夷射姑。这夷射姑也是个人精，他提前得到消息，早就溜之大吉。

翌日，还没起床的邾庄公听到夷射姑逃跑的消息，气得从床上跳了起来，一脚踩进火盆。虽然侍从很快扑灭了火，但他还是惨遭烫伤。

话说这伤也不是好不了，但他有洁癖啊！邾庄公受不了身上的结痂脓包，仍然坚持洗澡甚至把结痂一次又一次地撕掉……再强大的抵抗力也经不起这样折腾啊，最后他因伤口溃烂而死。

彼岸花开摘自《课堂内外（高中版）》 图：小栗子

单脚麻雀

@［日本］椋鸠十　谭卓波译

一

院子外的田里，金黄色的油菜花灿烂盛开，从田垄中满溢出来。“啪啪”，油菜花仿佛金色的尘埃在空中起舞。

原来，那是一群惊慌的麻雀同时从花田中起飞。

我每天坐在桌子旁，仰望这一群麻雀。久而久之，就连哪一只住在哪一个洞里都能一一区分开来。尤其是住在西端的那只麻雀，一眼就能认出来，因为它只有一条腿。十有八九，是在小时候被野老鼠咬断的吧。

麻雀的巢，大部分是用马房和农家储物室前散落的麦秆建造的。但是，单脚麻雀却有自己独特的喜好。这位大人物看来十分爱打扮，在麦秆上铺了一大堆白色的羽毛。我家的鸡屋里，除了白色的来航鸡以外，还有褐色的土鸡和黑色的米诺卡鸡。但这只麻雀的鸟巢中，白色以外的羽毛一根也没有。足以证明这只麻雀拥有自己独特的喜好。

有一天，我像平常一样，偷偷地往单脚麻雀的巢里看。

“呵呵！”我忍不住发出了喜悦的笑声。

鸟巢的中央，静静地躺着一颗非常可爱、像小指头肚那么迷你的小鸟蛋。一缕阳光穿过缝隙落在鸟蛋上，被纯白色的羽毛簇拥着的鸟蛋发出稚嫩的金光。就像童话中讲的那样，我似乎隐约听到鸟蛋正在向我打招呼。

二

那是第二天的傍晚。

一个黑色的物体从单脚麻雀的巢中爬出来，滑溜溜的，又细又长。那是一条被当地人称作食鸟蛇的蛇。

我吓了一跳，马上找来一根棒子，蛇却早已无影无踪。爬上梯子往鸟巢里一看，里面被彻底捣毁，美丽的鸟蛋连影子都没有了。

不久，单脚麻雀回来了。它刚钻进巢里，就慌乱地往外飞。它飞到屋顶上，单腿站立，样子沮丧，歪着头“喊喊、喊喊”地叫起来，叫声无比寂寞。

天色逐渐暗了下来，麻雀在屋顶上无力地鸣叫。这样下去，它迟早会被猫头鹰捉走。我向它嘘了几下，可是没有动静。可怜的麻雀看来已经一蹶不振了。

第二天早上，我像平常一样早早起床。屋顶上，还有门前的田地里，都看不见单脚麻雀的身影了。

“果然是被猫头鹰捉走了吧。”我不由得感到一阵凄凉。

三

“好！”我忍不住大喊了一声。

那是麻雀消失后的第三天。我看见一只麻雀从鸡屋里叼着白色的羽毛飞走。肯定是那一只单脚麻雀。

我家隔壁的房子已经半年没有人居住了。单脚麻雀把巢建在了这房子浴室的烟囱里。它一次又一次地飞到鸡屋里，拼命地进行着自己的工作。

每天清早，麻雀都站在烟囱上欢快地鸣叫，就像充满了新的希望一样。

可是，一天傍晚，我下班回到家，看见隔壁的空房子热闹非凡。哎哟，昨天不是有人告诉我小学的老师会搬到隔壁去嘛，原来今天就入住了。

“隔了半年，终于有新邻居了。”我一边自言自语，一边顺势往邻居的屋顶望过去。

糟了。浓烟正从浴室的烟囱里滚滚而出。邻居正在浴室里烧水。单脚麻雀的鸟巢不就在那个烟囱里吗？！

“喊喊，喊！喊！喊！”一阵悲鸣传来。

麻雀在浓烟的包围下，从烟囱里飞出来，然后“啪哧、啪哧”地扇动翅膀，越飞越高，向着泛紫的落日飞走了。

可怜的单脚麻雀！

8. 答案：硝酸甘油是防治冠心病和心绞痛的“救命药”。

四

“喊，啾啾，喊，啾啾。”外面传来两三天没有露面的单脚麻雀的叫声。

我跑到外面张望。一只麻雀正从板窗和屋檐的缝隙里露出圆溜溜的小脑袋。果然是那只单脚麻雀。

它又一次开始做新的巢了。这只单脚麻雀根本就不知道什么叫作绝望！

麻雀一刻不停地筑巢。鸟巢做好后，就铺上白色的羽毛，然后在中央产下三颗美丽的鸟蛋。三颗鸟蛋不久就孵出了三只可爱的雏鸟。

一天早上，随着一阵焦躁的麻雀叫声，我醒了过来。

叫声非比寻常。我马上从天窗里钻出去看。

一只麻雀，那一只单脚的麻雀，正拼命地、疯狂地拍打翅膀，向着什么东西冲过去。

对手是一条黑蛇。之前把鸟蛋吃掉的那一条黑蛇，现在又一次在板窗上抬起镰刀似的脑袋。

这次，麻雀化作一团烈火，以排山倒海之势，用尽全身的力气往蛇的头部撞去。

黑蛇以电光火石般的速度，把镰刀似的头一甩，噬向麻雀。麻雀胸口的白毛在空中飞散，可是它一点儿也没有退缩。

刚飞远一点点，就马上扑过去；刚扑过去，又马上拉开距离。它不停地攻击，让强敌没有一丝喘息的时间。

每一次冲过去，麻雀胸口的羽毛都被蛇扯掉一些。很快，那里的毛就没剩几根了。就算如此，单脚麻雀依然顽强战斗。

猛烈的攻击连绵不绝。麻雀已经连声音都发不出来了，可是它依然不停地扑过去。

我看不下去了，正想着去拿一根棍子把蛇敲下去的时候，黑蛇的镰刀脑袋无力地垂了下来。单脚麻雀没有放过这次绝好的机会，向蛇发动了致命的攻击。

这一下子，顽固的黑蛇被彻底击溃了，从板窗上掉了下去，“砰”的一声摔在屋檐上，像一根棒子似的伸直了漆黑的身体。走近一看，蛇的双目已经被麻雀的尖嘴完全啄破了。

这时候，我们的这位单脚麻雀，正用一条腿挺立在板窗上，“啾，啾啾！啾，啾啾”，唱起了胜利的歌谣。

心香一瓣摘自《银色的鸟巢》九州出版社

图：陈明贵

南方人去了北方澡堂

@Miss Ming

一

一份针对中国高校研究生住宿状况的调查显示，南方高校配有独立卫浴的研究生宿舍高达73.31%，而北方高校只有36.44%。在家家用得起热水器的今天，还有接近四分之三的北方高校没有独立卫浴。

比如北京某著名高校，就曾因“澡堂设有500个淋浴喷头，可一次容纳1500人同时洗澡”的新闻而引起网友群嘲。

24000名学子共享500个喷头，平均每个喷头每晚接待48名学生，业务十分繁忙。最可怕的是，澡堂每天只开放4.5小时，每个学生的淋浴时间只有5.6分钟，连打泡沫的时间都不够。

每天晚上，南方学子穿上最厚的夹棉睡衣，套上平时不屑穿出门的土味棉袄，端着个塑料盆，洗脸毛巾旁边还插着一双破拖鞋。他们走出宿舍楼，在零下10摄氏度的冬天，冒着在家乡从来没见过的大雪，艰难迈向澡堂的方向。

当他们冻得瑟瑟发抖，在更衣室脱得只剩一条裤衩，亟待用滚烫热水冲去满身寒意的生死关头，却发现烟雾缭绕的澡堂里，满屋白花花的肉体已经排到门口。

他们挤在队伍尽头，盯着每个喷头的流水状况，计算在喷头下的人剩余的搓澡时间，一边伸着脖子数人头，一边绷紧臀部肌肉。因为每次身后澡堂门被拉开时，北方寒冷的风就会隔着薄薄的布料用力拍打着来自淮河以南的屁股蛋。

他们在冰火两重天中思念南方一天24小时内随时等候临幸的独立卫浴，在长久的等待中竖起全身毛发抵御来自北方的考验。热水淋在身上那一刻，将是对他们钢铁意志的最大嘉奖。

但他们不知道，这不过是新副本的触发按钮，更大的考验还在后面。

二

对于南方学子来讲，北方澡堂是一片他们曾以为自己永远不会踏足的原始森林，没有隔间，没有隔板，没有门帘，一间光秃秃的屋子，墙上装了两排喷头，未着寸缕的少年们在热水中自由嬉戏。

毕竟北方高校宿舍大多源自二十世纪七八十年代的“筒子楼”，面积极其狭小，每个单间只有十几平方米，公用浴室不但使土地使用效率最大化，还积极响应“建设节约型社会”的号召，更在广大学子中建立起深厚革命友谊，广泛流行于北方高校之间。

但这种用宽衣解带换来的革命友谊，对于羞涩的南方人却是致命打击：

好不容易洗上热水澡，才发现后面还有满坑满谷伸着脖子排队的同学，满屋陌生人对自己的裸体行注目礼，热水拂过皮肤的舒爽感觉还没抵达大脑，如遭雷劈的尴尬已经让他们生不如死。

特别是面对熟人，南方学子多么希望彼此心照不宣装作不认识，毕竟还没有熟到可以坦诚相待的地步，但热情的北方同学并不懂沉默产生美，他们像发现新大陆般扯着大嗓门呼喊同窗的名字，或勾肩搭背，或发出共浴邀请，全然不顾南方人面对“激情裸聊”时抽搐的嘴角和惊慌的神情。

更令南方学子惊恐的是，为了节约资源，学校建议三个人共享一个喷头洗澡。这就意味着三个成年男子在约一平方米的空间里摩肩擦踵，赤条条空荡荡，只剩下最原始的较量。

在死亡般的尴尬中，要么选择

跟另外两名同窗袒胸露乳赤裸相对，要么选择在等待中冻死，南方学子进退两难。

当他们克服陌生目光，婉拒来自同窗的共浴邀请，又会迎来新的挑战。

三

“搓澡”，是北方澡堂的灵魂。

手持带有神秘纹路的朴素搓澡巾，用力在身体上搓出一道道红彤彤的印记，看上去就像日本料理里新鲜的牡丹虾刺身一样漂亮，看着一绺绺灰黑的死皮落地，身体在洁净中重生的成就感遍布全身。

为了入乡随俗，南方学子只能努力习得这项巫术，拿起搓澡巾奋力揉搓，让自己融入偌大的牡丹虾群。

但四肢容易搓到，后背怎么办？于是，令南方学子谈澡堂色变的“搓澡社交”随这个难题出现在眼前。

相互搓澡是北方澡堂里的一种独特文化，他们管这叫“以澡会友”。猴子通过互相抓虱子增进友谊，而北方人的友情在互相帮助彼此搓掉一层泥中迅速升温。

苏轼曾写过“寄语揩背人，尽日劳君挥手肘。轻手，轻手，居士本来无垢”，意思是让对方搓轻点，可见这种相互搓澡的乐趣古代文人骚客也是相当享受的。而在当代北方大学澡堂中，这种情趣被发扬到极致。在北方，没有什么事是去澡堂里搓一次背解决不了的，如果不行，就两次。

昨天素不相识的两位同学搓过一次澡后今天相约去打球，前两天还放狠话绝交的两个人互相搓过澡后立刻化干戈为玉帛。南方学子唯有尽快适应这个全新的社交场所，才能成长为一名合格的北方大学生。

当南方学子熬过排队的等待，克服陌生的目光，熟练掌握疼中带爽的搓澡力度，四年过去了，他们终于从这个名为“北方澡堂”的副本毕业，成为顶天立地的南方汉子。

林一摘自《视野》

图：小黑孩

电子邮箱

编辑部 wenzhaiban@126.com
蔡美凤 836361585@qq.com
胡 捷 gxy1987@foxmail.com
吴 艳 976248344@qq.com
杨怡君 499081339@qq.com

9．答案：它可以扩张冠状动脉和静脉血管，降低心机耗氧量的同时，增加回心血量。

超人类奇迹

@ 莫小米

蝗灾来时，遮天蔽日，仿佛末日。这么多的蝗虫集体行动，飞行速度极快，如此密集，却没有任何磕磕碰碰发生，真令动不动拥堵、时不时发生交通事故的人类汗颜。

美国宾州州立大学的工程师们向蝗虫学习，试做了一款防撞探测器，希望能朝着智能、低成本、特定任务、节能和小型化防撞系统发展一大步。

善于学习是人类的优点，但是也有没法学的。

有种蚂蚁叫撒哈拉沙漠银蚁，每秒可以走 50 步、85.5 厘米。这些蚂蚁生活的撒哈拉沙漠，温度有时高达 60 摄氏度，在沙漠中寻找昆虫和小动物，时刻受到高温的灼烤，动作稍慢，它们的细脚就会深陷在沙子里。而跑得最快的飞人博尔特，每秒只能迈出 4 步。差距不是一点点。

我们以为猫和狗的视锥细胞仅有两种，只能看到蓝色和绿色，挺可怜的。如此说来，蜂鸟也可以认为人类可怜，它有第四类视锥细胞，而人类并不具备。

科学家做了实验，在蜂鸟的喂食器上，通过科技手段投放了很多人类看不到的颜色，并定期对喂食器的位置进行调整。

实验结果表明，蜂鸟真的能通过颜色来准确找到食物，而且无论计算机形成的颜色是多么的复杂，它们都可以准确地识别，比方说，它们能看见太阳光的色彩，而我们不能。

好莱坞影星史蒂夫·麦奎因主演的科幻片《变形怪物》，片中果冻般的外星怪物“幽浮魔点”，在一个小镇上吞噬了它遇到的所有人。

现实中还真有！一年前，巴黎动物园向公众首次展出外号为“魔点”的神秘生物。它没有四肢和翅膀，却能自行移动；没嘴没胃，却能吃东西；没有大脑却能学习，有记忆力和适应能力，还有解决问题的能力，甚至会走迷宫……

天外有天，人类，只有保持谦卑与收敛之态，方能与万物共存。

小祺摘自《今晚报》

毒枭养的河马，成了南美一霸

@小伟

作为外来入侵物种，河马现在在哥伦比亚已经成灾了。

这些河马的来历非同寻常。

得益于贩毒企业，哥伦比亚拥有全球最先进的走私技术，这群河马最初也是作为宠物被毒贩走私进来的。

《美国国家地理》将这群哥伦比亚河马称为“白面河马”。

后来毒贩挂了，河马被原地放生。最初这些河马只有四只，人们以为它们会自生自灭，结果没想到后来壮大成了一支生产队。

去年五月哥伦比亚麦德林一男子半夜回家被河马发现，河马一路追他直到村口。赶来救援的村民发现男子屁股都被啃破了，医院鉴定属于三级重伤。

2009 年曾有一“三人”规模的河马团伙频繁袭击村民牛群。咬死过牛，还差点咬死人。

最后哥方出动军警前往剿灭。在历时两年追踪后，这支全副武装的十来人战斗小组终于将这个强盗团伙的头目打获。据悉这个头目不仅是头目，也是团伙另外两名河马的爸爸。

在只见过动物园水池里的河马的人眼里，河马是温顺的。嘻哈的英文“hiphop”就是由河马英文名 Hippo 演变而来。在全球叶公眼里，河马和它轮胎大的屁股是惬意的象征。但事实上河马性格刁得不行。

《美国国家地理》提到，在河马老家非洲，这家伙每年要干死 500 个人，比什么狮子豹子都要多。

前几年外媒还报过河马干翻犀牛的事。一头犀牛因为口渴误入河马领地找水喝，两河马看不顺眼直接把犀牛拖到水里溺死了。

河马伤害的不只是哥伦比亚人，还有哥伦比亚的魂。

比如像濒危的达尔蟾蜍头乌龟和马格达莱纳河乌龟基本只在哥伦比亚某些地方出现，而现在因为河马乱吃草、乱滚泥弄得这几种乌龟都要灭绝了。

去年有研究团队发现“白面河马”所在栖息地水源中的营养水平和蓝细菌增加。虽然增幅不大，但考虑到这仅是一百来头河马搞的杰作，并且不知道它们身上还有什么特产病菌，所以哥方环保工作人员心里还是很慌的。

外来物种入侵往往会造成一些无法预测的后果。

比较经典的案例是前几年小龙虾攻陷欧洲，不仅占了当地土虾的房，还把很多地方下水道堵了。

《中国环境报》2019 年一篇报道提到：外来入侵物种对我国经济和环境造成的损失每年高达 1200 亿元，其中直接经济损失约为 200 亿元，间接经济损失为 1000 亿元。

所以放任河马逛街谁也不敢打包票将来会发生什么。

那现在咋办呢？

懒惰是人类的通性，解决问题永远不如解决掉河马容易。所以哥方第一反应是把河马给做了。

不过这个方案在执行中碰上了前所未有的阻力。前面提到 2009 年曾有军警受命打死过一头肇事河马。这是哥方向河马宣战的第一枪，后面还有一套完整的团灭计划。

但这个事件在哥伦比亚国内和国际上引起了轩然大波。甚至有美国环保人士跨境执法，冲到哥伦比亚当地联合本土势力要求立即停止捕杀。哥方当局最后不得不终止了灭绝计划。

另一方面其实哥伦比亚当地人中有不少人还是支持河马留下的。

河马在麦德林的所作所为是混账的，但也弄巧成拙地为当地居民带来了利好。

NPR 新闻对当地居民的一次采访中，有村民提到自从村子附近有河马出没过后，非法炸鱼还有电鱼的偷猎者都消失了。

毕竟一个雷管扔河马水床上，在河马看来这可不是要它命吗？炸鱼人面临的风险直接指数级增加。

而别看河马又胖又拧巴，事实证明只要你能在某方面做到极限，必然会招来一大群死忠你的粉丝。

“假若白面河马们能够通情达理主动把自己的蛋蛋交出来……

目前哥伦比亚这群白面河马主要活动范围还是当年被毒贩走私过来放养的那个私人动物园附近。

当地村民发现这点后立刻搞起了各种河马主题的农家乐。

现在这片地区每年有5万游客因河马而被吸引前来，极大带动了当地经济发展，为哥伦比亚扶贫事业做出了重大贡献。

所以解决不了河马怎么办？

哥方当局与环保人士共同决定把河马给阉了。

从一两年前开始，哥方便着手于给这群流浪河马绝育。但这条路似乎比把它们都做了更不容易。

科学家对河马关键部位有个非常客气并且大气的形容，直译过来叫“空间动态蛋”。

啥意思呢？简单来说就是河马可以主动把自己蛋缩到体内去，并且蛋还能在体内大范围转移。

维也纳兽医大学野生生态学研究中心的克里斯·瓦尔泽与其团队在《兽医产科学》曾对河马绝育手术发表过论文，他们认为这几乎是一项不可能完成的任务。

而相比雄性河马，给雌性河马绝育更是玄学。

目前科学家还尚未搞清雌性河马生殖器具体位置和作用方式。

现在哥伦比亚的河马绝育计划仅针对雄性河马，雄性河马每头绝育费用在5万美元左右。

哥伦比亚环境专家戴维·埃切韦里·洛佩斯表示，他每年可成功阉割一头河马，但科学家预计当地河马数量每年增加10%。

事到如今，哥方政府再次将做掉河马的选项提上议程。

假若白面河马们能够通情达理主动把自己的蛋蛋交出来，自然可以免去一场风波，改变充满不确定的未来。

不过说到底这还是人类造的孽啊。

刘振摘自微信公众号 beebee 星球

图：恒兰

10. 答案：躺着服用，这样可以快速缓解心绞痛的发作，也能有效预防跌倒等意外发生。

1991年的爱情往事

@ 叶倾城

在同一所农行的办事处共事快一年，什么话都说尽了。他好，我知道；他对我好，我也知道。其他的呢？他没说过，我没问过。

他要去黄州学习的消息，是突然知道的。上午开会宣布，我中午吃完饭回来，他和其他的学员都已经整装待发。他一直在东张西望，看见我，眼睛一亮，仿佛示意我过去。但是太热闹的场面让我窘迫，我头一低，也没跟他打招呼，就进去了。

从刺眼的正午阳光里一步踏进幽暗的营业大厅，我禁不住地一阵恍惚，心里霎时间涨满的，是扩大了许多倍的念头：他，要走了。

我怔怔地站在门边，听见背后急切的脚步声——果然是他。半晌，他说："我去一个星期。"我说："嗯。"良久，听见汽车直按喇叭，他向门口跑了两步，又一停："我，给你打电话。"我用力地点头。

每次电话一响，我的心就一阵狂跳，是别人或是公事，心才暗暗地落回原处。短短的一个上午，我的心大起大落，像大户操纵下的股市。但是他的声音，始终没有在那一端响起。

后来我才知道，其实他没有食言。只是因为学校远在郊区，打长途不便，每次都只能赶在上课前放学后。第一天打来，快下班了，我在后面洗手，他们喊几声不见我应，就告诉他，我走了。第二天打来，是刚上班，我还没到，别人又忘了告诉我他来过电话。

但是当时的我自然不会知道。中午同事们去吃饭，我却不死心地守着电话。电话彻底地安静着，我渐渐焦虑起来。忽然铃声大振，我一跃而起，被桌角撞痛了腿也在所不惜，但是那端满口粤语，竟是打错了。

我慢慢放下话筒，听到雷声隐隐传来，抬头看去，天色正迅速地变暗，乌云奔腾而来，一场暴雨正蓄势待发。我突然想到了他：他走得那么急，记得带伞了吗，还是一贯的不在乎？那样粗心的男孩啊。我忽地站起身，拿了雨衣，跟主任说："我请半天假。"没告诉他，我是要去黄州，当然更没问，他，到底是在黄州什么地方。

雨来得比我想象中还要急，我的全身很快就湿透了。我坚持地站在路边，只要是长途车，无论是南来还是北往，我一律奔过去充满希望地问："到黄州吗？"

一辆开往蕲春的车被我拦住了。车上很多人，我被挤在一个猪笼旁边，车稍有颠簸，那头猪就发出抗议的嚎叫。车顶在漏雨，无论怎么闪身都躲不开，我索性由它一滴滴打在我肩头。站了好久好久，腿都软了，窗外是越来越陌生的田野，但是我心情平静，甚至还轻轻地哼着歌，觉得肚子饿了，摸摸口袋还有一包话梅，就拿出来吃。

雨停了，阳光渐渐来敲我们的窗，售票员招呼我："黄州到了，你到哪里？我们在附近把你放下来。"

我说："我不知道。"

我在刚进市区的地方下了车，立刻有一个三轮司机过来拉生意。想想是农行办的培训班，显然跟经济有关，我便问："你知道哪儿有财贸一类的学校？"

他说："十块钱我搭你去。"

我数数钱——出门时根本没想到会到这儿来，身上只带了平常零用的钱。我摇摇头："太贵了。"

他缠着我不放："八块，六块，好了好了，五块，不能再低了。"我干脆把钱包翻给他看。他不可思议地摇头，一边自言自语："武汉大地方来的，连这点钱都没有。"一边还是告诉了我怎么走。

我实在是太乐观了，在黄州财贸学校连问三个人都不知道，最后人家显然是被我问烦了，"砰"地关了门。站在陌生的街道上，周围没有一张熟悉的脸，就在我急得眼泪快掉下来的时候，我一眼看见"中国农业银行"的金字招牌，蓦地觉得见到亲人般的绝处逢生。

亮了自己的工作证，储蓄小姐热情地指点我：“你说的培训班在农行职工学校，我帮你叫三轮，省得他宰人。”

我小声地说：“您告诉我路线，我走着去就行了。”

明明是牢牢记着她的指引，可是才出两个街口我就彻底地糊涂了，只好走投无路地问人。就这样，在六月的烈日下艰难地走着，汗水滑过皲裂的嘴角，是撕裂的痛楚，我舔舔嘴唇，却连一小杯冰豆浆都不敢去喝：谁知道还要走多久呢。

终于有人抬手一指对面：“就在那儿。”刹那间，漫天的晚霞同时打开在我面前。

在即将走进宿舍楼的瞬间，我站住了，我第一次想到，见到他，我要说什么？问他为什么不给我打电话？但是如果，他根本只是随口说说呢？我们之间其实不过是同事，只是一个星期的分别，只是两天不知消息，而我，居然就这样巴巴地跑来，他会怎么笑我的自作多情？我想要马上回去。可是，那么大的雨，那么毒的太阳，那么远的长路，我为他而来，就这样徒劳而返，我不甘心，我真的不甘心。

最后我终于决定了，悄悄问一问别人，武汉来的几个学生怎么样，如果没事，那就表示他也平安着，然后就可以走了，他的面也不必见。

在心里想了几十遍该如何若无其事地询问，走进楼道，有人看我一眼。只是一眼，我好不容易建立的全部勇气立刻土崩瓦解，我惊慌地逃上楼去。在二楼，我连停都不敢停，三楼，最后是四楼，顶层了，已经没有退路了。

我终于敲开了走廊尽头的门。“武汉来的学生？我不知道，你问对面吧。”

我走到对面，手刚刚抬起，门开了。忽然好像整个夏天的热浪一起翻卷而来，我仿佛身处云端般恍惚，我看到的真是他吗？

那一瞬间，我清清楚楚地看见惊喜如闪电一般照亮他的脸：“是你？真的是你？我听到你声音，我想不可能。你这两天在哪里？为什么我打电话你总不在？我都快急死了，车票都买了，马上就准备回去。你怎么会来？你怎么来的？你怎么找到我的？”

他一迭声地追问着，而我只是深深地看着他，轻轻地微笑，笑着笑着，我就突然哭了。

原来，喜欢就是这样的。

田宇轩摘自微信公众号作家叶倾城

图：小柯

过命兄弟

@ 颜士富

傍晚，一群孩子正在玩耍。村头，一位身着长衫的货郎摇着拨浪鼓向孩子们走来，拿出一大瓶麦芽糖，说："谁能告诉我马啸家住哪儿，糖就给谁吃。"孩子们面面相觑，没有一个能说出的，货郎又说："就是那个马大鞭。"还没等货郎说完，孩子们齐声说，并用手向东指着："前头第二家就是。"

马啸不知怎地，不管人前人后，走着路就叽叽咕咕一串响屁，就像一挂鞭，因此，人们给他起了个绰号大鞭，时间久了，马啸的名字就淡了。

货郎来到马大鞭家，敲了敲门。

"谁啊？"大鞭一边应着，一边把门打开，见是货郎，便问，"有特大号的大行针吗？"

货郎拱了下手，说："特大号的大行针已卖完，有上好的顶针要吗？"

马大鞭一听，向左右望了望，将货郎让进了屋。

"同志，据可靠情报，鬼子近日要下乡扫荡，中央决定，要动员全国老百姓把粮食等物资转移，坚决粉碎日伪的扫荡计划。"

货郎姓曹，因身材魁梧，人们都称他曹大汉，是鲁南人，组织上派他来苏北泗沭一带开展敌后武装运动。马大鞭是共产党在小马庄发展的地下党员。

马大鞭随手拿了一根小树枝，在地上边画边说："小马庄依泓而建，庄形杂乱，陌生人进了村庄，转来转去，从早到黑也走不出村庄。另外，村外就是马泓，方圆几十里，有水上青纱帐之称。很早以前，依仗天然屏障，匪患无穷。官方虽然经常围剿，但土匪遁入芦苇荡，官兵无功而返。我们动员老乡把物资转移到芦苇荡里，这样比较安全。"

"好，"曹大汉说，"就这样定了。"

11．答案：硝酸甘油必须舌下含服。以水送服会被肝脏降解，药物作用会大打折扣。

天黑了，马大鞭挨门逐户动员，黎明时分，全村所有物资转移完毕。

鬼子在小马庄的扫荡扑空了。

从此，曹大汉就经常出入小马庄，配合马大鞭组织地方武装，利用芦苇荡做掩护，开展游击战。

1945年，日本宣布无条件投降，抗战取得胜利。然而，刚驱走雾霾，阴云又至。蒋介石挑起内战。驻扎县城的国军对小马庄进行围剿。战斗从打响开始，激战了一天一夜，游击队伤亡惨重，最后边打边退，被逼进了芦苇荡。

国军在岸上布下岗哨，游击队一时上不了岸。就这样耗着，时间飞逝，转眼时令已近晚秋。芦苇抽出了芦花，芦苇叶几近枯黄。

一天，国军下令烧秋，一把火把方圆几十里的芦苇点着，熊熊烈火冲天而燃，火借风势，噼啪作响……

马大鞭和曹大汉被捕了。

他俩被关在同一牢房。一天，看守打开牢门，冲着马大鞭喊："马大鞭，出狱了。"

马大鞭好像没听到，在一旁的曹大汉说："看守喊你了，让你出狱。"

"出狱？"马大鞭竟然怀疑自己的听力，冲着看守问，"那他呢？"

看守有点不耐烦，说："他不行。我们长官说了，两人就得五百大洋，你们村七拼八凑才凑齐三百大洋，他们只赎你。"

"兄弟，你快走吧，常言说得好，留得青山在，不怕没柴烧。"

"不行，你一天不走，我就陪着你一天，不能欺负外地人，留下你，我会背负不仁不义的骂名。"

"唉——"听了马大鞭的话，曹大汉仰天长叹，两行热泪扑簌簌地流了下来，一把抱住马大鞭，说，"这辈子咱是兄弟，下辈子还做兄弟。"

马大鞭放弃了出狱，最终和曹大汉一起英勇就义。

在行刑时，一个看守咬着另一个看守的耳朵说："天下终究是属于共产党的。你看，为了战友，为了信仰，宁愿放弃自己的生命。"

不该遗漏的补记：本文是根据真实事件创作的，文中曹大汉和马大鞭的真实姓名是曹光正、丁敬波，现长眠于江苏泗阳烈士陵园。

摘自《过目不忘·50则进入中考高考的微型小说(10)》上海文化出版社　图：宋书成

为庆祝中国共产党成立100周年，本刊开设"红色故事"专栏，欢迎投寄相关作品，投稿邮箱 wenzhaiban@126.com，投稿时请标注"红色故事"字样。

问路

@许保金

这里的交通太发达了，发达到我迷路了。既然迷路了就必须得问路。

对面走来一个老大娘，我忙满脸笑容迎上前去："大娘，您好！我向您问个路。"

老大娘瞪了我一眼，说："我们这里没有老中医。"

"老中医？"我纳闷了。

"对，我在这儿住了一辈子了，我们这里没有老中医。"

我还是不解："我只是问个路，不找老中医。"

老大娘又说："我儿子没有灾，我们家人都没有灾。"

"什么灾？"我愈发糊涂了。

老大娘不理我，继续说："我没有钱，也没有金银首饰让你作法，你别想给我调包。"

"什么乱七八糟的？"我有点生气了。

老大娘也生气了："年轻人不学好的，学骗人。"

老大娘走了，我却傻愣愣地站在那儿不知所措。我什么时候学骗人了？

我继续向前走，还得问路。

迎面又走来一个老大娘，我还是满脸笑容迎上前去："大娘，您好！我向您问个路。"

老大娘瞪了我一眼，说："要想喝水，自己去买矿泉水，买饮料。"

"喝水？"我又纳闷了。

"对，别想去我们家喝水。"

我仍然不解："我只是问个路，不喝水。"

老大娘又说："你看清楚了，我耳朵上没戴耳环，脖子上没戴项链，手上也没戴戒指、手镯，你抢不走东西。"

"什么乱七八糟的？"我有点生气了。

老大娘也生气了："年轻人不学好的，学骗人、抢东西。"

老大娘走了，我又傻愣愣地站在那儿。我什么时候不但学骗人了，还学抢东西了？

我又继续向前走，还得问路。

迎面走来一个老大爷，我仍然满脸笑容迎上前去："大爷，您好！我向您问个路。"

老大爷瞪了我一眼，说："我没有手机，不会中奖。"

"手机，中奖？"我还是纳闷。

"对，我也没有银行卡，我不会去银行给你汇款。"

我愈发不解："我只是问个路，你说的这些跟我没关系。"

老大爷又说："我也不买你的药品、保健品，要想买，我会去医院咨询医生。"

"什么乱七八糟的？"我真生气了。

老大爷也真生气了："年轻人不学好的，学骗人，早晚被抓进去。"

老大爷走了，我还是傻愣愣地站在那儿不知所措。

迎面走来一个大嫂，我问还是不问？不问吧？不知道路咋走，问吧，怕又引起误会。我想了想决定问路，不过在问之前，先给大嫂解释清楚。

于是我对大嫂说："大嫂，您好！我不找老中医，你们家人都没有灾，我不要你的钱、金银首饰，也不给你调包。我不去你们家喝水，我不抢你的耳环、项链、戒指、手镯。我不会让你去银行给我汇款，我也不让你买药品、保健品。我就是问个路。"我一口气说完了这些，差一点把我憋死。

大嫂瞪了我一眼，说："你说得还不够，你还应该手里拿个钱包，假装是捡来的，假装给我分钱。你还应该有同伙，唉，对了，你同伙呢？"

我还是个骗子。

我无奈地仰天长叹："我就是想问个路呀！"

摘自《2016中国年度作品·微型小说》
现代出版社　图：小黑孩

我和老龙的过期友谊

首发

@安　勇

【作者寄语】通过微型小说创作，我在不断地拓展自己生命的边界。我不渴望我的微型小说能为我开花、结果，让我品尝到收获的喜悦，但我盼望它能从一株小苗，长成越来越粗壮的树木，为我遮挡人生中的风雨。我也盼望它最后能变成我手里的一支拐杖，成为我人生路途上的一个坚强支撑。

那年春节，老龙第一次拎着礼物来串门。我们俩天南海北唠了小半天，茶叶泡得没了颜色，才意犹未尽地分了手。我感慨老龙是个讲究人。老婆把东西摆弄一遍，嘴撇到耳丫子，讲究个屁，他根本没拿你当回事，送的都是过期玩意。我一看，还真是，茶叶是两年前的，还开了封，藕粉过期了半年，盐水火腿过了仨月，顶数桂花鸭新鲜，过了半个月。

我把那些东西扔进垃圾桶，心里又愤怒又窝火。我出门穿大街走小巷，看到超市就进，有志者事竟成，终于在一个偏僻的小卖部里找到了。一袋过期四个月的茯苓饼，一袋过期五个月的蛋黄派。小卖部老板热心肠，把货架翻了个底朝天，又找到一袋过期两个月的卤鸡爪子，一袋过期一年的锅巴。我高高兴兴付了款。

几天后就是元宵节，我拎着东西去看老龙。国内国际唠了小半天，茶叶泡得没了颜色，才意犹未尽地分手。二月二，龙头节，老龙又拎着东西来了。我俩聊到了童年趣事，都笑得前仰后合。老龙走后，我检查他带的东西，红肠和巧克力都过期了两个多月，盐煮花生米过了一年。我把东西扔进垃圾桶，心想，看来得做好打持久战的准备了。

我向亲戚们求助，弄到了一袋过期酱牛肉、一只盐水鸭。挨到劳动节，我去看老龙。我们俩从读书

12. 答案：该药结构不稳定，贴身保存容易挥发，可以放在随身携带的包里。

聊到工作，恋恋不舍地分了手。端午节老龙来了，拿的啥就不细说了，反正也是过期的。从端午节到中秋节，三个多月没啥节日，我心里也越发苦恼，不知找啥借口能去看老龙。得知老龙切阑尾的消息，我急三火四去了医院。老龙感动得眼泪在眼圈里直打转，抓住我的手一个劲喊兄弟。中秋节，老龙康复如初，拿着礼物来看我。我看也没看扔进垃圾桶，琢磨着国庆节该给他送点啥好。

兄弟姐妹三叔二大爷家里有过期的东西都会主动送给我。我如获至宝，精心储存起来，盼望着节日来临，好把它们送给老龙。看到我和老龙的友谊物资丰富，我心里有一种巨大的满足感。有时候，我会不由自主地想，都说婚姻不是两个人的事，而是两个家庭的事，友谊同样不是两个人的事，而是两个家族的事。想想看吧，如果没有亲戚们大力支持，我和老龙的友谊咋能如此稳固地发展下去呢！

不知不觉间，我和老龙的友谊已经持续了十年。

如今，我们已经变成了最亲密的朋友，跨过最初的愤怒和报复后，我和老龙的友谊已经站到了新的台阶上。换句话说，礼物虽然是过期的，友情却始终在保鲜期。尽管觉得自己的见解深刻，但每次老龙走后，我还是第一时间把他送的礼物扔进垃圾桶里。我觉得老龙应该也是这样干的。

> “礼物虽然是过期的，友情却始终在保鲜期。

那天是重阳节，我送走老龙回到屋里时，小外孙子手上拿着一块萨其马正吃着呢。我急得直跺脚，让他赶快扔掉，过期的东西不能吃。女儿问，老爸你看生产日期了吗？我说，用不着看，老龙送来的东西都是过期的。女儿说，老爸你错了，这些东西没过期。

我当时就傻眼了，好多疑问像风车似的在心里转腾。老龙是这次拿的东西没过期，还是以前拿的东西也没过期呢？他是从什么时候开始给我拿不过期的东西的呢？他发现了我给他送的是过期东西吗？如果他发现了，心里是怎么想我的？如果没发现，那些东西他是不是都吃进了肚子里？

这些疑问我无法回答，但我知道，我和老龙的友谊已经结束了。

光头王有才

@安 勇

石城北街肉铺掌柜王二麻子正专心对付一块骨头，他八岁的儿子王有才跑了过来，挺着小胸脯，郑重其事地说："爹，我想剃个光头。"王二麻子在王有才的屁股上踢了一脚，说："想剃光头，除非我死了。"

从此，王有才最大的心愿就是要剃个光头。尽管他一直盼望奇迹出现，但王二麻子的身体在他看来比猪还要健康，丝毫也没有突然告别人世的迹象。

十八岁那年，王有才考取了大学，要离开石城到外地去读书。他暗暗地想，到学校的第一件事就是剃个光头。

但开学第一天，校长宣布的校规让王有才立刻绝望了——学校不允许学生剃光头。他除了搜集一些光头名人的画片之外，再不敢有什么违规的行动。四年后，当他带着众多光头明星的画片毕业时，他想，我终于可以剃光头了。

一切似乎都和王有才的光头过不去，单位的领导是一个非常刻板的人，第一次开会就宣布看不惯年轻人剃光头、穿喇叭裤。

几年后，老领导退休了，但王有才热恋中的女朋友非常讨厌光头男人。王有才用一生远离光头的代价娶回了老婆。多年以后，王二麻子去世了，但王二麻子死与不死都已经不是王有才剃光头的障碍了。

王有才七十岁那年，差一点就拥有了光头。他发现脑袋上的头发开始不断地脱落。遗憾的是，没等头发全部落光，他就怀着此生对光头的遗憾，极不情愿地告别了人世。

王有才走在去西天极乐世界的路上时，他唯一的企盼就是来世能剃个光头。佛祖总结了他的一生，宣布下一辈子他还可以做人，而且他有权选择做什么样的人。王有才说："我想做和尚。"佛祖宽厚地笑了。

一切进行得非常顺利，王有才出生在一个笃信佛教的家庭里。他长到八岁时，他爹说："我送你去当和尚吧！"光头离他真正地近了。

他爹装了一口袋干粮，领着他上路了。临出门他爹说："这一口袋干粮吃完了，走到哪个寺院，就在哪里出家吧！"

他们走了一天又一天，一次又一次地从寺院门前经过。干粮吃光时，他们却出人意料地停在了一座道观门前。他爹惶恐地念过阿弥陀佛后，认为一切都是佛祖的安排。于是王有才成了道观里的一名道童。

因为每天都想着光头，无法潜心修炼，做了一辈子老道的王有才没能成仙。在七十岁时，又一次死去了。

王有才走在去西天极乐世界的路上时，心里已经彻底绝望了。他只想问问佛祖，剃个光头为什么就这么难呢？

佛祖听了王有才的话，压低了声音说："你知道千百年来我最想做什么吗？"他疑惑地摇摇头。佛祖笑了笑说："我一直都想痛痛快快地大哭一场，但我是佛祖，参透了万事万物，我不能哭，这世上有谁听到过佛祖的哭声呢？"

王有才听了佛祖的话似懂非懂，说："来世我再不想剃光头了，请让我浑身长满毛，做一只绵羊吧！"佛祖宽厚地笑了。

作为羊的王有才在草地上漫步时，已经不再想什么光头了。这样，日子就过得无忧无虑，他很快长得肥肥大大，被送进了屠宰场。他没像同伴们一样凄惨地嚎叫，躺在案板上时，他想起了多年前石城北街的那家肉铺，想起了王二麻子……就淡淡地笑了。这一生他终于毫无遗憾地闭上了眼睛。

王有才又一次走在去西天极乐世界的路上时，看见自己的肉被送上柜台出售，皮被制成了一只足球——像光头一样在球场上滚来滚去。

图：点点

【作者简介】安勇，中国作协会员，辽宁作协签约作家。近年来有小说发表在《上海文学》《山花》《天涯》《芙蓉》《福建文学》等刊物，部分作品被《小说选刊》《小说月报》等转载。曾获辽宁文学奖等奖项。

别具一格写丰厚

@ 陈振昌

时下的阅读，有人把“阅”改成“悦”。碰到好作品，还真的是“悦”。最近读了安勇的两篇微型小说《我和老龙的过期友谊》《光头王有才》，打心底里认同，这样的作品才是我们真正所寻觅所欢迎的“悦读”。

《我和老龙的过期友谊》是一篇批判现实主义的作品，说的是朋友交往的故事。这个故事很特别，过期食品是故事的内核。这个内核，借中国传统的节日来演绎。从春节老龙第一次拎着食品到“我”家串门，被发现所拎的食品宗宗件件都是过期食品，被扔进垃圾桶，“我”元宵节也拎着过期食品到老龙家回礼报复开始，再从龙头节老龙又来串门，又是过期食品，又被扔进垃圾桶，到“我”等到劳动节再带上过期食品回礼……一直这样礼尚往来，竟十几年矣。“我”，发现了老龙的虚假，老龙也发现了“我”的不厚道，这种友谊有可能延续十几年吗？早该拉倒了吧？不，有可能的。我们都曾有过这样的生活体验，亲戚间最常见，朋友间也不缺失，却从来没有谁去说穿它，更没受到过社会批判。作者批判得很用心，过期食品就是时代印记。过去不会有过期食品，都食不果腹，哪来的“过期”？商店提供，亲戚帮忙，折射着这种“面子”在社会上的广泛性、同质性。物资丰富了，生活改善了，可精神呢？这种“假”还特精致，不但不褪色，而且还在增色，二人竟然谈得拢，聊得来，以至“茶叶泡得没了颜色”。太假了，太可笑了。但我们笑得出来吗？笑不起来，我们被一种沉重压抑着。我们不可理喻，我们无可奈何。

《光头王有才》则是一篇荒诞讽刺的微型小说。鲁迅先生说，讽刺的力量是真实。安勇先生的这篇微型小说，虽然用的是荒诞艺术，但故事编得真实可信，严丝合缝，讽刺显得很有穿透力。

什么意思啊？自由之维艰。这便是这篇微型小说的内涵。王有才

13. 答案：在心脑血管疾病中，80% 的病例是由于血管中形成血栓而导致的。

用了两世的生命追求剃光头的小小愿望而终不可得。为什么？佛祖说得好：“我一直都想痛痛快快地大哭一场，但我是佛祖，参透了万事万物，我不能哭，这世上有谁听到过佛祖的哭声呢？”著名作家刘索拉有句名言贴在这里也许合适，她说：“人世间有太多的偶然和不公。”

微言大义，自成一体，独立于小说之林，应该是我们微型小说作家孜孜不倦的追求。微型小说篇幅短，如何在螺蛳壳里做道场，写出有别于中、短、长篇，自成个性的深刻和丰厚，让人“悦读”反复，回味无穷，非常重要。安勇的实践，为我们做出了榜样。这样的作品，成片成林，蔚为壮观之时，就是微型小说被肯定被看好之日。那种好人好事粗加工式的作品，那种拉故事情节为豪言壮语附庸的东西，自然就不会再有读者和市场了。

（作者系广东作协会员，原河源市作协主席，广东小小说学会监事长。）

扫码进入中国微型小说学会微信公众号，更多精彩微型小说等您发现。

《故事会》蓝版一句话小说征文

For sale: baby shoes, never used.

转卖：婴鞋，全新。

这是海明威在20世纪20年代写下的一个故事，虽然只有短短六个字，却给人留下无限想象空间。

生活中，那些充满想象的故事，那些难以言尽的情感，那些难以传达的哲思，却被微型小说作家一语道破。

《故事会》蓝版现面向社会征集一句话小说，要求不超过20字，有人物，有故事，有韵味，题材不限。

投稿请在主题栏注明“一句话小说”，优秀稿件将陆续刊发。
收稿邮箱：wenzhaiban@126.com　截稿日期：2021年12月31日。

德国人的**偏执**

@几 时

几个月前，德国室友的父母整理旧物的时候清理出一本不知哪个年代的中国菜谱。书里象征性地讲了几个地区的家常菜，图文并茂，可操作性很强。

不久前我取消了回国的机票。那时候颇为难过，盼了好几个月的胡吃海喝的愿望一下子落了空。有一天晚上和室友一起看烹饪视频，不禁悲伤起来。室友不忍看我太低落，把那本落了灰的菜谱拿过来，说想吃哪个菜尽管点。

我随便指了几道菜，他便开始认真看菜谱，他看菜谱里面有提到料酒，问我：“为什么我从来没买过这个？”“因为不需要。”我说，“只起个去腥的作用。”他又说：“可是书上写了。”我说：“但我们不需要，你也从没觉得我炒的菜腥。”

他继续看了几道菜的做法，发现每道都用了料酒，正襟危坐，说：“你看每道菜都用了，想必料酒是个神圣之物。我们也要有。”他又叫我赶紧打开电脑在“亚超”网站上买。家里的调料都是齐全的，我觉得没必要单独为一瓶料酒多付几欧元邮费，便不了了之。

我们家方圆5公里内有9家超市，我们常换着超市买东西。这3个多月以来，我们每去一家超市，他都会围着调料架转好几圈，着了魔似的非要买料酒。

我给他解释了好几次，料酒是个可有可无的东西，不嫌肉腥就可以不用。他不听。又想料酒也算是酒，就围着酒水架子转，以为会和葡萄酒放一起，可还是找不到。

他说："料酒是正宗中国菜之精髓，一定要有。"我翻白眼："你怎么知道？"他答："要不然菜谱上为什么写满了'料酒'两个字？"

过了一阵子我想吃饺子。那本菜谱上也教了怎么擀面和拌馅儿，室友就开始学做饺子。他看了一遍教程，看到如何拌馅儿那里，"料酒"一词映入眼帘。他让我过去，然后把这词指给我看，边指边义正词严地问我："看到了吗？！"

面醒好了之后他开始擀饺子皮，让我帮他看看菜谱里写的饺子皮应该擀多大。"直径 6 ~ 8 厘米。"我读给他听。他让我看他擀的皮直径有没有 8 厘米。我说不知道，但大小差一点儿没什么影响。

"那你把卷尺拿来，我测测。"他低头擀皮。我以为他在逗我。

看我没动静，就说："我手上不得空，你帮我拿下卷尺嘛。"我无语。

不多时，我又跑进厨房看他的进程，他正用筷子拌馅儿。我说那一点儿馅儿哪够我吃，便打开冰箱要多拿点儿肉加进去。他放下筷子，双手叉腰，略气愤地说道："这面粉和肉的比例都是我按书上配的，有多少饺子皮做多少馅儿，不能再加肉。"说完，将我赶出了厨房。

今天散步路过小城里唯一一家亚洲小商店，我说进去随便看看吧。进去之后，他直奔调味料区，聚精会神地看架子上的瓶瓶罐罐，指着贴着中文商标的花雕酒，问我："这是什么？"我忘了他的"魔怔"，不小心说道："料酒。"

他突然大喜，说："终于找到了！"便要买下来。

我一看标价，6 欧元（约合人民币 45 元）！不管谁的钱，都不能花得这么冤枉。我就对他说："网上的料酒加上运费也比这儿的便宜。"

他又喜，问："那你在网上给我买吗？"我只想糊弄糊弄他，含糊地说"好"。

没想到他兴奋又严肃地说："你发誓要在网上给我买？"我又说"好"，心想，反正也没说马上买，等家里调料用完了，半年之后再买也是买，不算欺骗。

他穷追不舍："那你今天回去马上买？"我不答。他又连问了四五遍，我招架不住，只得无奈答应。

回去的时候大概是下午五点。夕阳斜下，云白天蓝。我们默默地走。他忽然很大力地抚摸我的背，像抚摸一只大狗一样，"我太高兴了！马上就可以有料酒了！"

小小摘自豆瓣网　图：小黑孩

制造八卦赚流量的日子

@张太阳

八卦搬运工

来这家短视频公司前，我由于疫情待业了近一年。

面试的经理告诉我，入职公司后，要先进行为期七天的试岗，通过后就会签劳动合同。

公司里同事间相互的交流很少，我和剪辑苏月还能搭得上话。

试岗头几天，我们组负责的视频账号播放量一路走低。组长坐不住了，单独派给我一个选题“盘点那些在拍戏时未婚先孕的女明星”，让我用“打擦边球”的方式写成文案，比如“女星和知名导演拍戏时因戏生情，电影还没杀青就怀孕”，来源都是捕风捉影的八卦消息。

这则视频一晚上播放量就突破了一百万。组长说：“中规中矩的东西没人看。咱们的视频，要追热点新闻、蹭流量明星的热度，还要能挑动明星粉丝的敏感点。观看率上去了，公司才能赚到钱。观看率上不去，写出来就是垃圾。”

进公司之前，我以为这份工作是通过看电影、查资料，写电影的解说词或介绍电影幕后的花絮片段，穷尽创意推广好电影。现在我意识到，公司只关心点击量和收益，我虽是文字工作者，干的只是八卦搬运工的工作。

14. 答案：哈气不断、血压异常、鼻子出血、步态异常、突然发生眩晕或剧烈头痛。

抄袭被举报

到了第七天，经理告诉我，试岗之后还有一个月的试用期。

正式成为小组的一员后，组长将话题和相关视频素材整理到共享表格中，由我挨个将它们编写成新的文案。

工作几天后，我渐渐发现：组长填进表格里的选题，大多都是“参考”了其他播放量较高的视频账号，或者是之前爆过的选题。选题后面还附着其他账号的文字或视频链接，嘱咐我好好“借鉴”。

我问组长：“这样不属于抄袭吗？如果被人举报了怎么办？”

组长告诉我：电影解说和冷知识类视频很难界定抄袭。就算被举报了，用PR（视频剪辑软件）的工程文件就可以进行申诉，证明这是自己做的。

我将信将疑地照做，但夜路走多了总会撞到鬼。一次，我们做了一个“知名导演和他一生中的两个女人”的视频。视频被人举报抄袭，我们的账号被扣了信誉分，账号从之前被平台认证的“优质账号”变成“普通账号”，单个视频的收益也下降了。

中午吃饭时，我向苏月吐槽，公司做的内容离谱。苏月一副见怪不怪的样子说：“抄袭也得注意尺度。公司之前的一个同事，因为写出的内容和别人的相似度太高，账号被人举报了好几次，就被公司开除了。”

我听后，长舒了一口气：“还好我只被举报了一次。”

黑粉也是流量

没多久，我又见识了组长新的爆款秘诀。

这天，组长派给我一个选题，大意是“盘点那些很一般却被观众捧上天的电影”。我以为要骂一些烂片，但他附上的电影链接是《唐人街探案2》《泰囧》与《当幸福来敲门》。这几部电影我都很喜欢。尤其是《当幸福来敲门》，看到父子俩睡在公厕里时，我还湿了眼眶。

按照他的指导，我矛盾地写完文案。这则视频播放量不错，不过发出后，评论区全是骂声，我试探着问组长：“这样的选题是不是太招黑了？”

组长靠在椅背上，一脸得意：“黑粉也是流量，得学会利用他们。”我反应过来，有意贬低好电影，影迷看了后生气，在评论区反对、嘲讽，这样能增加留言互动，视频有了热度，收益就会上涨。

有几天播放量上不去，组长就让我写“功夫巨星拍打戏只吃泡面，流量小花在片场九菜一汤”，故意激起粉丝愤怒的情绪，引来粉丝留言，以此来提升视频的热度。而同事曾写过一篇“×× 男星爱闻女生衣服”的文案，实际上，“闻女生衣服”是那位男演员在戏中的行为，但只要视频和文案能自圆其说就行。

> 我的注意力和情绪，早就成为他们赚钱的生意。

果然，粉丝们维护偶像心切，在评论区澄清、大骂我们，视频的热度也变高了。

“主动辞职”

一个月很快过去。在此期间，组长告诉我，“未婚先孕的女明星”播放量已经两百万了。他鼓励我再写一期“拍戏时假戏真做的女明星”，选的电影是《色·戒》和《巴黎最后的探戈》。

组长期待着再制造出一篇爆款。但文案写出来后，组长犹豫了好久，担心尺度太大，被人举报，没继续推进。

距离约定的试用期还有一个礼拜，公司又招进来两个新人，分别负责剪辑和文案。

几天后，我被组长叫到会议室。我本以为是聊转正的事，但他说，公司现在满员了，账号不用这么多人运营，因此，公司给了我试用期未通过的结果。

我恍然大悟，公司新招聘来的文案是来顶替我的。

在这样的公司待下去也没什么意义，我答应离职。组长让人事拿来一份辞职合同，辞职原因一栏已经在“主动辞职”处画了一个对号。人事补充说：“工资会照常发，你放心。”

多说无益，我只想拿着工资走人。回到办公室，我简单整理了下工位，等到下班时，打完卡便离开。

苏月从后面追上来，她问我：“兄弟，你辞职了？”我苦笑着点点头。她说她也被通知月末离职，辞退的理由和我的一样。她又问发工资的事，我告诉她，人事说“照常发”。

公司的套路

离职一个月后，我终于在 12 月末接到短信通知的工资条，加到一起只有 2360 元。我虽然愤怒，

2月初，银行卡迟迟没有动静，我询问经理，他说公司办理业务的银行网点被隔离，等他们恢复工作后才能给我发工资。

积累了几个月的怒气爆发，我向经理发了一通脾气。经理说这两天先把我的1500元打到卡里，但我得答应不告诉其他人。他说的其他人，指的是苏月。

我犹豫了一下，回了句“好的”。

几天后，我收到经理的私人账户转给我的1500元。我发消息问经理，剩下的钱什么时候给我，他依旧还是那句重复了无数遍的回复：“等。”

我打开视频App，翻看公司最新发布的几期视频，还是那些博人眼球的话题，“拍戏时假戏真做的女明星”“知名女星趴在地上啃草”等，关注的粉丝数目不降反增。

我迅速地划过去，尽量让自己不带情绪。毕竟，我的注意力和情绪，早就成为他们赚钱的生意。

心香一瓣摘自微信公众号真实故事计划

图：豆薇

但也无可奈何。

不过，经苏月提醒，月底我查工资卡时，发现并没有收到工资。我去问经理，经理让我等等。

苏月告诉我，那个因被举报抄袭遭开除的文案，也一直没收到工资，已经去公司要过好几次了，而且，去公司讨要工资的不止她一个。我后知后觉，公司可能从一开始就在处处套路我。

接下来的一个月，我和苏月达成一致，轮番向公司讨要工资。经理起初以各种理由搪塞，但招架不住天天催讨，给出了一个工资“分期发放”的办法：1月底先发我1500元，剩余的在2月底结清。

如果吃一小勺黑洞会怎么样

@Mandelbrot

黑洞是一个最简单的静态黑洞结构。黑洞中心是一个体积无穷小的奇点，但是这个点携带着黑洞所有的质量，所以它的密度无穷大。奇点周围是被它的引力扭曲的时空。在距离奇点一定范围内，物体只能有一个运动方向——向内，向奇点坠落，甚至连光也无法逃逸。这个范围的半径就是黑洞的史瓦西半径，而这个范围的边界就是黑洞的视界。

一般谈到黑洞大小的时候，指的就是它的史瓦西半径。

知道了黑洞的结构，现在该考虑从哪里下嘴了。奇点以外、视界以内的区域虽然也是黑洞的范围，但那只是扭曲的虚无。如果你在那里咬上一口，恐怕就可以体会狗咬尿泡的心情了。显然，只有把奇点吃到嘴里才算是真正吃到了黑洞。

问题是，自然产生的黑洞体积都不小，半径起码在几公里以上。所以，要吃到奇点，你必须钻到视界里面去。然而，黑洞毕竟不是肉包子，能够让你从容不迫地钻到里面去吃馅儿。由于黑洞的强大引力场扭曲了时间，距离奇点越近，时间流速越慢。当你进入视界之后，会发现黑洞外的宇宙的时间如闪电般迅速流逝。你还没来得及碰到奇点，整个宇宙已经成了历史。当你最终出来时（当然，能不能出来是另一个问题），已经“再回头是百年身”了。

正当你犹豫不决的时候，一个好心的外星人决定助你一臂之力。它把一颗和地球一般大小的行星压缩成了一个你可以一口吃掉的小型

15. 答案：海带、西红柿、苹果、茶叶。

黑洞，并送到你面前。

这颗黑洞卖相十分不错，只见那是半径约9毫米、滴溜溜的一个小球，四周围绕着霞光万道、瑞彩千条，其实那是被吸引过来的空气分子在黑洞外围激烈碰撞摩擦产生的各种电磁辐射。黑洞边缘还带有一圈光怪陆离的光晕，这是黑洞引力场扭曲光线导致的引力透镜效果。这样的宝贝，看一眼就让人食欲大增。你迫不及待地想把它一口吞掉。

不巧的是，黑洞的想法和你一样。对这个小型黑洞来说，你的个头大了点，所以它决定把你改造成一个比较容易吃的形状。

由于你身体的各个部分和黑洞奇点的距离不一样，所以受到的引力大小也不一样。这个引力差在你的身体上形成了一个张力。对于一个普通人（身高1.8米，体重70公斤）来说，如果你距离黑洞2米，在你身体中心处的张力大小是约1.6×10^{15}牛顿，接近珠穆朗玛峰重量的一半。你身体内的分子间作用力虽然试图把你拉在一起，但是在这个巨大张力的作用下无异于螳臂当车。你被拉成一根面条，然后被黑洞吸进嘴里。

一根面条肯定填不饱肚子，黑洞打算再吃一顿大餐——地球。很快，黑洞掉进了地球内部，并且向地心靠近。黑洞和地球是相互吸引的，所以不能简单地说黑洞向地心运动。实际上，黑洞和地球都向它们共同的质心运动。

然而，黑洞并不会很快把地球吃光。准确地说，它永远不能把整个地球吞下去。这是由黑洞边吃边吐的恶劣吃相造成的。黑洞的引力导致周围的物质快速向奇点附近聚集，这些物质在黑洞外围带着巨大的动能互相碰撞摩擦，使得很多物质被重新抛出去。在宇宙中的黑洞的扁平吸积盘上，有40%左右的物质会被抛出去。同时产生的还有大量的辐射能量。在地球内部这样物质稠密的环境中，物质从所有方向向黑洞运动，形成一个三维的球形吸积范围，所以这种现象更加明显。它导致的唯一结果就是让地球爆炸，虽然地球和黑洞合并的引力比原来地球的引力大得多，但是很多碎片得到的速度也足以逃离它们的引力场，形成一个新的小行星带。部分低速的碎片会围绕黑洞旋转。

最后，到口的食物不翼而飞，这个饥饿的黑洞十分郁闷地看着这一切欲哭无泪。

李金锋摘自《一本正经胡说八道》长江出版社

图：恒兰

杠精

@马伯庸

江南有一位学者叫作安源之，人称为“安公”，他博闻强记，精研博物之学，天下奇物异种没有不认识的，即使是古代的张茂先、达尔文也不过如此了。

有一年端午前夕，城外一户董姓人家的公子得了奇症，屡屡恶语向人，没有一日停息。无论中西医师都被怼得羞惭而退，并不能使他痊愈。有人说，这大概是邪物作祟，药石难以发挥效用，要请方正的君子前来禳灾才行啊。

董家人备下重金，请安公来董府驱除邪祟。安公见到董公子横卧在榻上，头骨萎缩，状如核桃，唯是嘴巴雄伟阔大如同爱排普柔(iPad pro）一般，占了脸部七分有余，样貌骇人。安公自报了姓名，董公子张开嘴嘶嘶喝道：“天下姓氏几千，你如何不姓邓？”

安公并不以为意，温言说希望能竭尽自己劣马和钝刀一样的庸碌才能，为公子诊治。董公子又是冷笑：“劣马是牲畜，钝刀是器物，岂能混为一谈，你这样的言辞难以表达意思，只会引人嗤笑而已。”安公长揖道：“这无非是修辞的谦称罢了。在下的见识固然不及华佗，但也有手段可以施展。”

董公子大怒：“为何你只说不及华佗，难道自以为比孙思邈还要高明吗？药王仁方活人无数，广得景仰，你也配蔑视他？”安公并不回答，先用指头叩董公子的颅顶，发出腔碎的声音。他又取出手电，请他张嘴。董公子复又大叫：“你来堵我的嘴，一定是被说中痛处，哑口无言！呵呵。”言罢手舞足蹈，如将军得胜归朝一般。

安公请几位仆役按住公子，掰开他的双唇，探头进去口内观看。这张大嘴的内部，如同未央宫一样闳阔深邃，一眼无法尽览，在咽喉处似有一条椽柱横亘，扼制齿、舌之间。

安公退出之后，负手在府中往复察看。他忽指别院一扇小门问道：“此门何以无闩？”有仆役回答前日门杠不翼而飞，尚未补做。安公连连拍门叹道：“是了，正是这样了。”

董家父母连忙请教缘由，安公道：“脑萎而嘴阔，无思而多言，公子是被府上一条成精的门杠横在了咽喉，吸尽脑中精髓，这才有如此乖戾之行。这杠精乃是六合之外的一种奇物，凭怨气而凝，凡事无不可杠之者，以此为生。宿主往往不自知，还以为皆发于本心，自觉言之成理。”

董父大奇：“区区一条门闩，哪里来的怨气？”安公还未回答，董公子张开大嘴，那椽柱忽做人言：“昔日你们董府要做喜事，来东山采伐了九棵大树一一锯做直杆，拣了八根用作花轿的抬杠，独剩在下一根未用，架在后门。在下自经伐锯，已有了杠灵，见众木俱得抬杠，独自己德薄未能入选，日夜嗟叹，怨念深切，不得以窃据了贵府公子的头颅，以弥补憾事。任凭你寻什么人来，只会让在下畅怀一杠罢了。”

说完之后，杠精复又退回咽喉深处，难以摘除。董家父母哭泣着请教禳解之法。安公道：“来者愈多，杠精越欢，反哺得它气焰茁壮。不过天然造物，阴与阳总是相济协生。蛇出没的地方，十步之内，必有解毒之草。杠精活跃的场所，附近也必有克制它的物品。这正是天道运转的道理。”

他吩咐董府上下，将府中所有键盘无论茶、青、红轴，尽数焚毁，又拔除网线，搬走了电脑与移动设备，强行关闭了附近移动与联通的九层浮屠，断绝了内外交流。那条杠精栖身在董公子口中，既无键盘施展，又无流量可资浏览，一身杠气无处发泄，日积夜聚，数日之间竟然活活憋死了。

安公从董公子咽喉处夹出杠精的尸体，果然是一根如椽巨杠，通体憋紫。安公感慨道：“宁杠而生，不杠会死，果然它最畏惧的，就是旁人并不 care（在意）啊。”

摘自《青年博览》

图：小栗子

在留学行李箱中，你最后悔带去的东西是什么

@ 小竹等

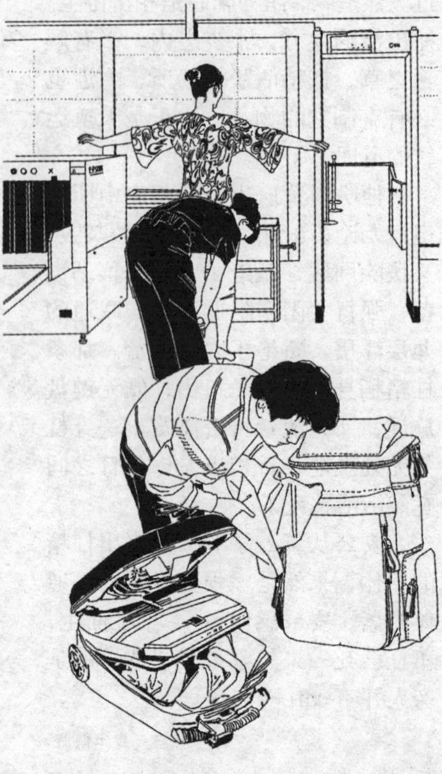

@小竹

我，到加拿大，枫叶之国嘛，为了应景，我就给自己在淘宝买了一款枫叶图案的书包，带到了加拿大上学用。枫叶图案，又是黑灰白色调，非常符合我低调的个性，我很满意。

我背着这个书包，每每在等地铁时感觉大家都会多看几眼我的包，偶尔几个打扮比较酷的年轻人会直接告诉我，我的包很好看，问我哪里买的。

我心里想，加拿大的人民果然很热爱枫叶，一个普普通通的枫叶图案书包居然得到这么多人的认可和喜欢，我这个书包选得太对了！

直到有一天，到学校后我刚好被谁叫出去了，就匆匆把书包放在桌面上，没有像往常一样放地上。然后那天下课后我的舍友和我说了我出去后发生的事。

坐在后排的一位男生看到了我

16. 答案：不是，血栓是一种全身性疾病。

的书包，叫了起来："这谁的书包，这么跩！"

我那舍友妹子就觉得奇怪，问他，平平无奇一个书包跩什么。然后，那个男生就告诉她——我背着大麻图案书包来学校上课，还不跩！

我，我，我……

@艾王木木

这个不是发生在我身上的事，是我听朋友说的。

他出国留学那阵，正好肩颈旧疾复发，他妈就给他带了一包类似虎皮膏药那种东西，结果过海关的时候被扣住了，他自己英文又差，死活说不清楚，实在没办法就只能表演：他打自己一拳。

海关：震惊。

他捂着胸口说：Ache（痛）！

海关：震惊。

他拿出一片虎皮膏药，贴在了自己胸口。

海关：震惊。

他一脸轻松：Not ache（不痛了）！

海关：震惊并扣下了所有的虎皮膏药。

@刘雨涵

我男朋友，来美国带了六十多个咸鸭蛋，正正好好藏匿在行李箱缝里，幻想着吃方便面的时候来一颗流油的咸鸭蛋岂不美滋滋。

然而，这个人傻乎乎地填写了海关申报，明目张胆地告诉工作人员我身上有带动物的蛋哦快来查我呀！

于是在我们入关的时候，他荣幸地被请到单独审查的通道。

最后按他的话说，当箱子过安检的时候，屏幕上出现了六十多个卵分布在箱子的各个角落，场面如同鱼籽一样壮观。开箱之后一个没剩下全都被取出扔掉了……

我男朋友一米八多大高个差点为咸鸭蛋掉泪，关键他一边心痛一边还积极地帮人家找遗落的鸭蛋，把本来藏在鞋里、洗漱包里、羽绒服口袋里，还有各种容器里的鸭蛋都自己找出来上交了，六十多个愣是没一个留下……

@遗世独立

我第一次出国时，带了十包盐！

没错，就是盐！

我为什么要带盐呢？

因为我要留学的国家是意大利，而我妈妈刚好有个同事，她家女儿比我早两个月去了意大利。她和她妈妈说，意大利的盐都是那种特别大粒的粗糙的海盐，根本就没有我们日常生活中吃的那种细盐。

所以她妈妈出于好心，就把这番话转告给了我妈妈。为了以防万一，我妈妈就去买了十袋盐给我带上了。

但我带的东西太多了。那十袋盐只有一小部分能塞进行李箱里，而剩下的部分，我就只能装在背包里带上飞机了。

所以这就有了接下来的一幕：当我的背包过安检的时候，安检的小姐姐很快就注意到了我背包里的可疑白色晶体物品。

她就要求我打开背包，进行检查。

我就乖乖地把背包打开，安检的小姐姐就开始一样一样地往外拿：一袋盐、两袋盐、三袋盐、四袋盐……（安检小姐姐的表情逐渐扭曲……）

终于全部拿完了，整整八袋盐！

安检的小姐姐照例检查了一下密封口，又闻了闻气味，然后问我：你这是带的盐？你带这么多盐干什么？你要去哪个国家？

我：我去意大利。听说意大利那边都是那种海盐，没有这种精盐，我就想着以防万一，就带上了。

到了意大利的第二天，我和小伙伴们相约去逛超市。在超市里，我见到了意大利的盐。

意大利的盐分为三种：第一种是粗糙的大颗粒的海盐。第二种是比海盐要小，比精盐要大的盐。第三种就是我们日常生活中所吃的精盐。我看着那些盐，心里一万头草泥马奔腾而过……

后来，我逢人就送盐。别人见面送巧克力，我送盐。别人临走了送伴手礼，我送盐。别人到家里做客送甜品，我送盐。我逮着人就问：哎？你缺盐不？别人：你才缺心眼。

我：不是，是盐！吃的盐！来来来，送你一袋盐，拿回去慢慢吃。

别人：？？？

最后那十袋盐被我送得就剩下了五袋，我吃了整整四年才吃完。

慕吉摘自《视野》

图：点点

发病时我像被扔进了高速运转的洗衣机

@ 永远不可能结束打工的宅家 lady

我自己爬上了救护车的床架

两个月前的一个早上，闹铃响了，当我睁开眼习惯性地扭头看向身旁熟睡的老公时，突然感到眼前一阵天旋地转，自己像是被扔进了高速运转的洗衣机，整个天花板犹如调了倍速的旋转木马一般从眼前飞快掠过。

尽管当时我整个人原地不动地躺在床上，但我感觉自己要被“甩出去”，因此两只手本能地紧紧抓住身前的被子，嘴里还不由自主发出“哦哟哟”的声音。这种眩晕感大概持续了一分钟。

一向闹钟都唤不醒的老公被我的叫声吵醒了，迷迷糊糊地问现在几点。

此时，我的眩晕感基本缓解，便再次扭头伸手去拿手机，不料极度的眩晕感再次袭来。

“不好了，我晕得厉害，得去医院。”我保持着刚刚的扭头姿势，背对着老公努力挤出这句话。

他一下子弹起来，绕到我旁边看着我：“那你能坐起来吗？”

刚刚那阵强烈的眩晕感让我心有余悸，自己的身体好像置身于失重的外太空无法自控。缓了一下之后我慢慢地把头摆正，这次没有眩晕感，老公扶我坐起来准备去医院。

也许是前两次发作过于猛烈，坐起来后我突然呼吸急促起来，同时胃里泛起一阵恶心，我冲到马桶边干呕了几下，却什么也没吐出来。

呼吸越来越急促，并且我发现自己两手发麻，右手更是像鸡爪一样勾了起来无法动弹。平时几乎不生病也不去医院的老公被吓傻了，当即拨打了120。

救护车很快就来了，由于我完全可以自己走就没有麻烦担架大叔……自己爬上了救护车的床架。

医院离家很近，十几分钟就到了。但不知是因为早高峰的红绿灯还是眩晕后遗症，上车不久我就开始呕吐起来。

到医院后，救护人员把我交接给一个分诊的急诊医生，医生让我老公去挂急诊神经内科。

觉得自己好像一串烤肉

轮到我检查时已近中午，看到我一直吐，老公被特许拿着垃圾袋进来陪护。

我被要求坐在床上，医生往我头上套了一个类似于VR眼镜的东西，然后扶着我的头让我平躺下来，说待会儿可能会有点难受但要一直睁着眼睛。

接着他扶着我的头快速地转向左侧，那种惊天动地的眩晕感再次袭来，眼前的眼镜里好像是灰色的沙子不停掠过。我一把抓住旁边的老公，坐起身来一阵狂吐。

“她的症状比较严重啊。”医生对我老公说道，然后又对我说，“你要忍一下，不然试验做不完。”

> 活到33岁头一次体验120救护车，竟然是因为耳朵里的毛病。

之后再次重复了快速向左转头、回复平躺，快速向右转头，每次转头都是酷刑，还要忍住不吐，以及告诉医生哪边晕得更强烈一些，此时我有点想哭。

坐在电脑前的医生一边盯着屏幕，一边和扶着我头的医生交流：“应该是左边。”

由于两边都晕得厉害，在几次重复的测试后，医生终于确定了到底是哪边，接着就开始做“复位治疗”。

我被诊断为“左水平半规管BPPV”，复位是把头部向右快速转动后，身体向右侧卧，过一分钟左右再顺时针翻转90度，一分钟后再翻转90度直到恢复平躺。

由于我的头部平放时不容易出现BPPV的症状，需要仰头30度左右（医生说我的半规管位置有些

17. 答案：睡觉单侧流口水；胸闷胸痛、呼吸困难；头晕目眩、语言不清；间歇性跛行；腹痛。

靠下），医生就用手托着我的脑袋转圈圈，我当时太难受了，出来后我觉得当时自己好像一串烤肉。

简单粗暴过程难受的“烤肉疗法”

复位完成后再次回到神经内科，医生告知我患了一种耳源性眩晕症——耳石症，并给我开了强力定眩晕的药，强调避免头部剧烈运动，让我一周内再去耳鼻喉科挂号复查。

回家后呕吐渐渐停止了，但我的脑袋一直处于一种胀胀的飘浮状态，好在走路并没有受到影响。

一周后我去医院复查，仰头侧位依然还有眩晕眼震现象，又进行了一次复位。然后医生给了我一张复位指导图纸，说如果还晕就自己在家转转。

发病后的两周左右，飘浮感终于消失了。其实第二次复位后我的眩晕症状就彻底消失了，但脑袋还是有些晕乎乎的，脖子也感觉僵硬了不少（因为不敢轻易动头）。总之花了半个月左右的时间才恢复到正常感觉。

虽说“复位治疗”简单粗暴过程难受，但毕竟无创无痛且非常有效，由于操作起来很像烤肉（亲身感受），它也被称作 Barbecue 疗法。

听说最早发明这种治疗方法的艾普利医生，曾一度遭到业内质疑，因为它看起来实在是太简单而不像个正经治疗方法了。

虽说我现在已经没有什么症状，又恢复了吃吃喝喝的宅家生活，但不知道什么时候会复发的恐惧埋在心里让人隐隐焦虑，在转头或仰头的时候也会下意识地担心它会再次发作，并且耳鸣的频率似乎比以前高了。

我一直试图靠回忆侦查出发病前自己到底干了什么，坐太久了？低头太久了？耳机戴太久了？但终究是没有依据的猜测。

后来和朋友交流，发现原来有不少人被“眩晕症”困扰，但是大部分人对这个病知之甚少。

期望大家不会有需要了解到耳石症的一天吧，因为它真的挺难受的。

扬灵摘自微信公众号果壳病人

图：恒兰

【小贴士】良性阵发性位置性眩晕（BPPV），是因为本应附着在耳朵前庭纤毛上类似于粉末状的名叫“耳石”（碳酸钙结晶）的东西，脱落掉进了半规管，当头部转动到一定位置时掉落的耳石就会触碰毛细胞从而影响感知功能，发出虚假的运动信号，造成眼震和强烈眩晕，俗称“耳石症”。

真相只有一个

@陆春祥

清代姚元之的笔记《竹叶亭杂记》卷七中，讲了两则占卜算命的事，看似平常，揭开真相后，却让人唏嘘。

所谓的“医地”。

京城有赵八疯子，据说会医地。他曾为武清一县令卜地。赵告诉县令：不久前，我找到一块好地，在某村某家的锅灶下，如果能将那人的房屋拆掉，会是一块非常好的地。

县令信了他的话。

这一切都做完。赵八疯子来了，左看右看，前看后看，站着看蹲着看，煞有其事地发布他的观察结果：这块地，过去做锅灶，老百姓家的，烧的又不是什么好东西，泄了地力！

县令一听，有道理呀，着急了：那怎么办呢？我可是花了不少钱呢！

赵八疯子微微一笑，深藏不露的那种笑，鱼要上钩的那种笑，他显得慢条斯理，安慰县令：没关系，没关系，我有办法，医一医就好了，这块地，生病了，需要医治！医地的药，也不是什么贵药，就是用一斤人参，半斤肉桂。你将这两味药买来给我，其他的药我来配。

这还不简单，立即行动。县令让人迅速备齐人参肉桂。

第二天，赵八疯子挖地下药。他按照药农种药的步骤，将人参肉桂当种子埋下，边种边念念有词，词念得很轻，隐隐约约。这词县令肯定不懂，他也没法懂，赵是没节奏地胡念，他自己也不知道念了什么。

药下完，赵又告诉县令：三天后的夜半，你站在一里地外，如果远远看见这里有火光浮起，那么，就是地的元气恢复了。

县令满怀希望地走了。

这一边，赵八疯子又偷偷地将火药埋放在地边，神秘地吩咐人：三天后的夜半，如果你看见前方一里地左右的地方，有灯笼在移动，就将火药点燃。

三天后的夜里，赵八疯子来到县令家，邀请他一起去一里地的地方观察，夜这么黑，当然要打着灯笼啦。

时间一到，立即出门。远望那块地，果然有火光迸发，赵八疯子立即恭贺县令：您家福气甚大，没有想到这块地的元气恢复得这么快！

县令当然大喜。

然而，县令为了这块地，再加上购买医地的药物，家财已经消耗过半，而赵八疯子却连连赚钱，家称小康。

所谓的“神算”。

有号称神卜神算的瞎子（这里权称他为贾画），每每到人家里，就知道他家的事，于是借机吹嘘他的阳宅阴地之学。

有户人家，备下厚金，来请贾画择一吉日葬亲。

贾画装模作样掐指后告诉对方：某一天特别好，到了那个时刻，会有吉祥的凤凰经过。你们做好一切准备，只等凤一到，立即下棺！然后，贾画暗地派人，花三百钱买了一只白雄鸡，鸡不拿走，却告诉卖鸡人：什么时间，你抱着雄鸡，到某某下葬地走一下，鸡仍然你自己留着。这样好的生意，为什么不做呀，卖鸡人想也没想就答应了，表示一定办好这件事，不就是抱着鸡去玩一下嘛。

差不多到了约定时间，贾画显得有点着急，装模作样地询问主家：有凤来吗？这只凤，应当是白颜色的，你们要看仔细，不要错过！

过了一会儿，卖鸡的出现，他一脸迷茫，但仍然很认真地抱着白雄鸡，有人喊：没有看见凤，只看见一只白雄鸡！

贾画一拍大腿，喜出望外的样子：鸡就是凤呀，天下有谁看见过真的凤呢。吉利时间到，立即下葬！

葬家于是也大喜，认为真是碰到了一个特殊的时刻。

彼岸花开摘自《袖中锦》广西师范大学出版社

图：小栗子

这些成语竟然偷偷换了主角

@字媒体

助纣为虐竟然是助桀为虐演变而来的

童年被《封神榜》洗过脑的孩子们都知道，妲己这只九尾狐不仅不像白浅上神一样拯救苍生，还整天怂恿纣王残害忠良、虐待百姓，真的很过分！

然而没想到，助纣为虐这个成语最初的主角竟然不是妲己，而是汉高祖刘邦。

当年，刘邦率先杀入咸阳，逼得秦王子婴投降。本来形势一片大好，但刘邦一看秦宫美女如云就不想走了，于是张良劝谏刘邦："刚进了秦宫您就想跟秦王一样荒淫无道了吗？这是助桀为虐啊。这人心你还想不想要了？"刘邦一听，吓得赶紧还军霸上。

可见，助桀为虐最初是批评刘邦的，后来因为商纣王的罪状被越加越多，以至于大家都觉得纣王比夏桀还要坏。于是，《晋书·武帝纪》里就把成语助桀为虐升级为我们熟悉的版本——助纣为虐了。

一决雌雄的主角竟然不是花木兰

乐府名篇《木兰辞》成功地把

18. 答案：多走路，多动，长期久坐不动，最容易诱发血栓。

花木兰塑造成了中国历史上第一个攻气十足的女神。其中有一句最为出名——“双兔傍地走，安能辨我是雄雌？”我理所当然地认为一决雌雄说的就是花木兰。

呃，不好意思，一决雌雄的主角其实是纯爷们项羽。

据《史记·项羽本纪》里记载，当年楚、汉两军势均力敌，打了好久都没分出胜负。项羽不干了，他想跟刘邦单挑，一决雌雄。刘邦也不傻，知道霸王孔武有力，于是笑着推辞说：“我们斗智，不斗力。”

所以，一决雌雄跟性别没关系，只是比高下的意思。而且从最终的结果看，刘邦才是雄霸天下的那一个啊！

气壮山河的主角不是项羽

虽然项羽运气没有刘邦好，但他气场却超级强，直到兵败那一刻他还霸气地唱出《垓下歌》。单是一句“力拔山兮气盖世”就看得人虎躯一震。所以，气壮山河这个成语应该就是这么来的了！

可惜，不是！气壮山河的故事最早说的是宋高宗时期的名相赵鼎。

赵鼎一心为国，却因为主张抗金，被奸臣秦桧忌惮，惨遭贬谪。气得他为自己写下墓志铭，然后绝食而死。陆游在《老学庵笔记》里说，赵鼎到死还想着国家，留下的墓志铭上说自己死后气概会化为山河，保护宋朝强大起来。

运筹帷幄也非诸葛亮也

运筹帷幄这个成语指那些有着超高指挥才能的人，说他们即使在幕后也能对前线的局势了如指掌，做出最佳决策。这说的不就是诸葛亮吗？他身居茅庐却对天下大势洞若观火，还准备了最牛策划案——《隆中对》。

然而运筹帷幄这个故事里的主角其实是刘邦的智囊张良。

当年刘邦打败项羽，建立了汉朝。之后，刘邦总结自己成功的秘诀就是知人善任。刘邦曰：“夫运筹帷幄之中，决胜千里之外，吾不如子房……吾能用之，此吾所以取天下者也。”

子房就是在峣下用计破敌、鸿门宴上助刘邦脱险、霸上分封时又为刘邦取汉中的张良了！

运筹帷幄的光环加在张良身上，估计连诸葛亮也是信服的吧！

老当益壮说的不是李广

飞将军李广六十多岁了还主动请缨远赴边境打匈奴，俨然成了老当益壮的代表。王勃在《滕王阁序》里也用他来做例子："冯唐易老，李广难封……老当益壮，宁移白首之心。"现在却有人告诉我老当益壮这个成语故事的主角居然不是李广！

老当益壮最早出现在《后汉书·马援传》里。书里说马援这个人志向远大、为人耿直，最厉害的是他那句著名的口头禅——"丈夫为志，穷当益坚，老当益壮"。其实这句话李广来说也毫无违和感，只是李广将军光顾着打仗，根本没时间做宣传工作。

不过，马援也不是只会耍嘴皮子。光武帝时期有人叛乱，六十二岁的马援自请带兵去围剿。这敬业程度也不输给李广将军啊！

谁比孔子更能桃李满天下

说到桃李满天下，谁能比得上孔子？

可是"桃李不言，下自成蹊"讲的的确不是孔子的故事。

前面说了，李广老当益壮，六十多岁还上战场。可结果是他不仅被设计调离主战场，还在途中迷了路，老人家不甘心被骂，于是自杀了……

天下人听到这个消息都为他痛哭。司马迁说："桃李不言，下自成蹊。朴实的李将军不善言辞，却真正受人爱戴，就像不会说话的桃树李树，因为有芬芳的花果，大家自然就会亲近。"

你知道在"欲加之罪，何患无辞"中谁是主角吗

"欲加之罪，何患无辞"这个成语乍一看，觉得就是为岳飞鸣冤的呀！想当年，岳飞不就是被大奸臣秦桧以莫须有的罪名害死的吗？

的确，这个成语用在岳飞身上很合适，但是岳飞却不是第一个。

据《左传·僖公十年》记载，春秋时期，晋惠公要杀自家的卿大夫里克，但里克是位权臣，得找个借口才能杀。于是晋惠公就说他杀了两个国君和一个大夫，自己虽然舍不得，但也保全不了他。不过里克早已看穿一切，对来人说："这是泼脏水，欲加之罪，其无辞乎？不就是要我死吗？死就死！"说完就自杀了。果然又是一出"鸟尽弓藏，兔死狗烹"的悲剧啊……

以上这些成语故事里的主角，你猜对了多少呢？

林冬冬摘自《学生天地·初中》

图：小栗子

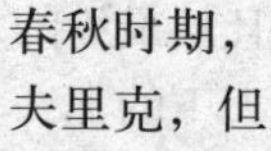

扫码读更多成语故事。

如何优雅地吃干脆面

@ 蓝祭祀

那时我刚刚成为一个有钱人，我下定了决心，要吃遍世界上所有的美食。最终，我确定了目的地，传说中的美食之都：广州。

这里，是广州首屈一指的国营餐馆。一个侍者向我微微一鞠躬："客人，有什么能帮您的吗？"

我一指地上的麻袋："看见这个麻袋了吗？里面装的都是钱。我特意来到美食之都广州最好的餐馆，就是为了尝到顶级的美食。"

侍者点了点头："好的。那么，您想吃什么？"

我轻轻地吐出一个字："面。"

这一瞬间我看到，侍者的身体微微震颤了一下。他知道，他遇到了高手。侍者又鞠了一躬，退了出去。过了一会儿，他走进来，将一个加了盖的盘子恭恭敬敬地放到我面前。"客人，您要的面好了。"

在揭开盖子的一瞬间，我惊呆了！我本以为，我看到的将是一碗如同火焰般燃烧着的重庆小面，又或者是浓缩了一整头牛的精华的牛肉面。然而，呈现在我面前的，竟然是一包——小浣熊干脆面。

"你们不要觉得我好忽悠。我辛辛苦苦扛着一麻袋钱坐了三十个小时硬座来到这里，是为了品尝顶级的料理，不是一块钱一包的垃圾。"侍者擦了擦汗说："客人，这道菜并不是您想象的那么简单，我们的主厨会亲自为您讲解。"

一个一身雪白衣服的年轻人走了进来，向我抱了一下拳。

"尊敬的客人，这道菜并不是

您想象的那样。”年轻人上前一步，“事实上，它是料理界的一个传奇。您可知道，这干脆面为什么叫作小浣熊，而不是小刺猬、小蛤蟆？”

我摇了摇头。

“您可知道，在东方有一个叫邪马台的古国？守护那个国家的，就是浣熊神。浣熊神经常变化成各种形态降临人间，据史料记载，它最近一次降临时，通体是梦幻般的蓝色，那里的人为了纪念它，将它尊称为哆啦A梦。而这干脆面，就是浣熊神用它的神力创造出来的，也就是所谓的传说中的料理。”

“客人，请您看看它的包装。”年轻人拿起干脆面，指着包装袋上的字，“这道料理在唐朝时随遣唐使来到中国，唐玄宗品尝后惊为天物，于是命令颜真卿用他最精妙的笔法为它题名。”

我看着“小浣熊干脆面”六个大字。的确，苍劲古朴，是大师手笔。

“请您再看看它的口味。”年轻人指着下面的小字，“奇奇怪怪味，这是浣熊神留下的至高杰作。此味只应天上有，人间哪得几回尝。只要按照我的方法，您就可以品尝到世间罕见的美味。”

我点了点头。

“那么，开始吧。”年轻人向侍者挥了挥手，几分钟后，几个烛台被拿到桌上。年轻人飞快地将烛台摆放在干脆面周围的七个位置：天枢、天璇、天玑、天权、玉衡、开阳、摇光。“北斗七星？”我惊叫了出来，“这是……诸葛亮用过的七星灯秘法！”

> “
> 这绝妙的搭配，震撼的口味，
> 空前绝后的手艺，他……究竟是谁？

话刚出口，我就看到眼前的烛光突然开始剧烈地摇晃起来。我感到从我的右侧，袭来一股强烈的气流。“东风！”

年轻人愣了愣。

“那个谁，去把空调关了吧，风力太大，影响我摆阵。”

“好了，阵法布置完成，料理已经感应到上天的力量。”年轻人拿起面，“接下来是第二步，占地利：粉碎面饼，为它注入大地之力。”

年轻人说着，把面放到了地上，开始脱鞋。

“等等，你不是要用脚踩吧？虽然隔着塑料袋……但是你有没有脚气？”

年轻人的身体已经开始移动。

19. 答案：脑卒中俗称中风，分为缺血性卒中和出血性卒中。

他的双腿在干脆面周围上下翻飞。

我看着他的双腿。他的每一个步伐都有固定的位置，我数了数，一共八个点。

“这是……九宫八卦步？”

他的动作越来越快，我已经看不清包装袋的形状。他的双腿形成了一片朦胧的白影，像帝都的迷雾，像天边的阵云。

“兄弟，别踩了，都成末了。”

“粉末状才是这道料理的最终形态。”年轻人停下脚步，拿起干脆面，“好了。天时地利已备，三才之中，就差人和了。”

年轻人“哧啦”一声撕开包装，一股奇异的香味充满整个屋子。那分明是蓝天之上的臭氧层和大地深处泥土香味的混合体，让人迷醉。

“这调味粉，”年轻人拿出调料包，“是由马里亚纳海沟最深处的海水提取的盐和冒纳罗亚火山口晾晒出的酱油配制而成。而最关键的一味，是调料大王王守义亲自开光的十三香，不仅滋味无穷，更暗合三才。”年轻人说着撒下调味粉，我看到他的手中，流出一条璀璨浩渺的星河。

三才汇聚，功成！

干脆面袋中忽然射出一道金光。那光，强过三千瓦的大灯泡。那一瞬间，我看到了人类的诞生，看到了岁月的终结，看到了世界的每个角落，看到了地底那沸腾涌动的岩浆，看到了大气之上严阵以待的三体舰队。

光芒渐渐减弱。

“好了，请您品尝这道空前绝后的料理。”

年轻人把干脆面递到我手中。

我把手伸进袋子里捏起一撮干脆面。干脆面的粉末金黄，像24k纯正氪金，比珍珠粉细腻，比丝绸顺滑。在接触到粉末的一瞬，我仿佛感到，有一千位美女老师正用光滑的手指抚摸我的肌肤。我双腿一软，几乎滑落到地面上。

我把粉末轻轻放入口中。

我永远忘不了那个时刻：我的口中像被投下了一百颗原子弹，我的脑海里劈过一道闪电，刮起一阵龙卷风，接着浮现出蓝天，浮现出大海，浮现出无数穿着旗袍的表演艺术家唱着京韵大鼓评剧黄梅戏。最终，他们都归于一片黑暗，只有两个红色初号微软雅黑体的大字深深印在我的脑海中：“美味！”

这就是我，吃到最棒的干脆面的经历。

林冬冬摘自《一本正经胡说八道》长江出版社

图：小黑孩

茶醉

@汤其光

民国时期，沈集繁华的顺河街上茶叶店只有一家，漆黑的匾额上写着“隆裕茶庄”四个烫金大字。店里只有一个人，街上的人都喊他张老板。

张老板据说是从太平县来的茶农，一次卖茶叶游荡到了顺河街上，看到偌大的顺河街愣是没有一家茶叶店，便动了开店的心思。

和张老板最初的想法不一样，茶叶店开张后生意一直不景气。顺河街上的人大多没有喝茶叶茶的习惯，小摊上卖的茶水常常是白开水。就是有些饭店、戏楼需要买茶叶，也常常随便买些茶叶末或者茉莉花茶应付了事，这和张老板所经营的猴魁茶是两回事。张老板从家乡带来的猴魁扁平挺直，苍绿匀润，叶脉绿中隐红，闻之香若幽兰，茶叶是好，价格也贵，所以前来问津的人不多。

不多不等于没有，经常光顾张老板茶叶店的有两个人，一位是县立泉河中学的刘校长，一位便是祖上当过步兵都统、现任镇长的陈老爷子。刘校长懂茶，每次进屋后一边低声说一句老规矩，一边掏出一本书坐在柜台对面的椅子上安静地读。这时候张老板便取出一个晶莹的玻璃杯来，泡好茶端到刘校长面前也不说话，刘校长看了会儿书，然后拿起茶杯，先是细细地观察着杯中起起落落的茶叶，然后凑过去闻一闻杯沿的热气，轻轻地抿一小口，许久才赞一句：“好茶。”临走，刘校长总是会买上半斤茶叶回去细细地品尝。

陈老爷子每次来店喜欢在门口

大喊一声："张老板在吗？"看到张老板慌慌张张地迎上来，便大大咧咧地问，"这阵子可有啥子新进的好茶？"得到张老板肯定的点头，便从身旁的镇丁手中接过一个硕大的紫砂壶昂首走进店里。也不坐下，就看着张老板取茶、倒水忙活着泡茶，边看边说着街上发生的大小事。等茶冷到半凉，便拿起紫砂壶嘴对着壶口一仰脖子喝上半壶，最后咂巴咂巴嘴，点头说这次的猴魁还行，包十斤送我府上吧。

在张老板心里，刘校长是知音，知茶、懂茶，陈老爷子是金主，有钱有势，可以替他拦下许多麻烦，都是他不可缺少的贵人。

这天，刘校长前脚才离开隆裕茶叶店，后脚陈老爷子就来了，这次陈老爷子并没有带他那从不离手的紫砂壶，而是带来了好多警察。见张老板迎上来，示意身边的人稍等，迈步走进了店里。

"刘校长是不是来过？"陈老爷子问。

"才走，怎么了？"

"我们得到传报，他是革命党。"

"哪能啊，他就是一个教书先生啊，文文弱弱的，您老莫不是弄错了？"张老板给陈老爷子递过去一杯猴魁，轻轻地问。

"谁说不是呢，我也咋看咋不像，可上峰有严令，现在就要抓他。"陈老爷子接过茶一饮而尽。转身就想往外走，才走两步，身体晃了晃，一屁股坐在旁边的椅子上有些晕晕乎乎地说："张老板，我咋感觉跟喝醉了一样啊，头晕。"

"头晕？莫不成是茶醉？您老先坐着莫动，我这就出去给您买些酸梅汤去。"

见陈老爷子挥手，张老板快步走了出去。

过了几天，陈老爷子接到了上峰免去其沈集镇镇长一职的命令，理由：喝茶误事，致使革命党外逃下落不明。

从此以后，卸去镇长职务的陈老爷子去隆裕茶叶店喝茶的次数明显更多了，只是再也没有发生过茶醉。

图：陈明贵

据《沈集镇志》记载，1928年太平县共产党员张杰到沈集镇以开茶庄作为掩护传播马列主义，和镇中学校长刘超杰在进步人士陈老爷子帮助下成立了沈集第一个党的支部，点燃了当地的革命火种。扫码了解绿茶茶王太平猴魁。

茶魂

@袁良才

中华民国二十六年冬，芜湖沦陷。

这天，大雨如注。郑爽独自坐在和茂顺茶庄店堂里八仙桌旁的太师椅上，边翻阅茶圣陆羽的《茶经》，边不时地品上一口浓酽的香茶——太平猴魁。

不知过了多久，郑爽听到店外的麻石街道上响起皮靴敲地的刺耳锐响，接着他又感到眼前的光线更加晦暗了，抬眼一看，店门口傲然站立着几个戎装整齐的日本军人。

郑桑，我的，田中少佐！听说贵店太平猴魁，大大的好！我今日特来买茶。请多关照！

汉奸翻译官附和道，田中少佐酷爱茶道，圣战前也是一个茶叶商人，故此前来以茶会友！

郑爽面无表情地朗声回答，以茶会友？何须兵戎相见？恕敝号茶叶不能卖与你们！

一名日军刷地抽出东洋刀，你的，死啦死啦的有！

郑爽仰脸大笑起来，反唇相讥，难道这就是你们所谓的以茶会友，日中亲善吗？！

田中少佐用手势制止了手下，换了一副笑脸说，吆西！郑桑，恕在下无礼。我的，改日再来叨扰！

黄梅雨绵绵不绝，一如郑爽的心绪。店里的生意儿近断绝，他已差人将妻儿老小送回太平猴坑老家，那里是新四军的防区。他知道，该来的就要来了。

店堂里又晦暗了一下，郑爽放下《茶经》，做起身相迎状。

来人完全是一副商人打扮，但一撮仁丹胡煞是刺目。

郑桑客气了！我们本是同道中

20. 答案：脑卒中 3 小时内是最佳抢救时间，患者极有希望术后恢复自理能力。

人，以茶会友，自当儒雅有礼。

郑爽点了点头，既然将军是以同道身份诚心而来，在下必当奉若知己。我们还是先听茶，再品茶吧！

郑爽对《茶经》如数家珍，滔滔不绝，田中少佐听得一惊一乍，如醉如痴。

终于，听得郑爽发话，将军，下面我们可以品茶了。田中大喜。

只见郑爽从卧房里捧出两个早放好茶叶的玻璃茶杯，置于八仙桌上，然后以沸水冲泡之，但见杯中茶叶根根直立，舒展成朵，色泽悦目，暗香浮动，整个店堂仿佛霎时浸泡到山野的春光里。

将军请用茶！

田中少佐的金鱼眼骨碌碌转着，一欠身，说，你的，先用。

郑爽哈哈大笑起来，将军的武士道精神哪去了？何以这般杯弓蛇影？

田中少佐脸上红一阵、紫一阵、白一阵，见郑爽连喝几口茶水，浑然无碍，这才同郑爽交换了茶杯，慢条斯理地啜饮起来。

郑爽陪田中把盏品茗。

田中突然问，郑桑，猴魁茶可以卖给皇军了吧？金票大大的有！

郑爽摇手道，将军，好事不在忙中起，心急吃不得热豆腐。我说过，先听茶后品茶，同理，先懂茶后卖茶。

田中少佐强压心头不快，到底没有发作，金鱼眼中满是狐疑地问，郑桑，你的认为我还不懂茶道？

郑爽猛地一掼八仙桌角的那本线装书，正色道，早着呢！不能倒背如流、融会贯通《茶经》，焉能侈谈懂茶？！

田中双手接过《茶经》，郑桑，这本奇书我的寻觅多年，今日才有幸睹其真容。三日后，请郑桑考我！

几天后，一队荷枪实弹的日军团团围住了和茂顺茶庄。

汉奸翻译官叫嚣道，姓郑的良心大大的坏了！在书页翻口暗暗涂了氰化钾，田中太君已魂归东瀛了！

待日本人冲进店堂，只见郑爽气定神闲地俯身八仙桌旁，正在画一幅墨梅图，题诗道：墙角数枝梅，凌寒独自开。遥知不是雪，为有暗香来。

一把东洋刀刺进了郑爽的胸膛，霎时间万千红梅怒放……

《太平县志》载：邑人郑爽巧与日寇周旋，赢得宝贵时间，将库存数千斤太平猴魁茶秘密运往岩寺新四军军部，杀己身以成大义，毁家业而纾国难。

图：陈明贵

网际空间的决斗

@[美国]下村勉　庞启帆编译

圣诞节过后的第一天，我驾车去泰和湖滑雪。行驶中，我的手机响了。打来电话的是我的研究助手安德鲁·格罗斯。

“您的电脑文档摘要都被不明身份的人截短了。”

我的心立即不安起来。安德鲁接着说，有人通过互联网闯进了我家中防护森严的电脑系统。滑雪只好改天了。我驱车返回。

回到圣迭戈，我仔细查看了电脑里的文件，发现其中的许多文件已被闯入者拷贝复制。

我们发现，这个可恶的窃贼成功地骗过了我的电脑系统，进入合法操作，使我的电脑误认他为网络友好信誉成员。看来，我的对手绝非等闲之辈的黑客。

这时，我又打开语音信箱进行检查。没想到竟蹦出这样的录音：“自认倒霉吧，”一个男声模仿澳大利亚人的口音说道，“我的技术一流。知道我是谁吗？呵呵，我和我朋友会让你死无葬身之地。”

显然，有人在向我挑战。

几个星期后，我接到一个名叫布鲁斯·科鲍尔的人的电话，他是威尔公司下面的索萨托电脑网络公司的一名员工。他接到威尔公司的一个通知，要求他删除一个巨大数据，这个数据占用了公司网络储存库的很大空间。他查看那个特别账号，发现它已被网络黑客盗用，里面塞满了各种各样神秘的文件——我的电脑数据与摩托罗拉、苹果等高科技公司的机密信息。显然，这个黑客攻破了不少公司的电脑防护系统。

我的电脑数据被窃大约一个半月后，我的语音信箱又收到了充满嘲笑的留言，开始是咆哮的声音，然后逐渐轻下去，变成了小声嘀咕："你的安全防卫措施不堪一击。"

我将他的两个语音留言用数字化文件的形式放到了互联网上，希望能引诱语音留言的人上钩。此外，我还致电了联邦调查局。该局电脑犯罪处的特工里弗德·伯恩斯让我盯住他。

我还在威尔公司安装了监控系统。只要该黑客一露面，我们就可收到警告信息。如此，我们就可以监视并记录他的一举一动。

终于，一天晚上，监视器上出现了入侵黑客手指按键的画面，我们看到他打开了《纽约时报》记者约翰·马科夫的电子信箱，搜索含有"itni"这四个字母的文件。马科夫发表过一篇一个叫凯文·米特尼克（Kevin Mitnick）的网络黑客罪犯的故事。他还与人合著了一本《电脑朋客》的书，专讲米特尼克和其他黑客的故事。显然，这个黑客是在马科夫的邮件中搜索任何有关米特尼克的信息。除了米特尼克本人外，谁还会有这样的兴趣呢？

不一会儿，我又收到一封语音邮件，这正是我期待已久的。"啊，下村君，我的好徒弟，"这回，他模仿亚洲人的声音说道，"你就这么点儿本事吗？你太让我失望了，我的孩子。呵呵，我的技术是最好的！"

稍后，通过分析，我们查出这个家伙正通过大型互联网连接服务公司网康在线进行频繁活动。他的一大战果就是获取了网康两万信用卡用户的信息。为方便在全国范围监控监听这个黑客的活动，我们将监控系统搬到网康。

有一天，我们监视到这位网络大盗与一位以色列同伙进行网上对话。监视屏的一个点上显示，他在输入："我的照片荣登《纽约时报》头版，马科夫功不可没。"

这证实了我的猜测：这个黑客就是凯文·米特尼克。

凯文·米特尼克从17岁开始，就屡次非法闯入别人的计算机系统。最近的一次是他窃听某汽车公司加利福尼亚分部的电话，获取了他们公司的执法程序密码指令，随后用之窃取公司的机密资料。加利福尼亚州警署签发了拘捕米特尼克的逮捕令，但他设法摆脱逃跑了。从此他就一直负案在逃。

2月12日深夜，我们正在网康的“作战室”里吃饭。此时，我们已经不间断地盯着监视屏幕36个小时，眼睛都熬红了。突然，我们的电脑显示，米特尼克登录上网了。电信技术人员把呼叫位置锁定在北卡罗来纳州罗利市郊区的东北方向。

第二天，我便飞往罗利市。凌晨两点，我驾着探测车沿途探测，随行的有记者约翰·马科夫和电信公司的一个工程师。随着距离目标的远近，探测到的信号时强时弱。不一会儿，我们就测定，米特尼克在一个叫作运动员俱乐部的公寓楼群里上网操作。

探测车慢慢驶过运动员俱乐部的停车场，信号越来越强，表明我们正在逐渐接近目标。根据仪器指针的跳动来判断，我敢说，他几乎就在我们的头顶上。

回去后，我们把所掌握的材料交给了联邦调查局和美国司法部。几天后，联邦特工准备好了逮捕米特尼克所需的东西，立即回去实施抓捕。特工冲进运动员俱乐部公寓楼里，我和马科夫等候在俱乐部外面。天气很冷，我的心情很复杂。

10分钟后，联邦特工里弗德·伯恩斯从公寓楼里出来。“我们逮着他了。”他说。

两天后，我到庭旁听了米特尼克的审前听证会。一个戴着金边眼镜、披着齐肩棕色长发的高个年轻人被押进法庭，手上戴着手铐，脚上锁着脚镣。

“

我没说什么，还用说什么呢？游戏结束，他输了。

走到法庭中间时，他停下脚步，看着我。他看起来非常震惊，双眼睁得大大的。“你是下村勉！”他脱口而出。

听证会结束，准备离开法庭时，米特尼克转过身，盯着我。“下村君，”他说，“我佩服你的本事。”

我也盯着他，但我没说什么，只是点了点头。还用说什么呢？游戏结束，他输了。

彼岸花开摘自微信公众号庞启帆翻译与写作

图：恒兰

【作者简介】下村勉，日裔美籍电脑安全专家、计算物理学家，现为圣迭戈加利福尼亚大学超级计算中心的特别研究员。著有《追捕美国头号电脑通缉犯》一书。其父是2008年的诺贝尔化学奖获得者下村修。

21. 答案：超过3小时，甚至是6小时后，患者的神经细胞会出现坏死，预后极差。

堵车

@[俄罗斯]亚历山大·布留哈诺夫
李冬梅编译

喂！科里亚，是我。我这儿堵车了，你去幼儿园把孩子们接回来吧，回来的路上顺便去一趟商店，把一周要吃的东西都买回来，到家后再把脏衣服泡上。等不堵车了，我马上就回去。吻你。

喂！科里亚，我在这儿大概还要堵很长时间。我已经告诉单位了，可以扣我的工资。你不用担心我，前面第三辆车是一辆大卡车，里面是给商店运送的食品，后面不远还有一辆运面包的车……旁边那个开欧宝车的人还请我喝了一杯咖啡……你在家别不开心，给我的电话多存点儿钱，还要堵多长时间，我也不知道……

喂！科里亚，我真没想到会堵得这么严重。拥堵的车流现在正缓缓地向环路方向驶去。单位把我解雇了，我跟左边一辆奔驰车里的律师咨询过了，他建议我别跟他们纠缠了，他会安排我到交通广播电台工作，在堵车现场直播路况，所以你两点到三点这个时间段就可以听到我的声音了……你明天把孩子们带到立交桥上去，我估算了一下，晚上八点左右我的车大概能到立交桥下。我太想你们了，哪怕能看你们一眼也好啊……

喂！科里亚，是我。你还能听出我的声音？孩子们怎么样？什么，大儿子已经上学了！天啊，时间过得太快了！车里汽油没问题，各个加油站都加长了加油管，我们停在旁边的时候，都能加上油……周围的人也很好，我们相处得像一家人似的，经常互相到对方的车上去做客……车流已经拐上了环路。我担心我永远也开不出来了！

喂！科里亚，我真不知道怎

么开口……咱们好久没见面了……是这样，旁边有一个人跟我表白了，他要把他的心和他的奥迪车都献给我……他的车厢里非常舒适方便……你别朝我大喊大叫，你什么也不懂，不是因为那辆奥迪车，最重要的是他人好！好好照顾孩子们……

喂！科里亚，是我。你说得对，我真是个傻瓜！那个开奥迪车的家伙的确是个混蛋……你等着我，我马上就回来！听说车再走10公里以后就不堵了。咱们肯定很快就能见面了！我坐那种往返城郊的电动火车回来。吻你……

喂！科里亚，你在哪儿？我回家来了，可你和孩子们却不见了！出什么事了？你实话实说……我能理解……你和孩子们去听音乐会了，回来时堵车了？你们正要上环路？科里亚，我的灵魂永远和你在一起！别理旁边那些车里的单身妇女！在最近的岗亭里要一份证明，证明你是从哪一天开始堵在路上的。听说马上就要出台法律了，根据这部法律，因为堵车旷工不能被解雇……

吻你，爱你！

等你回来！

水云间摘自《讽刺与幽默》 图：小黑孩

民防小知识1. 烧伤急救用洁净水清洗伤口，除非伤口烧黑、变白或太深。

白雪猪头

@苏 童

我母亲凌晨就提着篮子去肉铺排队，可是她买不到猪头肉。

人们明明看见肉联厂的小货车运来了八只猪头，我母亲排在第六位。肉联厂的运输工把八只猪头两只两只拎进去的时候，她点着食指，数得很清楚，可是等肉铺的门打开了，我母亲却看见柜台上只放着四只小号的猪头，另外四只大的不见了。她和排在第五位的绍兴奶奶都有点紧张。我母亲踮着脚向张云兰的脚下看，看见的是张云兰的紫红色的胶鞋。会不会在下面，我母亲说，让她藏起来了？柜台里的张云兰一定听见了我母亲的声音，那只紫红色的胶鞋突然抬起来，把什么东西踢到更隐蔽的地方去了。我母亲断定那是一只大猪头。

从绍兴奶奶那里开始猪头就售空了。张云兰说，猪头多紧张呀，你来晚了，早来一步就有你一只。绍兴奶奶走到割冷冻肉的老孙那里，割了四两肉，嘟嘟囔囔地挤出了肉铺。我母亲却倔，她把手里的篮子扔在柜台上，表情严峻地站在张云兰面前。我数过的，一共来了八只。我母亲说，还有四只，还有四只拿出来！

四只什么？你让我拿四只什么出来？张云兰说。

拿出来，你不拿我自己过来拿了。

你算老几呀，自己进来拿，谁批准你进来了？

我母亲急于去柜台里面搜寻证据，可是她突然发现从肉铺的店堂四周冒出了许多手和胳膊，好像防止她去行凶杀人。一些纷乱的男女混杂的声音此起彼伏地响起来，大家都买不到猪头，谁也没说什么，偏偏她就特殊，又吵又闹的！那些人的眼神明确地告诉张云兰，云兰云兰，我们站在你的一边。

“我母亲一眼认出来，那就是清晨时分的肉铺失踪的猪头之一。

我母亲乱了方寸，她说，拍她的马屁，你们天天有猪头拿呀？拍马屁得来的猪头，吃了让你们拉肚子！那些人纷纷离开了我母亲，愤愤地向她翻白眼。只有见喜的母亲旗帜鲜明地站在我母亲身边，她说，我跟你一样，有五个孩子，都是长身体的年龄，要吃肉的，家里这么多嘴要吃肉，怎么能去得罪她呢？

我母亲是让人说到了痛处，她想起我们兄弟姐妹五人吃肉的馋相，赌气赌不得。篮子里的白菜让她看见了一条自尊的退路。不吃猪头肉也饿不死人的！她最后向柜台里的张云兰喊了一声，带着那棵白菜昂然地走出了肉铺。

我们街上不公平的事情很多，还是说猪头吧，有的人到了八点钟太阳升到了宝光塔上才去肉铺，却提着猪头从肉铺里出来了。比如我们家隔壁的小兵，那天八点钟我母亲看见小兵肩上扛着一只猪头往家里走，尽管天底下的猪头长相雷同，我母亲还是一眼认出来，那就是清晨时分的肉铺失踪的猪头之一。小兵家没什么了不起的，他父亲在绸布店，母亲在杂货店，一个手里管着棉布，一个手里管着白糖，都是紧俏的凭票供应的东西。

我母亲平时善于与女邻居相处，她手巧，会缝纫，小兵的母亲经常求上门来，我母亲有求必应。当然女邻居也给予了一定的回报，主要是赠送各种票证。

那天夜里我母亲带了一只假领子到小兵家去了，醉翁之意不在酒，在哪儿？我母亲与女邻居的灯下夜谈很快便切入了正题，猪头与张云兰。小兵的母亲是个聪明的女人，

民防小知识 2. 烧伤后不要直接用冰敷在伤口上。

她说，张云兰也有四个孩子呢，整天嚷嚷她家孩子穿裤子像咬雪糕，裤腿一咬一大口，你给她家的孩子做几条裤子嘛！我母亲下意识地撇起嘴来，说，我哪能这么犯贱呢？小兵的母亲说，为了孩子的肚子，你就别管你的面子了，你做好了裤子我给送去，保证你有好处。

小兵的母亲第二天带了一捆藏青色的布到我家来，她也捎来了张云兰的口信，张云兰的口信之一概括起来有点像毛主席的语录，既往不咎，治病救人，口信之二则温暖了我母亲的心，她说，以后想吃什么，再也不用起早贪黑排队了，跟她打个招呼，只管去拿！

此后的一个星期也许是我母亲一生中最忙碌的日子。我母亲在缝纫机前说，眼珠子都要掉出来了！我父亲在床上说，掉出来才好。我母亲说，手快冻僵了。我父亲说，冻僵了才好，让你去拍那种人的马屁！

埋怨归埋怨，我母亲仍然保质保量地完成了张云兰的五条裤子。但你猜怎么着？张云兰从肉铺调到东风卤菜店去了！早不调晚不调，她偏偏在我母亲做好了那五条裤子以后调走了！我母亲带着幻灭对我们说，今年过年没东西吃，吃白菜，吃萝卜，谁要吃好的，四点钟给我起床，自己拿篮子去排队！

除夕前那天夜里下了一场大雪，清晨，我和三哥计划在家门前堆一个香椿树街最大的雪人。我们在拉门闩的时候感觉到外面什么东西在轻轻撞着门，门打开，有个裹红围巾穿男式工作棉袄的女人正站在我们家门前，女人的手里提着两只猪头，女人的围巾和棉袄上落满了一层白色的雪花，两只大猪头的耳朵和脑袋上也覆盖着白雪，看上去风尘仆仆。外面的女人看见我三哥要进去喊大人，一把拽住了他，她说，别叫你妈，让她睡好了，她很辛苦的。她一身寒气地挤进门来，把两只猪头放在了地上。她说，你妈妈等会儿起来，告诉她张云兰来过了。你们记不住我的名字也没有关系，她看见猪头就会知道，我来过了。

我母亲和张云兰后来没有交成朋友，但她有一次在红星路的杂货店遇见了张云兰，她们都看中了一把芦花扫帚，两个人的手差点撞起来，后来又都退让，谁也不去拿。

结果那把质量上乘的芦花扫帚让别人捞去了。

心香一瓣摘自微信公众号当代作家

图：黄煜博

告白失败的感觉

@ 林帝浣

摘自微信公众号小林

校园故事

足球

@ 孙棋洲

足球，是我爷爷当年生命中最重要的一部分。这只已经破旧得令人不忍直视的足球，是那时爷爷在绿茵场上热血拼搏的象征……

随着我爷爷的引导，爸爸也爱上了足球，在场上奔跑、争球、过人的样子，比当年的爷爷还潇洒。但不幸的是，爸爸在比赛时被撞伤了腰，在医院躺了将近一年。我爸当时才十七岁。从此，爷爷心中郁结不再碰球。

我出生之后一年，按照老习俗，要抓周。当时爷爷将一些具有职业代表性的物品放在我的周围，抓到什么就代表我以后会做什么。例如：抓到针筒，以后可能是个护士或医生；抓到钱，也许是个守财奴；抓到笔，说不定是个作家。爷爷说，我径直爬到足球那边，一把抱住足球，怎么也拉不开。我这一代，又与足球牵上了缘……

自从我开始练习踢足球至今，已经七年多了，但是每次踢球，爷爷总要跟在我身边看着我踢，还时不时地说：“唉！慢点儿慢点儿！别摔了！小心！”

在我十三岁时，爷爷患上了绝症，进了医院。临终前，他用微弱的声音跟我说：“我……我还想再踢……踢一脚足球。”我听了，心里酸酸的，拼命地奔回家，抱上足球就跑，带到爷爷面前。爷爷有气无力地让我把球放到他脚上。我小心地照做了。他抬了一下脚，好不容易踢到了足球。球滚落到我脚边，他的眼睛也随之缓缓地闭上了……

爷爷走的时候，是微笑着的，是安详的。

多年来，每当我看见那个放在我家展物柜里的足球，就会想起爷爷的最后一脚传球，这个传球，传给我的不仅是足球，还有爱和勇气。

（作者系昆山葛江中学初一四班学生，指导老师：万芊）

【读者说】@遇见：哥哥死了？

@辉：好结尾，以景作结，有韵味。

@雪铭：可能会有遗憾，但是哥哥是带着笑容走的。

@糊涂不易：结尾似乎意料之外，但情节又掌控在情理之中，在一念之间给读者以心灵的撼动。

@曾晓辉：@遇见 作者的哥哥明明是睡着了。

扫码看《哥，回家了》

【编者说】这几年选秀节目开展得如火如荼，火遍线上线下，疯狂搞笑的韩美娟，一心下班的利路修，不管什么风格的偶像都会有粉丝如痴如醉，疯狂追捧。想象一下，如果把家庭角色代入其中，会如何呢？本期主题故事中，疯狂的奶奶、有网瘾的公公、“凡尔赛”的妈妈，你pick哪一位？或许你会说，我想要更温柔体贴、更善解人意的家人，但是，这些脾气不同、性格迥异的亲人长辈，他们也在用他们的方式爱着我们，想必大家已经在故事中体会到了，而我们每一个人对亲人的回报，都应该是爱与尊重，信任与包容，这也是我们策划这期主题故事的初心，愿它能够顺着每一个汉字，到达每一个读者的心田。

本期责任编辑 蔡美凤

 民防小知识4．用干净、无黏性的布盖住伤口。（上海市民防办供稿）